MANFRED SANDNER

ein Land, das dich
gefangen nimmt

SILVESTER UNTERM KREUZ
DES SÜDENS UND
ANDERE ERLEBNISSE

novum pro

Dieses Buch ist auch als
e-book
erhältlich.

www.novumverlag.com

Bibliografische Information
der Deutschen Nationalbibliothek:

Die Deutsche Nationalbibliothek
verzeichnet diese Publikation in
der Deutschen Nationalbibliografie.
Detaillierte bibliografische Daten
sind im Internet über
http://www.d-nb.de abrufbar.

Gedruckt in der Europäischen Union
auf umweltfreundlichem, chlor- und
säurefrei gebleichtem Papier.

© 2023 novum Verlag

ISBN 978-3-99146-391-7
Lektorat: Maria Hentschel
Umschlagfoto und Innenabbildungen:
Manfred Sandner
Umschlaggestaltung: novum Verlag
Layout: Manfred Sandner

Die vom Autor zur Verfügung
gestellten Abbildungen wurden in der
bestmöglichen Qualität gedruckt.

www.novumverlag.com

Inhaltsverzeichnis

1) Wir - am Ende der Welt:
Klingelstreich !!! - ???

Die Frage „Was wird uns der zweite Aufenthalt in Chile bringen?" werden meine Familie und ich wohl erst 1980 am Ende dieser Zeit beantworten können.

Natürlich haben wir alle Wünsche und Vorstellungen. Unsere drei Kinder beziehen diese auf die Schule und hoffen, sich schnell einzuleben und die neuen Anforderungen zu erfüllen, Ingrid hofft auf Kontakte, die ihr die Möglichkeit geben, ehrenamtlich tätig zu werden, um dabei Armen zu helfen, und ich wage mich an die neue Aufgabe, den chilenischen Deutschlehrern an den Deutschen Schulen die neuesten didaktischen und methodischen Erkenntnisse beim Unterrichten im Fach „Deutsch als Fremdsprache" näher zu bringen.

Die politischen Verhältnisse halten uns davon nicht ab, denn auch unsere chilenischen Mitbürger müssen ihr Leben gestalten, auch unter einer Diktatur.

Und die Behauptung „Wir – am Ende der Welt!" stimmt eigentlich nur aus Sicht eines Mitteleuropäers, denn hier in *Santiago* spüren wir nichts davon. Die ständig wachsende Hauptstadt des Landes hat schon mehr als drei Millionen Einwohner. Sie wächst nicht nur in der Fläche, sondern auch in die Höhe. Die Hochhäuser schießen wie Pilze empor. Nur gut, dass wir in solch einem Wolkenkratzer nicht wohnen müssen. Ein Erdbeben, wie wir es bei unserem ersten Aufenthalt überstehen mussten, wäre in einem solchen Hochhaus fürchterlich.

Wir wohnen in der Straße *Manquehue Sur* in einem

Einfamilienhaus. Es hat für uns, die wir aus einem Reihenhaus in der Ackerstraße in Wilhelmshaven kommen, Ausmaße von ungeahnter Größe. Die Pinochet-Sperrstunde sorgt dafür, dass ab Mitternacht unsere Nachtruhe nicht mehr vom Verkehrslärm gestört wird – die Hauptverkehrsstraße vor unserem Haus wird nur noch benutzt von langsam fahrenden Militärautos, deren schwerbewaffnete Insassen dafür sorgen, dass die Diktatur weiterhin auf festem Fundament steht. Der Militärposten hinter den Sandsäcken an der übernächsten Straßenecke drängt uns oft die Frage auf: Wie sollten wir uns verhalten, wenn plötzlich ein Verfolgter, vielleicht sogar verwundet, über unsere Mauer springt, um bei uns Schutz zu suchen??? In der Theorie sind wir uns einig: Ihm Schutz gewähren! Am Ende unserer Chilezeit sind wir aber froh, dass dieser Ernstfall nie eintritt.

Eines Abends springt doch einer über die Mauer – jedoch kein „Verfolgter", sondern ein „Suchender".

Wir kehren an diesem Wochenende von einem Ski-ausflug in die Anden zurück, haben die herrliche Win-terlandschaft ebenso genossen wie die Abfahrten von *La Parva* hinab nach *Farellones*, sind ziemlich mü-de und gehen noch vor 22 Uhr ins Bett. Kurz darauf werde ich aus dem ersten Tiefschlaf gerissen – es klingelt!!! Ich torkele verschlafen hoch, brauche aber kein Licht anzumachen, denn die Straßenlaternen er-zeugen so viel Licht, dass ich mich sowohl im Schlaf-zimmer als auch draußen im Flur des Obergeschosses gut zurechtfinde. Mein Ziel ist das Fenster am Ende des Flures. Von dort kann man das Gartentor sehen, dort, wo auch die Hausklingel ist. Ich schiebe vor-sichtig eine Lamelle der Jalousie hoch – doch vor dem Tor ist niemand zu sehen. „Klingelstreich!" – Erleich-tert (ein Glück, kein Besuch zu später Stunde), aber leicht genervt (wie können Kinder nur zu so später Stunde noch auf der Straße sein!) gehe ich wieder ins Bett, bin wieder schnell im Tiefschlaf und werde auch schnell wieder emporgeklingelt! Beim Hoch-schrecken steigt auch gleich der Groll wieder ins Gemüt über die unverschämten Klingelstreich-Kin-der. Beim Blick durch die Jalousielamelle bin ich auf einmal hellwach. Vor unserem Gartentor stehen zwei junge Burschen, sehen zum Haus hin und trennen sich – der eine geht nach links und der andere nach rechts. Ich bin nicht nur hellwach, sondern alarmiert, rufe: „Ingrid! Die wollen bei uns einsteigen!!!" und gehe schon die Treppe hinab, dabei überlegend, wo es die Einbrecher wohl versuchen würden. Da höre ich das Klirren einer Scheibe und vermute, dass es im Esszimmer sein könnte. Ich rufe das Ingrid nach oben auch zu und schiebe vom Treppenflur aus die Schiebetür zum Wohnzimmer auf, gehe einen Schritt hinein und schaue dann nach rechts ins Esszimmer. Da sehe ich draußen am Esszimmerfenster eine Gestalt hocken, die versucht, das Fenster zu öffnen. Im gleichen Augenblick geschieht bei mir nichts mehr verstandesmäßig, insbesondere nicht der Urschrei, der plötzlich aus meinen Lungen hervordröhnt. Der Rest meiner Familie, oben im Stock über mir, geht bestimmt davon aus, dass SIE den Vater „abgemurkst" haben. Doch mitnichten! Der Schatten im Esszimmerfenster verschwindet lautlos und schnell. Ich gehe zum Fenster und entdecke ein kreisrundes Loch in der Scheibe, punktgenau neben dem Fensteröffner. Auf dem unter dem Fenster stehenden Klavier liegt neben vielen Scherben der Stein, der dieses faustgroße Loch schlug, und das mit einer faszinierenden Präzision. Der Hand, die durch das Loch hindurchgreift, um das Fenster zu öffnen, wird jedoch ein unerwarteter Widerstand entgegengesetzt. Ich hatte Tage zuvor alle Fenster, die nicht täglich geöffnet werden müssen, am unteren Ende des Verschlussgestänges durch eine Schraube zusätzlich gesichert. Nicht in diesem Augenblick, der erfüllt war von Spannung, aber doch bald danach, kommt in mir ein unheimlicher Gedanke hoch. Ich wusste um meine Schraube und um die Unmöglichkeit für die im Fenster hockende Schattengestalt, das Fenster durch sein perfektes Loch in der Scheibe zu öffnen. Ich brauchte eigentlich keinen tierischen Laut auszustoßen, der meine Familie oben in Schrecken versetzt, ich brauchte eigentlich nur ganz ruhig auf die

Schattengestalt im Fenster zuzugehen, um sie beim Öffnungsversuch und diesseits des kreisrunden Scheibenloches mit Handschlag und einem kräftigen Ruck nach unten zu begrüßen.

Noch heute bin ich froh, dass mich dieser sadistische Gedanke erst deutlich später heimsuchte, wohl doch ein Versuch, diese Schrecksituation aufzuarbeiten.

Die Gefahr ist vorbei. Wir rufen trotzdem die *carabineros*, von ihnen nichts erwartend, dafür mit ihrer Präsenz nach außen drohend. Die Polizisten nehmen nur auf und stellen fest, doch sie zucken ebenso wie wir die Schultern, wenn es um die Frage zur Ergreifung der „Diebe" geht.

Doch dieser Einbruchversuch hat trotzdem Folgen.

Zunächst schaffen wir uns zwei Hunde an, obwohl nur einer angedacht war. Wir machen den Fehler, beim Hundekauf zwei unserer Kinder mitzunehmen. Die beiden zum Kauf angebotenen Tierchen sind für sie so unwiderstehlich, dass Prinz und Ari zusammen auf unserem Grundstück einziehen.

Dann lassen wir die Mauer zur dunklen Seitengasse unseres Eckhauses hin erhöhen und sie oben sogar mit Glasscherben bestücken. Im Erdgeschoss des Hauses werden alle Fenster mit Gittern versehen und die Terrasseneingänge mit verschließbaren Gittertüren. Die Vermieterin sagt zu all unseren Forderungen „Ja!", denn sie weiß, dass sie solch pünktliche DM-Zahler nicht so schnell wieder finden wird.

Bis zum Ende unserer „Santiagotage" wagt es keiner mehr, uns zu erleichtern oder zu erschrecken, denn neben den Baumaßnahmen entwickeln sich unsere beiden Hunde zur furchteinflößenden Abschreckung, wenn sie bellend an Mauer und Zaun entlangsausen. Sie können dabei sogar unterscheiden, ob uns die da draußen genehm sind oder ob wir mit denen nichts zu tun haben wollen – ihren Belltönen ist das genau anzuhören.

Das bilden wir uns jedenfalls ein!!!

2) Auf in die Atacama

Während unseres ersten Chileaufenthaltes war die Reise in und durch die *Atacama*-Wüste eines der interessantesten und eindrucksvollsten Erlebnisse. Damals hatten wir den Wunsch, noch einmal dorthin zu kommen, hatten an die Realisierung dieses Wunsches jedoch nie ernsthaft geglaubt. Nach genau zehn Jahren wird dieser Wunsch tatsächlich Wirklichkeit: Wir nutzen die 14-tägigen Winterferien im Juli zu einer Fahrt in den Norden Chiles.

Die Startbedingungen haben sich geändert. Die Zahl der Mitreisenden steigt um 150 Prozent. Damals ging ein alleinstehendes Ehepaar auf Reisen, zwei Kinder blieben wohlbehütet zurück. Dieses Mal soll und will kein Mitglied der inzwischen auf fünf Personen angewachsenen Familie verzichten.

Damals stand ein Taunus 17M zur Verfügung, ein Auto, das für europäische Straßen gut geeignet war, sich aber auf manchen chilenischen Straßen wie eine empfindliche Primadonna benahm, und trotzdem bis zum letzten Kilometer durchhielt. Dieses Mal muss der VW-Campingbus seine Feuertaufe bestehen und beweisen, dass er nicht nur auf asphaltierten Straßen fahren kann, dass er auch zwischen 3000 und 4000 Metern Höhe vollbeladen noch recht starke Steigungen schafft und dass er zudem auch als fahrbares Hotel seine Insassen nicht enttäuscht. Um es vorwegzunehmen, er hat die meisten Prüfungen auf dieser Reise und auch später, als es noch weiter gen Norden bis nach *Cuzco* oder in den äußersten Süden bis *Ushuaia* geht, sehr gut gemeistert. Seine Hoteleigenschaften für fünf Personen erfüllt er nur deshalb, weil es für Claudio, unseren Achtjährigen, eine ideale Schlafgelegenheit in einem Einhängebett im Fahrerhaus gibt.

Wir bereiten die Fahrt wieder gründlich vor, wälzen nicht nur Bücher, sondern auch Erinnerungen und befragen alte „*Atacama*-Experten" im Kollegenkreis. Die Streckenführung soll Bekanntes und Unbekanntes verbinden, sich dabei aber an einem festen Termin orientieren: Jedes Jahr findet am 15. und 16. Juli in *La Tirana*, einem kleinen Wüstendorf in der Nähe von *Iquique* und fast 1800 Kilometer nördlich von *Santiago*, ein großes Fest statt, zu Ehren seiner Schutzheiligen, der *Virgen de la Tirana*.

Doch dahin müssen wir erst einmal kommen, ohne bei uns Stress zu erzeugen. Wir kalkulieren drei Übernachtungen ein, um die Tagesetappen erträglich zu gestalten, denn immer noch ist es in Chile so, dass man im Winter vor Straßenüberraschungen nie ganz sicher ist, ausgelöst von kräftigen Regengüssen, die auch die asphaltierte Panamericana in Mitleidenschaft ziehen. Bis zur ersten Übernachtungsstation bei den *Termas de Socos* genießen wir die vorbeiziehende Landschaft, die von den mit *espinos*, den Stachelbüschen, übersäten Steppen nördlich von

13

Santiago dominiert wird, und danach die oft schnurgerade Panamericana mit dem Pazifik als ständigem Begleiter und dem grünen Schimmer nach dem ersten Regen.

Nur mittags gönnen wir uns eine Pause. Doch die hatten wir uns anders vorgestellt. Der kräftige und kühle Seewind zwingt uns ins Innere unseres Busses. So probieren wir gleich einmal aus, wie ein Mittagessen zu fünft dort organisiert werden muss. Alles klappt vorzüglich.

Die *Termas* zum Übernachten haben wir nicht aus strategischen, sondern aus nostalgischen Gründen ausgewählt. In diesen Thermalbädern haben wir damals auf dem Campingplatz und im Zelt bei unserem ersten Chileaufenthalt vor elf Jahren einen wunderbaren Urlaub verlebt, nicht nur die Erwachsenen, sondern im besonderen Maße unsere drei- und vierjährigen Kinder, die für ihre Spiele in der Natur noch viele Gleichaltrige fanden. Für uns selbst gab auch die Umgebung viel her – in der Natur und ihre Wandlung in den vergangenen Jahrtausenden, die abwechslungsreiche Geschichte des Kleinen Nordens Chiles und das tägliche Leben der Einheimischen.

Dieses Mal dürfen sich unsere Kinder nicht am Spiel in der Natur erfreuen, sondern sie müssen bei der Vorbereitung und der Nachbereitung des Abendbrotes behilflich sein.

Es kommt noch eine Besonderheit hinzu. Wir lernen auf dem Campingplatz die Familien L. und R. kennen, auch die Kollegin G.-B. Sie und die beiden Familienväter sind an der Deutschen Schule in *Viña del Mar* tätig. Sie übernachten hier auch und sind mit ähnlichen Zielen wie wir gen Norden gestartet. So ergibt sich der Entschluss: Das machen wir gemeinsam! Die Vorteile dieses Entschlusses erleben wir in den folgenden beiden Wochen.

Der nächste Übernachtungsplatz in *Bahia Inglesa* liegt am Meer. Dort genießt vor allem unser Jungvolk den freien Raum zwischen den aufgereihten Campingbussen und den Wellen des Pazifiks.

Am Morgen danach führt uns der Weg zuerst die Pazifikküste entlang bis nach *Chañaral*, um dann beim Rechtsschwenk ins Landesinnere einer Wüstenstrecke zu folgen, die uns ständig zum Staunen einlädt. Wir verabschieden uns schnell vom Gedanken „Wüste = langweilig", weil uns die *Ruta 5* deutlich einen anderen Eindruck vermittelt. Dieses trockene Gebiet präsentiert uns nicht nur langweilige Sandpisten, sondern besondere Wüstenformen, die wir uns vorher nicht vorstellen konnten. Natürlich gibt es dabei Sand pur, aber nur im Vordergrund – die Bergkette dahinter zeugt mit ihrer dunklen Masse

15

von festem Gestein. Eine Felswand liefert dann noch eine zusätzliche Besonderheit – dunkle Streifen, die

sich zudem noch kreuzen, durchziehen eine helle Wand. Da muss in der Vergangenheit einiges passiert sein!!

Wenig später staunen wir über die Farbenvielfalt im Gestein. Die Bergrücken sehen aus wie Abraumhalden, die auf sichtbare Weise verraten, welche Mineralien in ihnen schlummern.

In der Mittagspause finden wir aber keinen Schatten spendenden Baum. Das macht uns nichts aus,

schließlich fahren wir ja auch gerade durch eine Wüste.

Am Straßenrand sehen wir häufig Kreuze inmitten kleiner Einfriedungen, mehr oder weniger gepflegt

und auch in unterschiedlichen Größen. Ihre Bedeutung müssen wir erst erfragen: Es sind Erinnerungsstätten an Verkehrsunfälle mit Todesopfern.

Auf dieser Reise sind wir nicht auf Städte eingestellt, sind deshalb an *La Serena* und *Copiapo* schon vorbei gefahren und lassen nun *Antofagasta* links liegen. Bald danach, weiter gen Norden, stoppen wir beim Anblick des Felsentores *La Portada,* nur wenige Meter vom Ufer entfernt. Dieses von Seevögeln besetzte guanoweiße Tor ist schon von oben ein faszinie-

render Anblick, doch wir gehen auch hinunter, denn diese spektakuläre Steilküste müssen wir kletternd

erleben.

Schon das Hinab ist spannend, ebenso spannend das Hinauf, besonders auch auf halber Höhe, wo der schmale Pfad endet, dazu Überholverbot gebietet und uns zwingt, hinab ins Meer zu schauen, wo wir *Iguane* sehen, eine Echsenart, die sich im Wasser tummelt und sich manchmal von den Galapagosinseln bis hierher verirrt. Sie scheinen sich da unten im kalten Humboldt-strom recht wohlzufühlen.

Der Stopp am Steilhang zwingt uns unten auch zum Blick hinauf, obwohl der Genuss bei überdehnter Kopfhaltung an seine Grenzen stößt. Bei dieser Kopfhaltung sehen wir aber deutlich, dass diese langgestreckte Küstenwand ihre Entstehung verrät – sie besteht nur aus gepressten Muschelschalen, irgendwann tektonisch emporgehoben.

Bei unserem Gang am Küstensaum entlang Richtung Felsentor werden wir auf unsere mickrige Statur im Vergleich zu den Wänden, die uns zur Linken beglei-ten, hingewiesen. Zumindest die Erwachsenen ver-drängen oft den Gedanken an Erdbeben und an die Standfestigkeit von gepressten Muschelschalen, es bleiben trotzdem all die „Ahs" und „Ohs" beim Anblick dieses Naturphänomens.

Der Blick durch ein Höhlentor hin zu *La Portada*, dem Tummelplatz der unterschiedlichsten Meeresvögel mit dem intensiven Geruch ihrer Hinterlassenschaften, ist ebenso beeindruckend wie all das vorher Gesehene. Doch auch im Wasser vor unseren Füßen gibt es einiges zu bestaunen.

Nach der *La-Portada*-Schau bleiben wir auf der Küstenstraße Richtung *Tocopilla,* einem wichtigen Hafen aus der Zeit des Salpeterbooms. Von seiner Bedeutung damals sehen wir nichts mehr. Nicht nur die Jahreszahl 1901 auf dem Eingangstor zum ehemaligen Friedhof zeugt davon, dass diese Zeiten vorbei sind, auch der Friedhof selbst zeigt an, wie lange das alles schon her ist.

Wir verlassen die Küstenstraße nach rechts, um auf die *Ruta 5,* die *Panamericana*, zu kommen. Die Wüste bekommt ein anderes Gesicht. Eine Eisenbahnlinie begleitet uns und, zunächst unsichtbar, auch der *Rio*

Loa, der hier wieder gen Norden fließt, um den Weg ins Meer zu finden.

Verschiedene große und kleine Kadaver am Wegesrand sagen uns immer wieder, in welch einsamer und unwirtlicher Gegend wir uns bewe-

gen.

Bei *Quillagua* queren wir den *Rio Loa* und staunen, wie tief er sich in seiner langen Vergangenheit eingegraben hat.

Faszinierend empfinden wir beim Blick in die Schlucht den Kontrast zwischen dem saftigen Grün und der von Felsen geprägten kargen Umgebung.

Nur wenige Kilometer später faszinieren uns die Salzseen, die wir streifen oder die wir auf festem Grund durchqueren.

Inmitten einer salzlosen Senke entdecken wir eine Stelle, in der irgendwann Wasser gestanden haben muss. Dieses Wasser ist verdunstet und hinterließ ein unendlich ausgedehntes und sehenswertes Trockenrissmuster. Ringsum nichts Grünes, das Wasser kann demnach nicht lange hier gestanden haben, wohl eine Folge des bolivianischen Winters, der es auch in dieser Gegend schafft, kurzfristig kräftige Regenschauer zu erzeugen. Wir halten an, um dieses Phänomen näher zu betrachten. Die obere Erdschicht hat sich komplett von der Schicht darunter gelöst und lässt sich als feste Platte hochheben. Die Risse sind ziemlich breit, sodass sogar Kinderstiefel hineinpassen.

Es gibt weiterhin kein Grün, doch trotzdem Pflanzen, die am Rande des Salzsees gedeihen. Sie bilden bis zu

einem Meter hohe Buckel, einem Kamelhöcker ähnlich, mit strohig-braunen Halmen an der Oberfläche. Wir staunen wieder einmal, wozu die Natur in ihrer Anpassungsfähigkeit in der Lage ist, denn Salz muss für diese Pflanzen eine Delikatesse sein. Ich selbst möchte gerne wissen, wie das schmeckt, was diese Pflanzen genießen. Schnell wird klar: Salzig!

Aus der Ferne entdecken wir im Salzsee eine dunkle Verfärbung. Wir wollen wissen, wie die zustande kommt, und laufen hin. Doch unser forscher Lauf wird immer vorsichtiger, denn diese dunkle Stelle ist ein Wasserloch. Wir wagen uns nicht bis an den Rand des Loches – ein unheimliches Gefühl beschleicht uns. Bei späteren Fahrten in den Norden stellen wir fest, dass die Salzseen zumeist eine sehr stabile Oberfläche haben, und wagen es sogar, sie mit unserem Campingbus zu befahren. Doch wir müssen gestehen: Bei diesem Wagnis folgen wir stets der sichtbaren Spur von Vorgängern.

Mitten im *Salar de Pintados*, nur wenige Kilometer vor unserem Schwenk gen *La Tirana* entfernt, entdecken wir einen Wald, nicht sehr üppig, aber trotzdem trauen wir unseren Augen nicht! Auf unseren Karten erfahren wir, dass diese Bäume zur *Reserva Nacional Pampa del Tamarugal* gehören,

dem letzten Rest eines riesigen Waldgebietes, das durch den industriell betriebenen Holzeinschlag seitens der Salpeterminen gewaltig reduziert wurde.

Ein Aufforstungsprogramm und die Einrichtung dieses Nationalparks schafften es, den letzten Bestand zu erhalten und ihn sogar leicht auszudehnen.

Doch welcher Baum ist das, den wir hier sehen und der es schafft, in dieser unwirtlichen Gegend zu gedeihen? Sein Stamm ist sehr kurz und ragt, wenn überhaupt, nur wenig in die Höhe, und seine gefiederten, winzigen Blätter erinnern uns an die Mimosen auf dem Wege von *Santiago* nach *Valparaiso*. Auf genauere Informationen müssen wir bis nach der Rückkehr von unserer Wüstenreise warten. Beim Nachschlagen erfahren wir es: Der *Tamarugo* schafft es, über sein weit verzweigtes Wurzelsystem bis zu einer Tiefe von 15 Metern zum Grundwasser vorzudringen, um andererseits über Flachwurzeln sogar das Kondenswasser unter seinem Schattenbereich aufzunehmen.

Ständig müssen wir unser uraltes Bild von einer Wüste korrigieren. Gerade das macht diese Reise so spannend und interessant. Dieses Zurechtrücken hört nicht auf, denn in *La Tirana* kommt zur Landschaft und zur Natur auch noch die Kultur. Das Fest für die *Virgen de la Tirana* deutet sich schon aus großer Entfernung an: Es wimmelt in dieser Wüsteneinsamkeit von Fahrzeugen und Menschen.

Die Legende um diese Schutzheilige reicht bis ins 16. Jahrhundert zurück, eine Zeit, in der die Eingeborenen im Norden Chiles nach den Inkas bereits von den Spaniern „beglückt" worden waren. Die Tochter eines Inkapriesters war Besitzerin und Herrscherin über ein Gebiet um das heutige *La Tirana*, damals noch bewaldet. Sie war eine erbitterte Gegnerin der

Spanier und damit aus verständlichen Gründen auch des Christentums. Sie verliebte sich in einen in den Wäldern aufgegriffenen Portugiesen, der von einem Richter zum Tode verurteilt wurde. Sie zögerte die Vollstreckung des Urteils mehrmals hinaus und ließ sich schließlich taufen, weil das nach Aussage des Geliebten die einzige Möglichkeit war, auch nach dem Tod vereint zu sein. Ihren eigenen Priestern war das anscheinend nicht sehr recht – so wurden beide hingerichtet. Ein spanischer Priester soll einige Jahre später mitten im Wald ein Holzkreuz entdeckt haben, er meinte, den Todesort der beiden Liebenden entdeckt zu haben und errichtete an dieser Stelle eine Kirche. Sie wurde zum Wallfahrtsziel vieler Menschen aus der näheren und weiteren Umgebung, verbunden mit einem farbenprächtigen Volksfest, bei dem die aktiv Beteiligten immer noch in der Überzahl sind. Sie kommen mit Bussen, mit Lastwagen, mit dem eigenen PKW oder zu Fuß. Sie legen viele Kilometer zurück, um dabei zu sein, um das zu präsentieren, was sie während eines Jahres eingeübt und vorbereitet haben – die Tänze und die fantasievollen Kostüme. Die beteiligten Gruppen kommen aus den umliegenden Wüstenorten, aber auch aus den Küstenstädten *Arica*, *Iquique* und *Antofagasta* und sogar aus Bolivien und Peru. Jede Gruppe bringt ihre eigene Musikkapelle mit und die Tänzer tragen unterschiedliche Kostüme. (In „7) Religiöse Feste" wird ausführlich mit Text und Fotos berichtet.) Wir verlassen *La Tirana*, nachdem wir dieses Fest zwei Tage lang genossen haben, und wissend, dass es noch einige Tage andauern wird.

Doch wir haben noch mehr Ziele: Nun ist es die Oase *Pica*, kaum 50 Kilometer entfernt. Wir wollen in der Oase keine Pica-Zitronen kaufen, obwohl diese

Früchte einen fast sagenhaften Ruf haben, vor allem beim besonderen Geschmack für den *pisco sour*, das Nationalgetränk der Chilenen, sondern ihr Thermal-wasser zieht uns nach langer Wüstenfahrt mit Macht an. Es tritt in einer Felshöhle mit über 30 Grad aus, wird in ein Schwimmbecken geleitet und wird dort für uns zu einem Hochgenuss.

Aber leider müssen wir das Wasser auch wieder ver-lassen. Gleich nach dem Ausstieg verwandelt der kalte Wind unsere wohlig entspannten Körper schnell in verkrampfte, zitternde Menschlein. Wir ahnen in diesem Moment nicht, dass solche Gefühle auch steigerungsfähig sind.

Die Nachbaroase *Matilla* ruft bei uns Erinnerungen wach, waren wir doch damals Zeugen archäologi-scher Ausgrabungen. Doch bei der Suche nach einem Übernachtungsplatz in der Nähe der Ausgrabungen aus der Vorinkazeit kommt es zu einem wüstentypischen Intermezzo. Wir biegen von der

Straße ab und unser Vorausfahrer bleibt am Fuße eines Hanges mit seinem Auto im Sand stecken. Beim Versuch, sich selbst aus dieser misslichen Lage zu befreien, graben sich seine Hinter-räder immer tiefer in den lockeren, bei einem Sturm zusammengewehten Sand ein. Wir schaufeln die Räder frei, packen Äste und Zweige davor, legen Bretter darüber, die wir zum Glück in der Nähe finden, und schieben mit vereinten Kräften, um dem Motor behilflich zu sein. Der Wagen kommt nicht frei! Wir Nachfolgende stehen mit unseren Autos zum Glück noch auf festerem Boden. Zwei Abschleppseile werden verbunden, damit das ziehende Auto auf festem Untergrund bleibt. Die Aktion scheint zu gelingen. Doch kurz vorm Erreichen eines festen Untergrundes stellt sich der Campingbus quer und droht zu kippen. Wir müssen das Ziehen aufgeben und wieder schaufeln – Äste, Zweige, Bretter unter die Räder – dieses Mal unter alle vier. Mit mehrfacher Muskelkraft und wohldosiertem Gas geben gelingt es schließlich – der Bus hat wieder festen Boden unter seinen Rädern!

Am nächsten Morgen bestaunen wir nach einer Kirch-

turmbesteigung erst einmal den sonnendurchflu-
teten Kirchenraum, bevor die Archäologen unter uns
zu ihrem Recht kommen.

Die Funde in der *Atacama*-Wüste sind zwar nicht so
begeisternd wie in Peru oder in Mexiko und die
Ruinen in der Nähe einiger Dörfer armselig im
Vergleich zu *Machu Picchu* oder *Chichen Itza*. Aber
der *Pucará de Quitor*, eine Fluchtburg der *Atacameños* bei *San Pedro de Atacama,* ist trotzdem
sehenswert, obwohl nach der Zerstörung durch die
spanischen Eroberer nichts für den Erhalt der Ruinen

getan wurde. Die trockene
Luft und der Mangel an
Niederschlägen waren
jedoch beste Konser-
vierungsmittel für Verstor-
bene und deren Grab-
beigaben in grauer Vor-
zeit.

Pater Le Paige, ein
belgischer Priester, hat die
Umgebung dieses Dorfes

27

untersucht (Kritiker behaupten: umgepflügt!) und die

Funde während seines 40-jährigen Aufenthaltes in einem Museum zusammengetragen. Vor zehn Jahren, als wir diese Gegend zum ersten Mal erkundeten, war das Museum nur ein Speicherort, in dem viel Historisches einfach nur gestapelt war. Einiges davon ist nun systematisch angeordnet, das andere wird immer noch in dunklen Nebenräumen aufbewahrt. Gestapelte Mumien, Schädel und andere menschliche Gebeine sind ein makabrer Anblick.

Miss Chile macht da eine Ausnahme. Sie hat uns

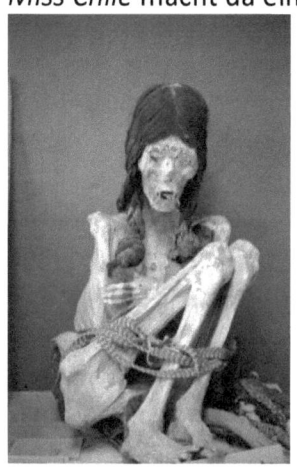

schon damals beeindruckt und schafft das auch wenige Tage später wieder, bei unserem Museumsbesuch von den *Baños de Puritama* aus. Sie wurde durch die sie umgebende Natur perfekt mumifiziert, um uns heute, nach 3000 Jahren, auf die *cultura atacameña,* die sich lange zuvor in diesem

Gebiet entwickelte, aufmerksam zu machen.

Die *Atacameños* glaubten an ein Leben nach dem

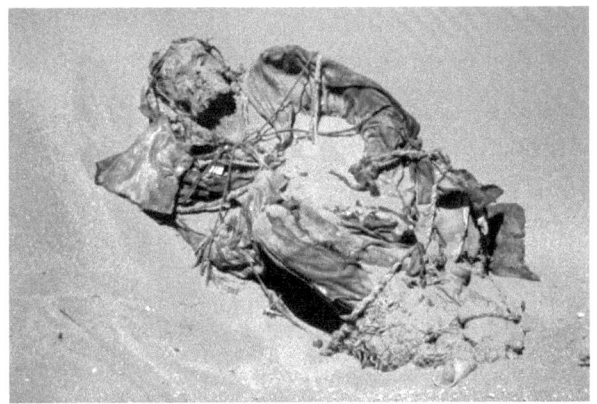

Tod, deshalb wurden die Toten mit Kleidung und Nahrung begraben.

Bei unserem dritten Besuch des Museums im Jahre 1991 sieht das alles ganz anders aus: Zuerst einmal wurde das Gebäude deutlich erweitert und die Funde sortiert, geordnet, sowohl zeitlich als auch inhaltlich, dazu gut beschriftet – eine fundierte Erinnerung an diese vergangene Zeit im Norden Chiles.

Beim Betreten des Gräberfeldes in der Nähe von *Matilla* erschrecken wir an diesem Morgen zuerst einmal. Wir brauchen den aufgewühlten Sand nur ein wenig zur Seite zu schieben, um Grabbeigaben und mumifizierte Schädel freizulegen, achtlos weggeschoben oder sogar verstreut. Wir können den Vandalismus nicht nachvollziehen, kamen wir doch zehn Jahre zuvor mit Archäologen der *Universidad del Norte* ins Gespräch, die dieses Gräberfeld gerade entdeckt hatten und dabei waren, es unter gebotener Vorsicht freizulegen und zu untersuchen. Sie konnten uns damals nur sagen, dass es sich um Gräber aus der Vorinkazeit handele, ohne sich schon auf einen genauen Zeitabschnitt festzulegen – sie deuteten das 11. Jahrhundert an. Warum haben sie diesen Grabbereich nicht abgesichert?

Auch in der Nähe von *San Pedro* erleben wir Ähnli-

ches. Am Rande eines Gräberfeldes haben irgendwelche Leute drei Menschenköpfe, einer davon ausgebleicht, die beiden anderen mumifiziert, am Rande der Grabungsstätte so positioniert, dass der Vulkan *Licancabur* zur makabren Szene den Hintergrund abgibt.

Unser Ältester durchstreift das Grabungsfeld auch interessiert, wischt an irgendeiner Stelle die nach oben gewölbte Erde zur Seite und legt einen Schädel frei, der da getrennt von seinem Körper in der Landschaft herumliegt. Er hatte von der Sorgfalt der Archäologen gehört, die mit Pinseln die Erde von ihren Funden streiften, um nichts zu zerstören, und ahmt das mit Tempotaschentüchern nach. Was dabei zum Vorschein kommt, fasziniert ihn: Ein mumifizierter Schädel mit vielen fein geflochtenen dünnen

Zöpfchen, über der Stirn perfekt dekoriert, der Mund zugenäht und in den beiden Nasenlöchern stecken Türkise. Carsten ist fasziniert, wohl nicht nur von diesem Kopf, sondern auch von einem ungewissen Gefühl, in eine unbekannte Vergangenheit zurückzublicken. Er beschließt, diesen Kopf vorm Vandalismus zu bewahren und ihm in seinem Zimmer in *Santiago* einen würdigen Platz einzuräumen. Welche Eltern schaffen es, einem Sechzehnjährigen solch eine Idee auszutreiben???

Nach unserer Reise findet der Schädel tatsächlich Platz in seinem Zimmer, auf einem Regal über seinem Bett. Dort ruht er einige Wochen, bis unser Ältester einen eigenartigen Geruch in seinem Zimmer bemerkt. Der Rest der Familie stellt einstimmig fest: Dein Kopf fängt an zu verwesen – er stinkt! Es dauert nur wenige Tage und Carsten entschließt sich, seinen *Atacameño* zu beerdigen. In unserem Garten in der *Manquehue Sur* findet er ein würdiges Grab!

Warme Quellen sind in den Anden recht häufig. Wir

haben unsere *Atacama*-Fahrt so eingeteilt, dass alle zwei oder drei Tage solche *termas* Etappenziel werden. Das waren wir unseren verstaubten Körpern schuldig. Außerdem findet man dort stets auch Übernachtungsplätze. Doch jedes Mal gibt es das gleiche Problem: Wir gehen gern ins Wasser hinein, doch das RAUS wird so

31

lange wie möglich hinausgezögert.

In den *Baños de Turi* kommen wir nach strapaziöser Fahrt kurz vor Sonnenuntergang an. Unser erster Weg: Ins Wasser!! Doch dieses Mal nicht zu lange, wir müssen noch vor Sonnenuntergang wieder in warmer Kleidung stecken, denn was Sonnenuntergang bedeutet, „erleben" unsere Handtücher und Badeutensilien, die wir zum Trocknen auf Steine legen. Sie sind sofort hart gefroren! Erst die Sonne des nächsten Tages „erweicht" sie wieder.

So sind alle Nächte in der Wüste sehr kalt. Und nachdem wir uns in den ersten Nächten in den Schlaf zitterten, sind wir inzwischen klüger: Es gibt zu später Stunde immer einen Schlaftrunk. Meist ist es Glühwein, manchmal auch der sagenhafte chilenische Weintraubenschnaps, der *Pisco*, manchmal mit Zitronensaft und Puderzucker zum *Pisco Sour* veredelt. Bei dieser innerlichen Wärme ist immer ein guter Schlafstart möglich. Und da weder Trompetenstöße noch Lautsprecher unsere nächtliche Ruhe stören, wird die wärmende Sonne zu unserem Wecker, dann,

wenn sie die Eisfenster bereits abgetaut hat. Sie sorgt schnell dafür, dass Groß und Klein innerhalb der bereits erprobten Wagenburg aktiv werden, jedes Lebensalter auf seine Weise.

Einige aus der Fahrtengemeinschaft denken dabei schon wieder an einen Abend mit echter Wüstengemütlichkeit. Die bezieht ein gehaltvolles Abendbrot ebenso mit ein wie ein zünftiges Lagerfeuer. Und Marianne, die Frau, die allein ihren VW-Käfer steuert, animiert uns mit ihrer Gitarre auch zum Singen: Deutsche Volks- und Wanderlieder in den Anden, untermischt mit chilenischer Folklore!

Herz, was willst du mehr???

Das Klügerwerden hört in den ersten Reisetagen nicht auf.

Ein VW-Campingbus ist räumlich begrenzt. Wenn er zwei Erwachsenen und drei Kindern für 14 Tage Wohn-, Schlaf- und Esszimmer, Küche, Vorratskammer und außerdem ein Auto sein soll, dann taucht lange vor dem Start die Frage auf: Wie verstaut man alles?

Wir sind erstaunt, wie schnell und gut wir dieses Problem lösen – es passt alles rein! Aber schon vor der ersten Nacht kommt es zu unerwarteten Schwierigkeiten. Claudios Bett soll zuerst eingehängt werden – es steckt aber ganz unten, weil die beiden langen Stangen am besten dorthin passten. Nun muss erst einmal vieles anderes zur Seite geräumt werden. Da entstehen Konflikte mit der Hausfrau, die das Abendbrot bereiten will, aber nun die Lebensmittel zugestellt findet. Endlich freigeräumt und am reich gedeckten Tisch sitzend, merkt einer, dass die Zuckerdose noch unter dem Sitz steckt, auf dem bereits drei Personen sitzen. Und gerade diese Dose hat doch so wunderbar die Lücke geschlossen, die noch unter der Querbank war!

Nach zwei Tagen sieht alles anders aus. Gepackt wird nun nicht mehr nach der Devise „Wie kriege ich alles rein?", sondern nach dem Motto „Auspacken und Einpacken einschließlich Spurenbeseitigung in kürzester Zeit!!" Dabei spezialisieren sich die einzelnen Familienmitglieder auf bestimmte Handgriffe.

In den *Baños de Puritama*, auf 3000 Meter, nicht weit von *San Pedro de Atacama* entfernt, bleiben wir zwei Tage. Es war zunächst nicht leicht, diese warmen Quellen zu finden, denn unser Kartenmaterial und die Realität passten nicht zueinander. Die Karte sagt: ca. 20 Kilometer nach *San Pedro* rechts abbiegen. Das tun wir natürlich auch, vertrauen weiter der Karte, die uns verrät, dass wir dann alsbald die *termas* erreichen. Das passiert aber nicht, obwohl wir inzwischen mehr als zehn Kilometer hinter uns gelassen haben. Da bleibt nur eins: Zurück!! Wieder auf der Ausgangsstraße in Richtung *San Pedro* entdecken wir ziemlich bald ein Hinweisschild: *Baños de Puritama*. Es weist nach rechts und hat damit Recht! Wir sind neugierig und fahren ein wenig in Richtung *San Pedro*, wenden und achten nun genau auf einen etwaigen Hinweis: Nichts!! Wir wundern uns nicht mehr, denn mit den Hinweisschildern und dem Kartenmaterial haben wir inzwischen Erfahrungen dieser Art gesammelt.

Bei der Abzweigung nach links geht es steil hinab in eine tiefe Schlucht. Ein herrliches Fleckchen Erde! Die Schlucht ist von drei Seiten von schroffen Felswänden umgeben, in eine davon ist der beängstigend steile und schmale Weg gehauen. Diesen Weg schaffen wir in der hereinbrechenden Dunkelheit und bestaunen am nächsten Morgen unseren Mut.

Am Fuße der mittleren Wand sprudelt das warme

Wasser hervor, sammelt sich in einem kreisrunden Krater und fließt daraus als kleiner Wasserfall ab. Ruinen am Rande des Kraters deuten darauf hin, dass auch die Eingeborenen vor langer Zeit diesen Ort schon zu schätzen wussten. Wir schätzen diesen Ort auch, genießen als Familie das Thermalwasser ausgiebig, denn es droht noch keine nächtliche Kühle. Selbst die Kleinkinderschar hat nichts gegen eine Reinigungsaktion, angeordnet und durchgeführt von den Eltern. Danach sitzen alle vergnügt in der wärmenden Sonne vor unserem Bus und werden dabei von unserer Tochter Cornelia betreut.

Am Rande dieser heißen Quellen kommt es plötzlich über uns! Uns – das sind nicht nur wir fünf, sondern all unsere anderen Reisebegleiter, seit deutlich mehr als 2000 Kilometern die beiden Kollegenfamilien mit ihren VW-Bussen und Marianne in ihrem VW-Käfer.

Zwei VW-Busse samt Insassen kommen an den *Baños de Puritama* noch dazu. Alle diese Menschen gelüstet es plötzlich nach Hammelfleisch.

Wir selbst wollen in *San Pedro* das Archäologische Museum besichtigen, auch in Erinnerung an unseren Besuch vor zehn Jahren, als Pater Le Paige gerade begonnen hatte, die Umgebung archäologisch in den Griff zu kriegen. Unsere Reisebegleiter erfahren von unseren Ausflugsplänen und schon haben wir den Auftrag, Hammelfleisch mitzubringen. Zuerst das Museum, mit einem Wiedersehensblick auf die 3000-

jährige *Miss Chile* und dann die Suche nach einem Bewohner des Dorfes, der nicht nur Schafe besitzt, sondern diese auch verkauft. Und den finden wir. Er ist sofort bereit, für uns ein Tier zu schlachten. Und dann geht alles sehr schnell. Er packt mit geübtem Griff ein Schaf aus seiner Herde, legt es mit Schwung auf die Seite, bindet seine Pfoten zusammen und hängt es an seine Schulterwaage, denn das Lebendgewicht bestimmt den Preis, auch dann, wenn sich das Tier während des Tages mit lockerem Gras genüsslich vollgepumpt hat. Auch nach dem Wiegen geht beim Schlachten alles sehr schnell. Sein Stich ist sicher und schnell, das Schaf zuckt nicht einmal dabei und gibt auch keinen Laut von sich. Sein Abhäuten geht ebenfalls professionell und sicher vor sich. Wir stehen nur staunend daneben, wie routiniert der *Indio* alle diese Tätigkeiten durchzieht.

So kommen wir gegen Abend beladen mit viel Fleisch und noch mehr Holz in den *termas* wieder an, freudig begrüßt von hammelfleischlüsternen Wüstenreisenden.

Kollege G., hoffnungsvoller Spross eines Schlachtermeisters, zerlegt unter Assistenz der Frauen kunstvoll das Tier, die anderen Männer sorgen in der Zwischenzeit für ausreichend Glut, in dieser holzfreien Gegend ziemlich ungewöhnlich. Alle ringsum, die zahlreiche Kinderschar mit eingeschlossen, freuen sich auf einen saftigen Braten. Mit zunehmender Vorbereitungszeit nimmt auch der Appetit zu, zumal es inzwischen dunkel wird und sich jeder als Ergänzung zum Glühwein etwas zum Kauen wünscht.

Die Feuermänner haben es gut, Wärme von außen und Wärme von innen, aber unser armer Schlachtergeselle hat durch den Glühwein zwar auch ein warmes Innenleben, dafür aber in den langsam vor Kälte absterbenden Fingern beim letzten Zerlegen des Tieres gar keins.

Aber er schafft es, und die ersten wohlzerlegten Fleischstücke wandern auf den Rost. Nur noch ein wenig Geduld und die in Chile zu erfahrenen Grillspezialisten avancierten Männer wollen die Hungernden bereits zum Mahle rufen, als sie etwas Unerklärliches feststellen: Das Fleisch will nicht gar werden!!!

Um es gleich zu gestehen, den weiterhin kräftig heizenden Feuermänner gelingt es nicht, auch nicht mit einem letzten Supereinsatz des kostbaren Holzes, das Fleisch zu grillen und es genießbar zu machen. Um den Hunger zu stillen, müssen alle auf ein normales

Abendbrot mit Brot und den üblichen Zutaten zurück-
greifen, um das kostbare Schaf in den nächsten beiden Tagen als Suppenfleisch zu verwenden.

Klüger sind wir nun darin, dass Grillen in Höhen über
3000 Metern bei Temperaturen unter minus fünf
Grad anderen Gesetzen gehorcht, aber welchen,
konnten wir auf unserer Reise in diesen Höhenlagen
nicht exakt festlegen. Aber es hilft weiterhin bei der
Korrektur unseres Uraltbildes von einer Wüste.

Irgendwann entdecken wir für uns ein neues, unge-
ahntes Wüstenphänomen. Wir werden alle von der
Sammlerleidenschaft gepackt, nachdem wir auf
einem Rastplatz an der Felsenküste nördlich von
Antofagasta Steine entdeckten, die Drusen enthalten. Ein emsiges Treiben setzt ein. Bewaffnet mit
Hammer oder einem anderen Schlagwerkzeug werden herrliche Naturgebilde gefunden – außen unan-

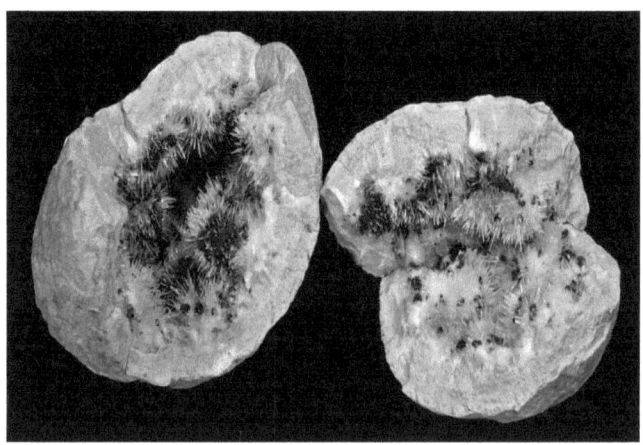

sehnliche Steine, schrumpeligen Kartoffeln ähnlich
und nur durch ihre helle Farbe vom dunklen
Vulkangestein zu unterscheiden, offenbaren sie nach
einem kräftigen Hammerschlag ihr faszinierendes

Innenleben. Entstanden sind diese Wunderwerke in Jahrmillionen, als mineralhaltiges Wasser in vulkanische Hohlräume von Steinen einsickerte und Kristalle bildete. Dabei kam es je nach Mineralgehalt des eindringenden Wassers zu unterschiedlichen Kristall-

bildungen und Färbungen.

In einer stillgelegten Salpetermine, in der Abraumhalden und Häuserruinen Windschutz bieten, entpuppt sich unser Übernachtungsplatz als Fundgrube von Achaten, deren schönste Exemplare nun unser Haus zieren.

Im berühmten *Valle de la Luna*, dem Mondtal, in der Nähe von *San Pedro de Atacama,* werden wir wieder zum Sammeln animiert. Von *Calama* aus kommend, blicken wir in dieses Tal hinein, das seinem Namen alle Ehre macht. Es fehlt jede Art von Vegetation, doch an den grotesken Sand- und Felsgebilden mit Färbungen in allen Abstufungen kann sich unser Blick nicht sattsehen.

Am Horizont gen Osten wird dieses landschaftliche Schauspiel begrenzt von stolzen Andengipfeln, von erloschenen und aktiven Vulkanen, die meisten von

ihnen fast 6000 Meter hoch. Wir können nur einen davon mit Namen benennen, den *Licancabur* – eine majestätische Erscheinung mit seiner idealen Kegelform. Wir fahren hinein in dieses Tal, das vor Urzeiten ein See war und dessen Boden

bei seismischen Erschütterungen in die Höhe gedrückt und aufgefaltet wurde. Wind und Wetter haben sich dann als begabte Bildhauer betätigt und in Jahrmillionen eine bizarre Formenwelt geschaffen. Auch im Detail haben sie gewirkt, und wir beginnen, Gipskristalle zu sammeln, glasklare dünne Platten, die, fest aufeinandergepresst, fantastische Tierfiguren ergeben. Wir haben bald einen kompletten Zoo zusammen.

Das Leben in der Wüste spüren wir eines Morgens direkt an unserem Übernachtungsplatz im Tal des *Rio*

Loa, dort, wo Landwirte das klare Wasser des Flusses dafür benutzen, ihre Möhren zu reinigen.

Dieser längste Fluss Chiles entspringt in den Hochkordilleren an der Grenze zu Bolivien. Sein Wasser empfängt er entweder direkt aus den Anden oder in seinem Verlauf gen Süden durch andere andengespeiste Zuflüsse, den *Rio Toconce*, den *Rio Salado* oder den *Rio Caspana,* wobei der Zusatz „Fluss" deutlich übertrieben ist. Zu seinen über 400 Kilometern wird der *Rio Loa* durch Gebirgszüge, die sich ihm beim Weg zum Meer in den Weg stellen, gezwungen. Er fließt zunächst viele Kilometer gen Süden, findet endlich einen Durchgang Richtung Meer, muss aber dann ebenso viele Kilometer wieder gen Norden fließen, um es zu erreichen. Die zweite Besonderheit ist noch verwunderlicher. Obwohl er durch die trockenste Wüste der Erde fließt und bei der landwirtschaftlichen Produktion an vielen Stellen behilflich ist, „spendet" er dem Pazifik sogar noch Wasser, obwohl dieses Meer mit seinem Humboldt-strom keinen Tropfen dazu beigetragen hat. Der *Rio*

Loa lebt von den feuchten Winden aus dem bolivianisch-argentinischen Tiefland, die in den Bergen für sehr ertragreiche Schneefälle sorgen. Zwischen den Sommermonaten Dezember und März kann es sogar vorkommen, dass die vollgesogenen Wolken die Andenkette überwinden und dem Norden Chiles Starkregen bescheren, mit gewaltigen Überschwemmungen.

Der Fluss hat sich tief in die Hochebene eingegraben, sodass sich sein stellenweise saftig-grünes Ufer beim Näherkommen ohne Vorankündigung plötzlich darbietet. Man erlebt selten solch einen krassen Gegensatz zwischen der blendenden Helle der Wüste in der Mittagssonne und diesem saftigen Grün oder der drückenden Hitze und dem eiskalten, klaren Wasser des Flusses. In den chilenischen Salpeterjahren am Ende des 19. Und zu Beginn des 20. Jahrhunderts hat dieser Fluss sogar noch Strom erzeugt. Der Hamburger Kaufmann Sloman staute den Fluss, erzeugte

Strom und versorgte damit seine Salpeterproduktionsstätten. Das Chilehaus in Hamburg, ein Fritz-Höger-Bau, erinnert heute noch an diesen Mann.

Der Maschinenraum des ehemaligen Elektrizitäts-
werkes ist noch erhalten, und wir haben den

Eindruck, dass dort sogleich wieder Strom erzeugt
werden könnte.
An unserem Übernachtungsplatz werden wir am
Morgen durch erstaunte Ausrufe geweckt. Unser
Jüngster braucht keine warmen Fingerspitzen, um
Gucklöcher in das Eis der Windschutzscheibe zu

schmelzen, wie nach der ersten Nacht in *La Tirana*, er hat beim Erwachen sofort freien Blick in die Umgebung, sieht und ruft: „Lamas!!!" So schnell hat sich unsere Familie morgens noch nie erhoben. Tatsächlich: In der Nähe unserer Wagenburg steht eine Lamaherde und beäugt neugierig die Eindringlinge. Wir äugen zurück, dazu mit allen zur Verfügung stehenden fotografischen Apparaten und mit viel Geduld und Ausdauer. Niemand weiß, ob solch ein Anblick noch einmal wiederkehrt.

Dabei entdecken wir noch mehr Leben am Fluss. Etwas abseits der Herde kümmert sich eine Lamamutter um ihr Junges.

Wir bleiben noch an dieser lebendigen Stelle, zumindest bis zum Mittagessen, denn lauschige Plätze unter Bäumen waren uns in den letzten Tagen nicht vergönnt.

Auch bei den *Baños de Turi* haben wir gemerkt, dass Wasser Leben bedeutet. Die Ruinenfelder ringsum deuten auf eine vormals dichtere Besiedlung hin als heute. Wir bekommen heutzutage nur zwei ärmliche Hütten zu Gesicht. Auch die Quelle zeigt, dass vor Zeiten hier mehr Betrieb war, denn sie ist teilweise von einer Mauer eingefasst; immer noch gut erhalten. Nachdem wir das warme Wasser genossen und uns kurz vor Sonnenuntergang warm angezogen haben, hören wir aus der Ferne ein vielstimmiges Meckern, vom Wind zu uns herangetragen. Es ist lange zu hören und verstärkt sich nur ganz allmählich. Die Sonne hat im Westen schon den Horizont erreicht und färbt die eisbedeckten Vulkanriesen im Osten mit ihrem unwirklichen Gelb, da quillt hinter einem Hügel eine Staubwolke hervor, die zu leben scheint und sich vor die Sonne schiebt. Aus dem vom Staub leicht abgedunkelten Horizont tauchen Tiere auf, erst langsam und dann immer schneller auf „unser" Wasser zueilend – eine Ziegenherde, die dem heimatlichen Gehege zustrebt, aber vorher noch ihren Durst stillen will. Im Hintergrund wartet wie ein Scherenschnitt eine *India*, wohl die Hüterin der Herde. Bei ihr einige Lamas, die heute auf einen kühlen Trunk verzichten, weil sich dort Fremdlinge befinden. Nach 15 Minuten ist dieses Anden-schauspiel vorbei, nur das Meckern der Ziegen ist hin und wieder zu hören.

Am nächsten Morgen erleben wir das gleiche Schauspiel in der Morgensonne – vom Gehege zur Tränke und von dort irgendwohin auf die unendliche Hochfläche mit ihrem spärlichen Pflanzenwuchs, der nicht einmal Schafen genug Nahrung bietet.

Nur die Kakteen wachsen nicht spärlich, sondern gedeihen prächtig. Einige werden zwar kaum einen halben Meter hoch, bilden dabei aber perfekte

Kugeln aus, sodass sie die chilenische Zunge als „Sitz der Schwiegermutter" bezeichnet. Andere werden

bis zu vier Meter hoch, mit stricknadellangen Stacheln bewehrt und einem Stammdurchmesser von 30 Zentimetern und mehr. Sie wachsen so kerzengerade, dass sie im getrockneten Zustand zu Brettern geschnitten werden können.

In *Chiu-Chiu*, einer kleinen Oase am *Rio Salado*, einem Zufluss des *Rio Loa*,

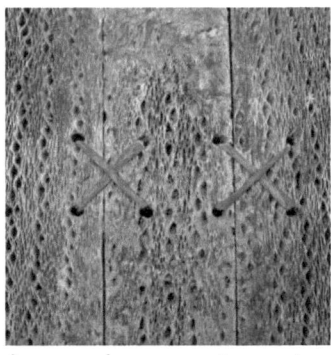

bewundern wir eine Kirche, deren Türen und deren Dachkonstruktion aus Kakteenholz gefertigt wurden.

Kleinere Kakteenstämme sind als Lampenständer oder einfach als Zimmerschmuck sehr begehrt, sodass es inzwischen verboten ist, sie dafür zu verwenden.

In *Toconce*, einem anderen Wüstenort nördlich von *San Pedro* am Fuße der knapp Sechstausender, wirklich am Ende der Welt, ersteht ein Kollege das prächtige Exemplar eines vertrockneten Kaktus. Wir anderen, die wir auch einen wollen, finden keinen mehr. Für unseren Glücklichen gibt es jetzt nur noch ein Nachfolgeproblem: Wie verstaut er das Ding so, dass es unentdeckt durch die vielen polizeilichen Kontrollen kommt? Wir sind gerade dabei, Tipps zu geben, als zwei Polizisten in einem Privatauto vorbeifahren, beladen mit Kaktusstämmen. Wir erkennen diesen einträglichen Nebenverdienst und auch den Grund, warum keine Stämme mehr zu kriegen sind.

Die kärgliche Landwirtschaft reicht für die Bewohner des *Altiplano* nicht aus, weder die Weidewirtschaft mit Ziegen, Schafen, Lamas und Alpakas noch der Gemüseanbau in einigen Flusstälern, wo man mit großer Mühe die Steilhänge in Terrassenfelder verwandeln musste.

Als Einkommensalternative in dieser abgelegenen Gegend sehen wir, wie Frauen Teppiche, Wandbe-

hänge, Decken und andere Wollwaren auf einfachen Webstühlen herstellen. In *Toconce* können wir sogar den Werdegang vom Verspinnen der Alpakawolle bis zum fertigen Wandbehang verfolgen, stets ohne Maschinen. Von der sich drehenden Spindel in der Hand der *India* bis zum Weben auf dem durch einfache Holzgestänge konstruierten Webrahmen sehen wir das perfekte Endprodukt. Und das ist stets von höchster Qualität, geprüft von regierungsnahen Organisationen, die sich um die Entwicklung dieser

 vom Zentrum *Santiago* weit entfernten Zonen bemühen. Dazu gehören nicht nur die Wollprodukte, sondern auch die Gestaltung von Gegenständen aus dem vulkanischen Gestein der Umgebung. Wir erstehen dort oben in der Höhe die Nachbildung eines Kirchturms in seiner in dieser Gegend typischen Form. Heute, Jahrzehnte später, ziert er immer noch unsere Nostalgieecke in unserem Wohnzimmer.

Die meisten Wüstendörfer liegen an den Hängen der Flusstäler. Diese Tallage macht ihren Anblick besonders reizvoll. Nach langer Staubfahrt über den *Altiplano*, die trockene Hochebene, sehen wir auf unserer Fahrt zu den *Baños der Turi* das Dorf *Ayquina* plötzlich unter uns liegen, die Terrassenfelder links am Hang des *Rio Salado* und den Ort zu unseren

Rechten. Er besteht nur aus wenigen Häusern, aus roh behauenen Steinen errichtet, mit der Tür als einziger Öffnung und einem Dach, das mit einer Mischung aus getrocknetem Gras und Lehm gedeckt ist, ausgebessert an manchen Stellen mit gewellten

Platten aus Pressmaterial oder Blech. Wir fragen uns: Ist das Dorf überhaupt bewohnt? Plötzlich tauchen einige Lamas auf. Sie sind mit Säcken und Holz beladen und trotten die Dorfstraße entlang. Zwei *Indias* folgen. Ihre dunkle Kleidung, der weite bis zu den Fußknöcheln reichende Rock, das Umschlagtuch, das Schultern und die Bluse bedeckt, ist verstaubt. Wie lange werden sie wohl schon unterwegs sein? Sie verschwinden in der nächsten Gasse und das Dorf liegt wieder wie ausgestorben da.

Zehn Jahre zuvor entdeckten wir dieses Dorf bei unserer ersten Wüstenfahrt in Chile ebenfalls so plötzlich unter uns, jedoch wimmelte es hier nur so von Menschen. In der ersten Septemberwoche waren die Menschen aus der näheren und weiteren Umgebung herbeigeeilt, um das Fest der *Virgen de Guadalupe* zu feiern, so wie es auch in *La Tirana* vor wenigen Tagen für die *Virgen* des Ortes geschehen war.

Unser „Kakteendorf" *Toconce* liegt nicht im Flusstal. Um dorthin zu kommen, müssen wir aber durch das Tal des *Rio Toconce* hindurch. Die Wasserhöhe im Fluss bereitet unserem VW-Bus keine Schwierigkeiten. Wir bekommen keine nassen Füße, obwohl wir den Fluss recht schwungvoll durchpflügen, weil der Weg unmittelbar danach steil nach oben führt. Mitten im steilen Anstieg ist es auf einmal aus – unser braver Motor kann nicht mehr! Ihm geht wegen Sauerstoffmangel die Puste aus: Alle Beifahrer aussteigen, einen dicken Stein hinters Rad, kurze Verschnaufpause, anlassen, erster Gang, viel Gas, schiebende Muskelkräfte als Unterstützung, ein Meter, zwei Meter Bodengewinn – aus!!

Das wiederholt sich. Aber schließlich streiken die menschlichen Helfer. Auf 3000 Metern Höhe sind auch der menschlichen Leistungskraft Grenzen gesetzt. An Wenden ist nicht zu denken. Also rückwärts bergab, um es noch einmal mit Schwung zu versuchen. Zehn Meter weiter als vorher. Aber was nützt das, wenn noch weitere 200 Meter Steigung zu schaffen sind?? Wir geben auf, lassen den Bus im Tal stehen und steigen zu Fuß hinauf nach *Toconce*. Die Ruhepause im Tal hat ER sich verdient, denn strapazenreiche Kilometer liegen hinter und vor ihm. Er musste reichlich Staub atmen (seine Insassen natürlich auch), dabei wurde er durchgerüttelt und -geschüttelt (seine Insassen natürlich auch), sodass streckenweise die bange Frage entstand: Wann fällt er auseinander?? Wir könnten nun jedem Autohersteller ideale Teststrecken empfehlen.

Bald werden von unserem Campingbus wieder Höchstanforderungen verlangt. Wir steuern ein bebesonderes Ziel an: *El Tatio*, ein Berg, der 4500 Meter hoch liegt, mit Geysiren zu seinen Füßen. In den frühen Morgenstunden, kurz vor Sonnenaufgang, bieten sie ein Naturschauspiel von einzigartiger Schönheit, weil in der nachtkalten Luft ihre Dampfwolken besonders ausdrucksvoll zu sehen sind. Das Foto unserer Tochter während einer Klassenfahrt beweist uns das.

Zwei „Straßen" führen dorthin. Die Zufahrt von *San Pedro* aus ist im Moment gesperrt, weil oberhalb der *Baños de Puritama* starke Schneefälle das Passieren unmöglich machen. Wir wollen es deshalb von *Caspana* aus versuchen, können uns jedoch nicht auf die Karte verlassen, deshalb fragen wir im Dorf *Ayquina* eine *India* nach dem Weg Richtung *Caspana* – dort wollen wir dann weitersehen. Sie deutet zwei Möglichkeiten an. Die eine scheint ihrer Beschreibung nach mit dem Weg auf der Karte übereinzustimmen, die andere lobt sie jedoch – dieser Weg sei viel kürzer. Wir fragen sicherheitshalber noch einmal nach der Befahrbarkeit – keine Schwierigkeiten. Und es gibt auch keine, zumindest auf der ersten Hälfte der Abkürzung! Dass ein Campingbus bei der Durchquerung des *Rio Salado* stecken bleibt, weil sich ein großer Stein vor das linke Vorderrad schiebt, ist nicht weiter tragisch, nur recht kalt für die „Taucher", die mit großer Kraftanstrengung den Stein zur Seite wälzen. Unangenehm wird es, als der Weg kaum noch zu erkennen ist, dafür aber die Anzahl der spitzen Steine zunimmt und ausgewaschene Querrinnen ständig zum Schrittfahren zwingen. Kurz vor *Caspana* treffen wir auf den längeren Weg – er kommt uns wie eine Autobahn vor. Warum nun aufregen? Die *India* hatte doch recht, der Weg war befahrbar, er war auch kürzer, dass wir trotzdem sehr viel Zeit brauchten, war für sie uninteressant. Was ist schon „Zeit" in dieser Gegend??

Aber es sollte noch schlimmer kommen. Führte die Abkürzung noch über eine Hochebene, beginnt jetzt die Steigung. Wir müssen aus einem Grabenbruch heraus. Steile Felswände begrenzen ihn. In eine davon ist der Weg gehauen. Wir fahren an zweiter Stelle unserer VW-Karawane. Als wir nach einem Felsvorsprung den „Anführer" wieder sehen, steht der mitten in einer Steigung und kommt anscheinend nicht weiter. Also auf zur Ortsbesichtigung! Aus der Nähe sieht es nicht sehr verheißungsvoll aus. Die Steigung ist zwar erträglich, aber zwischen losem Geröll ragen große Felsstücke heraus, die beim Schwingen des Wagens Gefahr für die edleren Teile bedeuten. Zum Ausweichen ist kein Platz – links Felswand, rechts Abgrund. Wir müssen zu Straßenbauarbeitern werden, um die Strecke etwas zu entschärfen. Vor und hinter die größten Brocken legen wir flache Steine, um sie als Rampe zu verwenden. Dann folgen spannende Momente für Fahrer und Beobachter. Mit Motor und Muskelkraft überwinden alle dieses heikle Wegstück, wenn dabei auch mancher Tropfen Schweiß vergossen wird.

Inzwischen ist es spät geworden. Wir können uns aber keine Pause gönnen, weil wir nicht wissen, wie weit das Ziel noch entfernt ist. Die Steigung bleibt weiterhin erträglich, doch nun denkt sich der Weg eine neue Schwierigkeitsvariante aus. Er ist in der Mitte stark ausgewaschen, sehr tief und sehr breit, sodass der Fahrer oft zweifelt, ob die Breite des Wagens ausreicht, um diesen Abgrund zu über-spannen und nicht mit den linken oder rechten Rädern abzurutschen. Für unsere Kollegin Marianne im Käfer geht das alles über ihre Nervenkraft. Sie sitzt weinend hinter ihrem Steuer und weigert sich, weiterzufahren. Die Kollegenfrau Gisela R. lässt ihren Mann und die beiden Kinder in ihrem Bus zurück und übernimmt den Käfer.

Die Sonne geht unter, es wird schnell dunkel und kein geeigneter Übernachtungsplatz ist in Sicht. Nach dem Höhenmesser sind wir bereits auf 4000 Meter, können demnach nicht mehr weit vom Ziel entfernt sein. Wir sind inzwischen zum Anführer unserer Karawane geworden. Mit einem Suchscheinwerfer können wir den Weg etwas besser ausleuchten, denn er hält weiterhin ungeahnte Tücken für uns bereit. Wir kriechen im Schritttempo weiter. Da gabelt sich der Weg – kein Wegweiser! Wir entscheiden uns für die rechte Wegfortsetzung, weil diese weiter bergauf führt. Doch das tut sie nur für ein kurzes Stück, dann geht es auch bergab. Wir leuchten den Weg ab, da sehen wir weiter unten etwas Metallisches aufblitzen. Bald erkennen wir die Ursache. In einer Senke stehen drei VW-Busse, Kollegen aus *Quilpué* und *Valparaíso.* Sie waren bei Tageslicht schon weiter Richtung *El Tatio* gefahren, hatten mit gegenseitiger Hilfe viele schwierige Stellen überwunden, bis es bei bestem Willen und mit großer Anstrengung nicht mehr weiterging. Mit einem Geländewagen plus Allradantrieb könnte man diese Strecke schaffen!! Ohne Diskussion sind wir uns alle einig: Aufgeben!! Damit endet für uns selbst der zweite Versuch, auf den *Tatio* zu kommen, wieder mit einem Fehlschlag. Wir sind nicht niedergeschlagen, denn der erste Versuch war

vor zehn Jahren und für den dritten haben wir noch einige Jahre Zeit.

Auf der Rückfahrt besuchen wir das Wüstendorf *Caspana*, das wir auf der Fahrt in Richtung *El Tatio* ausgespart haben, und sind froh, dass wir das nun noch machen. Die Straßenverhältnisse sind nicht immer optimal und wir müssen sogar auf Gegenverkehr achten.

Dieser Ort, obwohl im Tal des *Rio Caspana*, liegt immer noch auf 3300 Metern Höhe und ist von vielen Terrassenfeldern umgeben.

Dort wachsen, für uns kaum vorstellbar, Birnen, Äpfel und Feigen, und sogar Blumen werden in den wenigen Sommermonaten geerntet.

Unser Gang durch das Dorf eröffnet uns immer wie-

der fotogene Anblicke, beim Pampagras im Flussbett, beim Anblick der Brücke darüber hinweg, beim Betrachten der Bewässerungsanlagen in der Nähe des Flüsschens oder beim Staunen über den immer

noch existierenden Kirchturm von *San Lucas*, obwohl bereits 1641 erbaut.

Auch in diesem Dorf reichen die Erträge aus der Landwirtschaft für die 400 Einwohner nicht aus, deshalb wurde hier mit Unterstützung von außen ebenso ein Alpakahandwerk entwickelt, bei dem die Bewohner vom Halten der Tiere über die Wollgewinnung und -verarbeitung bis zum Weben und Verkaufen alles selbst gestalten.

Vor ihrem einfachen Haus bietet uns eine *India* ihre selbstgewebte *faja* an, die wir ihr auch gern abkaufen.

Beim weiteren Schlendern durchs Dorf sehen wir deutlich die der Umgebung angepasste Lebensweise, neben den Türeingängen sind Fensteröff-

nungen nicht zu entdecken.

Jetzt fehlt uns nur noch ein Sandsturm. Und dieses Wüstenphänomen tut uns den „Gefallen"! Wir fahren von *San Pedro* Richtung *Toconao*, um die Flamingokolonie im *Salar de Atacama* zu besuchen, wieder bei tiefblauem Himmel und herrlichem Sonnenschein. Plötzlich kommt ein sturmartiger Wind auf, es wird schlagartig dunkel und Sandkörner prasseln auf unsere Karosserie. Ich mache unbewusst das einzig Richtige, halte sofort an und stelle den Motor ab. Feiner Sand dringt in das Innere des Autos und bedeckt uns und alle Einrichtungsgegenstände. Alles wirkt gespenstisch, unheimlich, obwohl es gar nicht lange dauert. Der Wind hört auf, es wird wieder hell und wir können weiterfahren. Dabei finden wir

Antwort auf eine bisher ungeklärte Beobachtung. Wir hatten auf einigen Wüstenpisten entlang der Straßenränder kleine Sandwälle gesehen, die den Weg säumten. Nun ahnen wir, wie sie entstanden waren. Nach einem stärkeren Sandsturm als dem, den wir gerade durchgestanden haben, müssen „Sandpflüge" dafür sorgen, dass die Straße wieder passierbar wird. Es ist zumeist unmöglich, sich mit eigener Motorkraft aus dem vom Wind zusammengewehten Sand zu befreien. Das haben wir nach dem Besuch der Oase *Pica* und dem wohltuenden Bad im Thermalwasser bei der Weiterfahrt zur Nachbaroase *Matilla* erlebt.

Die Fahrt Richtung *Toconao* verläuft ohne weitere Zwischenfälle und auch im Ort finden wir das Büro der CONAF, der *Corporación Nacional Forestal,* um uns die Erlaubnis für den Gang zur *Laguna Chaxa* zu holen. Diese nationale Forstbehörde kümmert sich um alle Nationalparks und Naturschutzgebiete in vorbildlicher Weise, und wir genießen in den folgenden Jahren während unseres Aufenthaltes auch in anderen Situationen ihre sinnvolle Tätigkeit.

Bald sind wir AUF dem Salzsee, zumindest rechts und links von unserer befestigten Zufahrt sehen wir ihn, zum Teil als Wasser, zum Teil als feste Salzdecke. Etwas weiter draußen sehen wir einige Flamingos, die im flachen Wasser auf Nahrungssuche gehen. Ihre Köpfe sind stets nach unten gerichtet und über das

Fernglas stellen wir fest, dass sie die kleinen Krebstierchen auch finden, denn sie heben kurzzeitig ihren Kopf, wohl um ihre Nahrung weiter nach unten zu befördern. Wir lesen später, dass diese Krebse auch dafür sorgen, dass die Flamingos ein orange-

farbenes Gefieder haben. Bei der Nahrungssuche bewegen sie sich sehr langsam, es gibt demnach nur
wenig Abwechslung bei der Beobachtung. Doch
plötzlich sorgen diese interessanten Tiere doch dafür:
Sie erheben sich in die Lüfte. Dafür brauchen sie erst
etwas Anlauf. Sie sind zwar schnell über dem Wasser,
aber noch nicht in der Luft. Einige Fußplatscher helfen
aber, um sich vom Wasser zu befreien und in die Lüfte
zu schwingen. Und dann fliegen sie nicht einfach davon, sondern vollführen vor unseren Augen eine
Schleife, um sodann vor den Andenvulkanen davon-
zuziehen, und das sogar vor dem aktivsten Vulkan
dieser Gegend, dem fast 5200 Meter hohen *Laskar*.
Der Anblick dieser Vögel mit ihrem ruhigen
Flügelschlag vor dem tiefblauen Himmel und den
schneebedeckten Bergen gehört seitdem zu den
Höhepunkten unserer Nordfahrt.
Zeugnisse aus der Vergangenheit gibt es nicht nur in
der Erde. An den Steilhängen der Flüsse sind sie als
Zeichnungen auch zu finden. Ein Lehrer der
Dorfschule in *Lasana* überlässt uns seinen Schulhof
als Übernachtungsplatz und führt uns zu solchen
Spuren der Vergangenheit. An den glatten Felswänden im Tal des *Rio Loa* zeigt er uns Tiere,
Jagdszenen, Dämonen und Götter, die in verblassten
rot-braunen Farbtönen gemalt oder auch eingeritzt
die Wände bedecken, schwer zugänglich und wohl
deshalb immer noch talbeherrschend und besonders
eindrucksvoll.
Der Mensch des 20. Jahrhunderts hinterlässt auch
seine Spuren. Er durchwühlt die Erde nach
besonderen Inhalten und verpestet die Luft, um diese
„Inhalte" zu befreien. Wir haben den Eindruck, dass

in *Chuquicamata*, der größten Tagesbaukupfermine Chiles, von Umweltschutz nicht einmal gesprochen

wird. Dunkler Rauch quillt Tag und Nacht aus den Schornsteinen und bildet am Himmel das moderne Wahrzeichen der *Atacama*-Wüste. Aus Zeitmangel können wir dieses Mal die Mine nicht besichtigen. Sie

hat uns damals vor sieben Jahren ziemlich beeindruckt, vor allem der ovale Riesenkrater des Tagebaus, wo unser Blick vom oberen Rand zur

Talsohle die gewaltigen Maschinen und Erzzüge als Minispielzeuge erscheinen lassen.

Auch an den Salpeterwerken fahren wir vorbei. Wir müssen vor Schulbeginn zu Hause sein!

Die Strecke gen Süden ist vom Tempo bestimmt und wir erleben die Etappen der Hinreise noch einmal als fahrende Zuschauer. Da grüßt uns nördlich von *Antofagasta* die weiße Steilküste aus Muschelkalk mit dem guanobedeckten Felsentor *La Portada* mitten in der Brandung. Wie klein fühlten wir uns unten am Strand und bedroht von 50 Meter hohen Steilwänden.

Und südlich von *Antofagasta* tauchen wieder die unterschiedlichen Wüstenformationen auf – reinster Sand in grellem Weiß, nackter Fels in dunklem Braun ebenso wie Sand-Fels-Kombinationen in allen Farben und Formen.

Einen Aufenthalt gibt es noch. Wir besichtigen eine „Kupfermine", die zwei Arbeitskräfte benötigt – den Besitzer und seinen Bruder. Am Rande der Straße steht ihr Haus. Dahinter fanden sie vor einigen Jahren auf einem überschaubaren Wüstenstück kupferhaltige Erde. Dann brauchten sie nur noch eine Schubkarre, Schaufeln, Wasser und Konservendosen. Die

kupferhaltige Erde wird mit Wasser vermischt und läuft langsam über die Dosen, die eine Grube ausfüllen. Dort wird sie gesammelt und noch einmal über die Dosen gerieselt ... und noch einmal ... und noch einmal. Nach einem Monat sind die Dosen zersetzt, und auf dem Boden der Grube hat sich ein Schlamm abgesetzt, dessen Kupfergehalt so groß ist, dass er vom Minenbesitzer verkauft werden kann. Mit zufriedenem Gesicht erklärt er uns die Wirkungsweise seiner Anlage.

Weiter südlich von *Copiapo* wird unsere Fahrt plötzlich durch Nebel verlangsamt und durch starken Regen in der Geschwindigkeit noch weiter reduziert. Sollte uns der Winter wieder daran hindern, zügig voranzukommen? Wir erinnern uns an eine Situation vor sieben Jahren, als starker Regen in Schluchten reißende Flüsse entstehen ließ, die ganze Abschnitte der *Panamericana* wegspülten und uns zu großen Umwegen zwangen.

So schlimm wird es dieses Mal nicht, doch die von den Hängen herabrollenden Steine erfordern ein besonderes Maß an Konzentration.

Inzwischen wissen wir, dass der Regen in dieser Jahreszeit und in dieser Gegend ein besonderes Phänomen hervorzaubert: die blühende Wüste.

Auf die müssen wir aber mindestens bis in den September hinein warten. Im Moment wollen wir nach Hause. Es lockt uns ein geordnetes Leben nach einer Reise, die Große und Kleine gleichermaßen begeisterte.

3) Schafschur in Patagonien

Patagonien – das ist für einen Mitteleuropäer irgendwo da unten in Südamerika, dazu noch schwer zu erreichen und noch schwerer zu erkunden, dazu noch Schafe in unendlicher Anzahl.

Zum Beginn des Jahres 1976 machen wir uns trotzdem auf, diesen unendlich weiten Landstrich für uns zu erkunden. Wir haben dabei einen Startvorteil, denn vor wenigen Monaten sind wir zum zweiten Mal in Chile angekommen und können deshalb von *Santiago* aus starten, und zwar in unserem Campingbus – gut gesichert gegen Steinschlag, unten mit einem Gitter unter dem Motor, oben mit einem solchen in Verbindung mit Plexiglaseinsätzen vor der Windschutzscheibe.

Bis nach Patagonien ist es auf dem Landweg zwar noch weit, dafür aber abwechslungsreich – besonders landschaftlich. Die Vulkankette der Anden links von uns genießen wir auf der asphaltierten *Panamericana*, verlassen sie gen Osten, um oben in den Bergen die Grenze nach Argentinien zu passieren. Das ist auch unter Pinochet problemlos möglich, denn er kann es sich nicht leisten, den Tourismus zu stören. Bald tauchen wir in die aufgereihte Seenplatte östlich der Anden ein. Auch die verlassen wir und sind bald in der trockenen patagonischen Pampa. Wer kennt schon den Ort *Esquel*, fast 300 Kilometer südlich von *Bariloche*?

Dort entwickelt sich für uns ein unvergessliches Erlebnis.

Wir füllen in diesem Ort unsere Vorräte auf, nach dem Motto „Wenn möglich – tanken und auffüllen!", und steuern bald darauf unser Tagesziel an: *Estancia Guillermo*, denn dort könnten wir einer Schafschur beiwohnen.

Dieser Tipp gesellt sich zu einer der vielen Halbwahrheiten, die wir auf unserer Patagonien-Fahrt verkraften müssen: Das Schafscherteam hat seine Arbeit bereits beendet und ist schon weitergezogen. Die *Gauchos* der *Estancia* sind gerade dabei, die letzten gut eingepackten Fellballen auf Lastwagen zu verladen, um sie gen *Buenos Aires* zu transportieren. Beim Verladen der schweren Ballen gibt es keinen besonderen Kran, alles geschieht mithilfe von Rollen

und Seilen vom Lastwagen aus.

Wir sehen den verwegenen Gestalten dabei zu, harte, vom Wind gegerbte Gesichter. Wir kennen diesen unerbittlichen Dauerwind inzwischen, der das Auto auf die andere Straßenseite drückt, der den Atem stocken lässt, der Filmen aus freier Hand oft unmöglich macht und der die Wahl des Übernachtungsplatzes bestimmt.

Doch eine Schafschur gibt es hier nicht mehr.

Der Aufseher ist jedoch recht zugänglich und lädt uns zur nächsten *Estancia* ein, mit dem heimatlichen Namen *Nueva Lubecka*. Nach einer Stunde sind die *Gauchos* mit dem Beladen fertig, und wir folgen dem Aufseher in seiner *camioneta*.

Die letzten zehn Kilometer, bereits auf dem Gelände der *Estancia*, sind schlimm. Wir können dem Tempo seines kleinen Pritschenwagens nicht mehr folgen, denn der Weg ist ein Geröllfeld mit hoch aufgetürmtem „Mittelstreifen". Unser hochbeiniger Bus berührt hin und wieder diesen Streifen, und wir sind froh, die edleren Teile des Motors gut geschützt zu haben. Trotzdem müssen wir das Tempo drosseln. Der Käfer, das dritte Auto in unserem VW-Konvoi, hat es noch schwerer. Für ihn ist der „Mittelstreifen" zu hoch. Ihm bleibt nichts anderes übrig, als diesen Steinwall unter die linken Räder zu nehmen, um auf diese Weise in Schieflage den Weg entlang zu schleichen.

Plötzlich ertönt aus dem Hintergrund unseres Autos eine aufgeregte Stimme: „Da hinten ist eine Staubwolke zu sehen!!!" Ich brauche nicht viel Zeit, um unseren Campingbus zum Stehen zu bringen. Dann sehe ich sie auch, diese Staubwolke, die sich langsam auf uns zubewegt. Bald sind auch Einzelheiten zu erkennen: Vier *Gauchos* auf ihren Pferden nähern sich. Sie treiben „Nachschub" für die Schafschur heran. Reiter und Pferde scheinen eine Einheit. Die Pferde wissen anscheinend genau, was sie machen sollen, und reagieren von allein mit Drehung, Halt oder Galopp auf die entsprechende Situation. Und wo Reiter und Pferd nicht sein können, da sind die Hunde, unansehnliche, struppige Köter, aber ausdauernd und routiniert. Für sie scheint es eine Freude zu sein, eine Schafherde zu treiben und gleichzeitig zusammenzuhalten.

Vor einer schmalen Brücke versagen aber die Treib-

künste aller Teilnehmer. Kein Schaf ist zu bewegen, dieses gefährliche Ding zu betreten. Sie brechen aus, ihre Angst vor Menschen, Pferden und Hunden wird überlagert von einer größeren Angst. Die *Gauchos* binden einen Leithammel auf der Brücke fest und treiben die Schafe wieder auf diese Engstelle zu. Aber auch dieser Trick hilft nicht, den Schafen ihre unbestimmbare Angst zu nehmen. Sie brechen nach allen Seiten aus, ohne die *Gauchos* zu Pferde oder zu Fuß und die wild herumsausenden Hunde zu beachten.

Nach vielen Versuchen gelingt es einem abgesessenen Reiter, durch lautes Geschrei, durch Fuchteln mit einem Tuch und durch direktes Schieben von Schafen in einer kleinen Gruppe diese so ins Laufen zu bringen, dass es vor der Brücke nicht wieder zum üblichen Halt kommt. So laufen sie einfach weiter, warum auch immer. Und nun folgt für uns Zuschauer eine perfekte Illustration des Begriffes „Herdentrieb". Für die riesige Schafherde gibt es von diesem Augenblick an keine angsteinflößende und gefährliche Brücke mehr, alle Schafe galoppieren fast hinüber, um dort auf verschiedene Pferche verteilt zu werden. Die vier Reiter ziehen als Letzte gelassen über die Brücke, verwegene Burschen mit Lederhut und Lederjacke, dazu Pluderhosen und halbschaftige Stiefel.

Das alles geschieht vor einer schmalen Pappelreihe als schwankender Baumwand und vergeblichem Windschutz und ringsum nur unendliche Pampa, der Horizont in weiter Ferne und erst dort, wo sich der Himmel schließlich auf die Erde herablässt. Vielen von uns fallen bei diesem Anblick nur Begriffe wie „Romantik", „Abenteuer" und „Freiheit" ein, wohl wissend, dass die Realität weniger romantische Begriffe mit sich bringt. In unserer Versunkenheit vergessen wir völlig die Zeit und den freundlichen Aufseher, der währenddessen wohl im Zentrum der *Estancia* auf uns wartet und uns Deutschen das fehlende Gefühl für zeitliche Abläufe vorhalten wird. Nichts dergleichen. Er steht ganz ruhig inmitten der Produktionsgebäude, begrüßt uns freudig und zeigt uns unseren Übernachtungsplatz. Hinter einem leer - stehenden Haus haben wir den nötigen Windschutz. Wir begreifen zugleich, dass in Patagonien die Uhren nicht auf Hektik eingestellt sind. Doch in uns spüren

wir sie schon wieder, denn wir alle sind auf Schafschur eingestellt.

Im Scherschuppen herrscht geschäftiges Treiben.
Durch die geöffneten Türen zu den Pferchen hin werden Schafe hereingetrieben, von den *Gauchos* gepackt und mit einem kräftigen Ruck auf die Seite
geworfen. Obwohl die Tiere dabei nicht gerade sanft
behandelt werden, hört man keinen Tierlaut – kein
schmerzerfülltes oder widerspenstiges Blöken.

Eine gespenstische Atmosphäre.

Während die stehenden Schafe wenigstens noch
versuchen, sich durch Flucht dem harten Griff der Arbeiter zu entziehen, hört selbst diese bescheidene

Abwehrreaktion
auf, wenn die Tiere
auf der Seite
liegen. Ergeben
lassen sie sich je-
weils ein Vorder-
bein mit einem
Hinterbein zusam-
menbinden, lassen
sich zum Scher-
messer schleifen
und vom akkord-
getriebenen Sche-
rer drangsalieren.
Er beginnt am Kopf
des Tieres, arbeitet
sich Richtung
Schwanz voran und muss dabei das Tier drehen, um
ein ungeteiltes Fell zu erhalten. Vom Schaf hört man
auch bei dieser Tortur keinen Laut. Am geschorenen

69

Wollvlies hängt so manches Stück Haut und die von ihrem Fell befreiten Schafe, mit einem Schubs durch eine schmale Öffnung in einen Pferch im Freien gestoßen, sehen erbärmlich aus – nackt, einige mit

blutenden Hautverletzungen, ängstlich, elend und stumm.

Doch drinnen im Schuppen geht es weiter. Zwölf Scherer versuchen in einer Arbeitsperiode von zweieinhalb Stunden, möglichst viele Schafe zu scheren. Die schmalen Pferche draußen im Freien zeigen unerbittlich die Leistung jedes Einzelnen. Im ersten Pferch drängen sich die Schafe, im vierten und sechsten ist noch viel Platz, der erste Scherer ist jung und geschickt, die beiden anderen abgearbeitet und langsam.

Ein Glockenzeichen beendet die erste Arbeitsperiode, und sie kommen mit einem sonderbaren Gang aus dem Schuppen – gebeugte Knie, den Oberkörper fast waagerecht, den Kopf mit Anstrengung aufgerichtet. Erst nach und nach werden sie wieder zu aufrecht gehenden Zweibeinern.

Eine halbe Stunde später beginnt die zweite Arbeitsperiode, vier davon pro Tag, dann Tag für Tag, bis die
35.000 Schafe der Farm geschoren sind. Dann zieht
das Scherteam weiter gen Süden zur nächsten Schaffarm.

Die geschorenen Schafe werden in einen großen
Pferch getrieben, durch schmale Ausgänge in eine
Reihe gezwungen und durch ein Desinfektionsbad
geschleust. Schließlich werden sie noch gestempelt.
Erst dann dürfen sie wieder in die unendliche Pampa
zurückkehren.

Die anderen Arbeiter, zumeist auf der *Estancia* fest
angestellt, haben es etwas leichter, ob sie die Wolle
zur Seite schaffen, ob sie die Pressmaschine bedienen
oder ob sie die in Stoff gehüllten Ballen zunähen,
wiegen, beschriften, wegrollen und stapeln, fertig
zum Verladen auf einen Lastwagen, der die kostbare
Fracht nach *Buenos Aires* bringt.

Wir lernen den Verwalter der *Estancia Nueva
Lubecka* kennen: einen Deutschen, der uns zwischen
Arbeitsanweisungen vom harten und einsamen Leben auf solch einer Schaffarm erzählt, auch von den
wirtschaftlichen Schwierigkeiten, die Argentinien im
Moment belasten. Er erwähnt, dass er für das
Arbeitsteam täglich vier Hammel schlachten lässt. Da
fragen wir ihn gleich, ob er uns nicht einen Hammel
verkaufen würde. „Nein! Ich verkaufe keine Hammel!", lautet seine kurze Antwort.

Betretenes Schweigen unsererseits ob solch bar-
scher, abweisender Worte. Keiner von uns findet
gleich die passende Antwort, weil wir immer noch die
Zahl 35.000 vor Augen haben.

„Aber ich kann Ihnen einen schenken!"

Er genießt es sichtlich, uns in Verlegenheit gebracht zu haben.

Alle kommen mit ins Schlachthaus. Da hängen sie schon, aufgereiht, frisch und appetitlich. Mit Maden??? Er ist fast beleidigt. Da erzählen wir ihm vom Abend zuvor, als wir vom gekauften Fleisch die auf dem Grillfeuer nach oben gedrängten Maden mit einem Messer abschabten, um das Fleisch genießen zu können.

Neben dem Schlachthaus sind an einem groß-

maschigen Gitter Schaffelle zum Trocknen aufgespannt. Wir können leicht erkennen, dass das Scherteam schon viele Tage hier arbeitet.

Unsere Weiterfahrt gestaltet sich schwierig, denn nun sind wir gezwungen, Holz für einen *asado* zu finden, um unser Schafgeschenk in einen duftenden Braten zu verwandeln – in der trockenen Pampa fast ein unlösbares Problem. Doch wir schaffen das auf patagonische Weise: In einem Restaurant wird ein Teil des Schafes vom Wirt selbst auf einem Selbstbaugrill gebrutzelt, der Rest von ihm in schmackhafte Schaffleischsuppe verwandelt – und das alles für ein Dankeschön!

4) Patagonien - einst und jetzt

Das Gestern dieses südlichsten Teiles des südamerikanischen Kontinents liegt im Dunst der Fragen nach dem Zeitpunkt und nach dem Weg der Besiedlung durch die Menschen verborgen. Einig sind sich die Experten nur darin, dass es sich dabei um den modernen Menschen, den Homo sapiens, gehandelt hat, denn es wurden bis heute auf dem amerikanischen Kontinent keine Reste von einem seiner Vorgänger gefunden. Salopp gesagt: In Amerika gab es keine Neandertaler.

Einige dieser Experten behaupten, und sie haben triftige Gründe dafür, dass diese ersten Menschen den amerikanischen Kontinent in Alaska betreten haben, und zwar über die Beringstraße, die während der Eiszeit mit dem Absinken des Meeresspiegels eine Landbrücke zwischen Asien und Amerika bildete. Sie kamen aus dem asiatischen Kontinent, etwa um 15000 v. Chr. Von dort aus zogen sie in mehreren Wellen gen Süden und erreichten irgendwann auch Patagonien. Andere Experten widersprechen dieser Wanderungstheorie von Nord nach Süd, auch mit guten Gründen. Sie gehen davon aus, dass die südliche Pazifikküste von Japan, China oder Südostasien aus besiedelt wurde, und zwar ebenfalls am Ende der letzten Eiszeit 15.000 Jahre v. Chr. Bei den Ausgrabungen in *Monte Verde*, wenige Kilometer südwestlich von *Puerto Montt*, einer Hafenstadt am südlichen Ende der chilenischen Zentralzone, fand man Überreste von Jägern, Sammlern und Fischern aus dieser Zeit und entdeckte über Samen und Früchte, dass diese Menschen Kontakt hatten zu ihresgleichen hin bis zu einer Entfernung von 240 Kilometern.

Als wir uns, das heißt wir als ein Elternpaar mit drei Kindern und dazu ein zweites Elternpaar, ebenfalls mit drei Kindern, zu Beginn des Jahres 1976 während des zweiten Chileaufenthaltes von *Bariloche* in Argentinien mit unseren Campingbussen zur Erkundung Patagoniens aufmachen, wissen die Archäologen zwar schon von dieser Fundstätte, haben aber mit den Grabungen noch nicht begonnen.

Weiter westlich im argentinischen Teil Südamerikas erleben wir aber Spuren dieser Menschen, wann und auf welchem Weg sie auch immer dorthin gekommen sind.

Fast 160 Kilometer südlich von *Perito Moreno,* wo wir in einem Hotel den Pampastaub endlich einmal wegspülen können, durchqueren wir zu Fuß den *Rio Pinturas* und kraxeln auf der anderen Seite den Steilhang empor, um zu den *Cuevas de las Manos* zu gelangen.

In einem Bereich dieser „Höhle der Hände" bewundern wir die wunderbar erhaltenen Handnegative,

aus Wasser, Blut und Urin, vor mehr als 10.000 Jahren hergestellt. Wir können uns später, als wir die Grabungserkenntnisse aus *Monte Verde* erfahren, einen Kontakt der Menschen an der Pazifikküste zu denen in diesem Bereich gut vorstellen.

An einer anderen Stelle der Höhle sehen wir neben den Händen auch zumeist schwarze Vierbeiner, wahrscheinlich eine der Nahrungsquellen dieser Menschen.

Einige Tage später, wir haben zwischendurch *Ushuaia* auf Feuerland erreicht und beginnen mit unserer Rücktour gen Norden, da zwingen uns Benzin- und Wassermangel zu einem Zwischenstopp. Einen Stellplatz für die Nacht finden wir hinter einem gewaltigen Felsen, der uns schon aus der Ferne lockt und nach dem Öffnen einiger Tore das hält, was er verspricht: Wind-Ruhe in der Nacht. Doch dieses Versprechen bezieht sich nur auf den Wind, denn sobald wir dabei sind, uns hinter diesem Felsen zu installieren, kommen unsere jungen Leute vom Ausschwärmen in die Umgebung schon wieder zurück und zeigen uns Spuren aus unendlicher Vergangenheit: eine Pfeilspitze aus Feuerstein, wenn auch nicht perfekt erhalten.

Als ob zur Jagd geblasen wird, so schwärmen wir aus, zunächst in Richtung Ort des besonderen Fundes, gleich hinter unserem Felsen. Und tatsächlich, die Fundstätte gibt noch mehr her, und jedes Fundstück wird zur Begutachtung einem Anderen gezeigt, denn nicht jeder Steinsplitter kann als bearbeitet angesehen werden. Es sind aber tatsächlich Steine dabei,

die Menschenhand verändert hat, entweder, weil von ihnen etwas weggeschlagen wurde, um den Stein selbst zu einem Werkzeug umzuformen, oder um durch das Wegschlagen ein Werkzeug zu erhalten. Bald werden auch die umliegenden felsigen Hügel von gebeugten Menschenkindern besetzt.

Der Ruf zum Abendbrot muss oft wiederholt werden, ehe

sich die schwer beladenen Sammler zur Heimkehr entschließen. Auch beim Essen sind Steine wichtiger als Brot. Es wird sortiert, weggeworfen, doch wieder aufgenommen, Spreu vom Weizen getrennt, schließlich auf unserem Campingtisch für alle zur Schau gestellt.

Einige gute Stücke bleiben übrig, vor allem Schaber, beidseitig verwendbar und richtig scharf, um das Fell der gejagten Beute innen vom Fleisch zu säubern.

Auch runde Bohrer, denen wir ansehen können, dass sie wohl in der Lage waren, in ein anderes Gestein ein Loch zu bohren.

Einige Speer- und Pfeilspitzen sind dabei. Keine davon ist vollkommen, ein Zeichen dafür, dass ihre Herstellung besonders schwierig war.

Auch viele andere Werkzeuge sind Bruchstücke, bei der Produktion missraten und weggeworfen. Hier muss eine Steinzeitwerkstatt gewesen sein. Das Steinmaterial kommt in allen möglichen Farben vor, gefunden in der unmittelbaren Umgebung.

Bei dieser Erkenntnis beschleicht uns ein eigenartiges Gefühl.

Vor 10.000 Jahren waren hier an dieser Stelle Menschen dabei, aus Stein Werkzeuge herzustellen, die ihrer Nahrungsbeschaffung und -verarbeitung dienten.

In einem kleinen Stein entdecken wir ein kreisrundes Loch, perfekt hindurchgebohrt. War das etwa ein Schmuckstück, das

mit einem Band um den Hals einer Steinzeitfrau hing? Zur Kunst hatten sie damals Zeit, das haben wir in den *Cuevas de las Manos* gesehen, warum nicht auch dafür, sich zu schmücken?

Erst die untergehende Sonne lenkt uns ab, denn sie zaubert eine Abendstimmung für die argentinische Pampa, die Abendbrot und Steine vergessen lässt.

Leider müssen wir diese geschichtsträchtige Stelle am nächsten Tag verlassen, denn wir haben schlicht und einfach kein Wasser mehr.

Danach erfahren wir, dass es nur wenige Kilometer südlich von unserem Übernachtungsplatz den Nationalpark *Pali Aike* gibt, wo in einer Höhle Steinwerkzeuge, Knochenreste und Höhlenzeichnungen gefunden wurden, die auf menschliche Aktivitäten zur gleichen Zeit hinweisen. Wir haben beim Passieren des Ortes *Punta Delgada* auf unserer Rückreise gen Norden keinen Hinweis auf diese Fundstätte entdeckt und sehen nun im Nachhinein unseren Werkstattfundort als doch recht bedeutend an. Dort waren die Menschen tätig, die auch in den *Cuevas de las Manos* oder in den *Cuevas de Pali Aike* ihre Handschrift hinterlassen haben.

Seit dieser Zeit sind wir Anhänger der Historiker die eine Besiedlung Patagoniens von der Pazifikküste aus bevorzugen.

„Der Realität gehorchend, nicht dem eignen Gespür" – frei nach Schiller wenden wir uns von der ungewissen und dunklen Vergangenheit schließlich ab und sehen das, was heute vor uns kreucht und fleucht. Und das ist einiges.

Schon auf unserer Fahrt in südliche Richtung und beim Übersetzen mit der Fähre über die Magellanstraße begleitet uns ein stolzer Vogel. Er braucht

während der stundenlangen Überfahrt keinen einzigen Flügelschlag, um unserem Schiff zu folgen, nutzt
aber dessen Geschwindigkeit und die dadurch ent-
stehenden Luftströmungen, um sich in den Lüften zu
halten, denn seine Spannweite von fast 3,5 Metern
verlangt das bei seinem dynamischen Segelflug. Er
braucht keine Aufwinde, dafür aber Luftströmungen.
Dem Albatros werden sie durch das fahrende Schiff
geliefert.

Ein anderer stolzer Vogel braucht kein Schiff mit

parallelen Luftströmungen, er liebt die Aufwinde, seiner ähnlichen Spannweite kommt das sehr entgegen.
Er genießt sichtlich das freie Segeln mit dem Blick

nach unten, nach Kadavern oder Tieren, die kurz davor sind, Ausschau haltend, und die Thermik, die ihn wieder emporhebt, wenn es denn sein muss. Die Kondore sehen wir kaum, wir sind wohl häufig zu weit von ihren Jagdrevieren in den Anden entfernt.

Wir müssen unsere Augen mehr Richtung Boden kon-

zentrieren. Dort sehen wir eine andere faszinierende Tierart – die Gürteltiere. Nach ihrem Äußeren würden wir sie nicht gleich zu den Säugetieren zählen. Ihr knöcherner Panzer hilft ihnen, sich vor Feinden zu schützen. Dieses Tier ist jedoch auf ein Leben in unterirdischen Erdbauten ausgerichtet und nützt zum Beispiel einen geeigneten Boden, um sich blitzschnell einzubuddeln – das geht wirklich wahnsinnig schnell, sodass der Feind keine Beutechance hat.

Das Gürteltier weiß auch, wann es bei einem Untergrund keine Chance zum Einbuddeln hat. Dann macht es sich rund und bietet dem Feind nur sein undurchdringliches Äußeres, ähnlich wie unser Igel in solch einer Situation.

Wie schon so oft, unser Jungvolk entdeckt in der Nä-

80

he eines Stellplatzes im *Parque Nacional Torres del Paine* wieder etwas. Dieses Mal eine zweite interessante Tierart. Sie kommen gelaufen und rufen: „Wir haben ein Stinktier entdeckt!" Tatsächlich – eine Skunkmutter bemüht sich, ihre beiden gar zu neu-

gierigen Jungen zur Flucht zu animieren. Eins davon packt sie resolut im Nacken und zieht es Richtung Gestrüpp, das andere zeigt, dass es sich verteidigen kann, richtet seinen Schwanz auf, seine Analdrüsen darunter sind aber noch nicht gefüllt, sodass der Verteidigungsspritzer noch nicht zustande kommt. Es trottet seiner Mutter hinterher und alle drei verschwinden bald zwischen dem Wurzelgewirr eines alten Baumes. Nur gut, dass die Mutter mit ihren Jungen zu tun hatte, also nicht in der Lage war, ihren Stinkstrahl abzugeben. Einige von uns hätten sich bei einem Treffer völlig neu einkleiden müssen, wobei noch ein Nachfolgeproblem aufgetaucht wäre, denn der penetrante Duft wäre aus den Kleidungsstücken kaum zu entfernen gewesen.

Der Vogel Strauß Patagoniens, der *Ñandú*, weiß um seine Geschwindigkeit, die er mit seinen kräftigen Beinen entwickeln kann. Er braucht dabei seine Flügel nur zum Stabilisieren – zum Erheben reicht es nicht. Diese Tiere sind sehr scheu und für ein Foto muss stets das Tele herangezogen werden. Nur einmal

entdecken wir einen *Ñandú* ganz in unserer Nähe, weil er entlang eines Zaunes einen Ausweg sucht. Wir sind sprachlos beim Anblick seiner Größe und seiner Beine. Kurz darauf wird uns noch ein besonderes Erlebnis beschert.

Irgendjemand von uns entdeckt ein *Ñandú*-Junges

auf dem Erdboden, kaum zu unterscheiden von seiner Umgebung. Das Junge verharrt trotz unserer Nähe völlig regungslos. Wir sehen seinen fantastischen Schutz durch Gefieder und Reglosigkeit und hoffen, dass es nicht noch mehr Entdecker nach uns gibt.

Scheu und neugierig zugleich – diese Eigenschaft geben wir den anderen schnellfüßigen Bewohnern Patagoniens – schnell nicht nur auf zwei, sondern auf vier Beinen – die *Guanacos* begleiten uns bei unserer Fahrt fast täglich. Neugierig, wenn es der Abstand erlaubt, aber scheu, wenn man ihnen zu nahe kommt. Als Herdentier genießen sie auch den Schutz dieser Gemeinschaft.

Auf einem See sehen wir in der Ferne Flamingos. Sie fühlen sich in ihrem Wasser voll geschützt und fliegen nur auf, wenn die Gefahr gar zu nahe kommt.

Das ist ganz anders bei den Pinguinkolonien, die wir als Gruppe durchstreifen. Kein Pinguin regt sich wegen unserer Masseninvasion auf. Sie

beäugen uns aus ihren wenig einladenden Nestern heraus oder auch hinter einem schützenden Felsen, mit schief gelegtem Kopf: „Was erwarten sie wohl?". Wir sind zwar sehr zurückhaltend und vorsichtig, aber die Pinguine scheint unser Verhalten wenig zu kümmern – sie haben wohl mit diesen Zweibeinern noch keine unangenehmen Erfahrungen gemacht.

Bei den Seelöwen sieht das etwas anders aus. Sie gehören zwar auch zu einer Kolonie, lassen diese aber von einem furchteinflößenden *macho* streng bewachen. Dieser Bulle lässt keinen an seinen Harem

herankommen, ohne seine Macht unter Beweis zu stellen!!!

Eine andere Seelöwengruppe lernen wir erst ganz friedlich schwimmend im Meer zwischen uns und einer Felseninsel kennen und wundern uns, wie sie wohl auf diese unwirtlichen Felsen hinaufkommen. Doch das schafften sie, wie auch immer, etablieren sich da oben und bilden dabei eine doppelt geschützte Kolonie.

Die Gruppe am Strand, mitten im weichen Atlantiksand, wird auch gut geschützt, wobei der *macho* auch seine anderen Qualitäten unter Beweis

stellen kann, nachdem ein junger Nachfolger versuchte, sich in den Sandharem einzuschleichen.
Wenige Meter von dieser wohlbehüteten Gruppe sehen wir nur noch Fleischklöße.
Die Seeelefanten bestaunen wir aus sicherer Entfernung – ihre Größe und ihre Masse beeindrucken uns dermaßen, dass wir uns für einen deutlichen Sicherheitsabstand entscheiden.

Erst nach einer gewissen Zeit der Beobachtung und der Feststellung, dass diese Fleischmassen recht friedlich sind, wagen wir uns näher. Wir bewundern ihre stoische Ruhe, wenn sie sich mit einer Flosse den weichen Sand auf ihre dicke Außenhaut träufeln – anscheinend bereitet ihnen das einen besonderen Genuss. Beim Anblick der lederartigen Haut bezweifeln wir das aber.

Unsere Frage – wie schaffen es diese Tonnen Fleisch, so weit weg vom Wasser in diesem weichen Sand voranzukommen – wird von jungen Seeelefanten beantwortet. Sie robben sich mit schlangenförmigen Bewegungen recht schnell in Richtung Wasser, richten kurz davor ihre riesigen Körper auf, um sich im Kampf zu messen. Wir erkennen dabei nicht, worum es bei diesem Kampf geht – vielleicht um den Eintritt in das Erwachsenenalter.

Nicht weit entfernt davon, immer noch im Bereich des weiten Strandparadieses, sehen wir, wie sich beide Meeresbewohner vertragen. Die Kolonien der

Seeelefanten und der Seelöwen gehen ineinander über, ohne dass sich die Tiere in die Quere kommen. Ein lebendiges Beispiel für uns auf stete Konfrontation ausgerichtete Menschen, dass doch ein Zusammenleben möglich ist.

Die domestizierten Tiere in dieser Gegend kommen uns auch oft auf recht ungewöhnliche Weise in die

Quere – so zwingt uns eine Kuhherde, die vor uns auf der Straße dahingetrieben wird, zu patagonischer Geduld, auch wenn sie unser Weiterkommen deutlich verzögert. Hier ist wieder diese besondere Form von Geduld angesagt, die schließlich alles auf friedliche Weise regelt.

Bei Schafen würde unsere Geduld gewiss nicht ausreichen, dafür die, die die *Gauchos* aufbringen – und

die sogar auf unendliche Weise, denn bis eine Schafherde den gewünschten Weg über eine enge Brücke
einschlägt, brauchen sie so etwas auch. Wir erleben
das in der *Estancia Nueva Lubecka.* Im Kapitel vorher
wird das Ereignis bereits ausführlich geschildert. Wir
sind immer noch fasziniert, mit welcher geduldigen
Ausdauer die *Gauchos* es schaffen, dieses Brücken-
problem zu lösen – für uns zur Nachahmung empfohlen.

Mit Geduld ist es bei den Pferden in freier Wildbahn
schon schwieriger. Sie leben in unendlicher Weite
und haben keinerlei Verständnis dafür, auf ihrem
Rücken einen Reiter zu haben, der ihnen sagt, wo es
lang zu gehen hat. Doch auch diese Widerspenstigen
werden mit Geduld ohne Ende dorthin gebracht,
wohin man sie haben will. Und dann tun sie das, was
„Er da oben" von ihnen will – stoppen, drehen,
galoppieren oder was auch immer. So gelingt
eigentlich zumeist, was ER auch von IHM oder IHR
will.

Bei den unendlich vielen Fischen in den Gewässern
Patagoniens ist das ganz anders, denn ihnen bleibt

meistens nur noch die Abstinenz beim Anblick eines
scheußlichen Widerhakens. Wir als Angler sind

jedoch froh, wenn diese Abstinenz ausbleibt, die Angel uns das auch signalisiert und wir uns schon im Voraus auf den Grillduft der gebratenen Fische freuen.

Unser Campingbusunternehmen bis in den äußersten Süden Südamerikas dauert viele Wochen und ist gefüllt mit Erlebnissen der besonderen Art, auch der Blick in die Vergangenheit gehört dazu.

5) Der Tierstimmenimitator

Liegt es daran, dass unser Jüngster in Chile geboren ist???

Wir wissen es nicht – uns bleibt nur Verwunderung über die Fähigkeit von Claudio, bestimmte Tierstimmen so täuschend nachzuahmen, dass die dazugehörige Tierwelt ihn als ihresgleichen wahrnimmt, um ihn deshalb zu attackieren, ihm zu imponieren oder ihn als Beute anzusehen.

Bei unserem zweiten Chileaufenthalt zwischen 1975 und 1980 wollen wir die südliche Zentralzone für uns wiederentdecken und zugleich neue Sehenswürdigkeiten erschließen, vor allem südlich des *Villarrica*-Sees, des *Lago Villarrica*, der bei unserem ersten Aufenthalt in den 60er-Jahren zu unserem Traumziel wurde. Südlich davon reihen sich noch eine Vielzahl atemberaubender Seen aneinander wie der *Calafquén,* der *Panguipulli* oder der *Riñihue*.

Wir entdecken am *Lago Panguipulli* durch Zufall einen idealen Stellplatz für unseren Campingbus. Am Rande des Wassers, umgeben von saftigen Wiesen, auf denen friedlich eine Herde Kühe grast, installieren wir uns – wir bauen das Busvorzelt auf, denn wir haben nicht vor, dieses paradiesische Fleckchen Erde alsbald wieder zu verlassen.

An einem Wohlfühlnachmittag – Ingrid räkelt sich in der Sonne, ich schreibe einen Brief in die Heimat, unsere Tochter bereitet die Angel für eine fast schon obligatorische Angeltour mit dem gemieteten Ruderboot vor – ertönt neben uns die sonore Stimme einer Kuh. Eine Kopfdrehung hin und her sagt uns allen –

das ist nur unser Sohn, der jedoch mit kindlicher Ausdauer seine Tierlaute immer wiederholt.

Plötzlich hören wir neben unserem Bus das kräftige Scharren und Schnaufen einer Kuh. Ein gewaltiges Tier steht mit gesenktem Kopf bei uns gleich um die Zeltstangenecke und scharrt mit seinen Füßen. Ein echter Bulle!!! Vermutet er bei uns einen Nebenbuhler oder eine ihm fremde Dame, bei der er sofort Eindruck schinden will??? Wir fühlen uns jedenfalls wirklich bedroht, und noch nie ist von uns ein so eindeutiges „Nein!" in Richtung unseres Jüngsten erfolgt. Der hat inzwischen aber auch die Gefahr bemerkt, die von diesem Tier ausgeht, und alle Imitationen sein lassen.

Der Bulle ist sichtlich erregt und bereit, jedem Gegenüber zu imponieren oder ihn gar zu attackieren. Er beruhigt sich zum Glück wieder, als keine weiteren Konkurrenzlaute ertönen.

Wir gehen bald zur Tagesordnung über, genießen weiterhin das Seeparadies und vergessen dabei auch die Fähigkeit unseres Jüngsten.

Der Januar 1977 findet uns bei einem längeren Ritt in den Anden.

Die Fotografierexperten der Gruppe lieben blühende Pflanzen. Kein Wunder bei diesem Reichtum in den Höhenlagen über 3000 Meter. Doch da erschallt plötzlich der Ruf „Kondore!" über das blütenreiche Tal. Die schon lang Erhofften zeigen sich endlich hoch oben vor dem tiefblauen Himmel als ein Pärchen. Wir halten an, um in Ruhe diesen Anblick genießen zu können, der selbst eine unwahrscheinliche Ruhe ausstrahlt. Mit ihrer gewaltigen Flügelspannweite schweben die beiden schräg über uns und brauchen

91

anscheinend nicht das leiseste Zucken ihres Gefieders, um uns da unten beobachten zu können. Es ist uns klar, dass diese Aasvögel auf Nahrungssuche sind, aber ihre majestätische Gelassenheit dabei beeindruckt uns schon.

Sie merken bald, dass in unseren Bewegungen noch zu viel Kraft steckt, und verfolgen uns nicht mehr, sondern lassen sich, von ihren riesigen Schwingen getragen, davontreiben.

Wie sich in unserem Sohn seine eigenartige Idee bildet, wissen wir nicht, jedenfalls probiert er plötzlich wieder einmal aus seinem Unterbewusstsein heraus seine Imitationskunst für Tierstimmen aus. Nun kommen keine echten Kuhlaute aus seinem Inneren, sondern die Laute eines jämmerlich rufenden Lämmchens.

Unser abziehendes Kondorpärchen reagiert sofort, wendet und verringert zusehends seine Flughöhe. Das Lämmlein schickt weiterhin seine Rufe gen Himmel und die beiden Kondore nähern sich uns, immer tiefer kreisend. Wir genießen diese Sondervorstellung der größten Geiervögel der Erde.

Das Täuschungsmanöver per Stimme hat geklappt, doch sie verlassen sich auch auf ihre Augen, die ihnen nach einiger Zeit sagen, dass bei dieser Reiterkolonne nichts zu holen ist. Sie lassen sich von der Thermik wieder nach oben drücken, und eine Luftströmung entfernt sie mehr und mehr aus unseren immer noch verwunderten Blicken.

Nun weiß Claudio, dass er bestimmte Tierstimmen imitieren kann. Bei unserem nächsten Ritt in die Anden probiert er das auch bewusst aus.

Wochen später sind wir wieder viele Tage in den Bergen unterwegs, vermissen aber noch den Kontakt mit den Vögeln dieser Berge und ihren breiten Schwingen. Plötzlich tauchen sie auf, eine komplette Familie dieses Mal. Die drei sind aber an uns nicht besonders interessiert, was sie auch an ihrem Flugverhalten zeigen. Wir haben schon erlebt, dass sie zunächst nur beobachten, dann aber herabkommen oder davonziehen. Dieses Mal ziehen sie schnell davon und hinterlassen bei uns eine miese Stimmung – wir hatten uns eine längere Beobachtungszeit

erhofft.

In diesem Augenblick lässt Claudio sein erbärmliches Lämmlein ertönen. Da reagieren die Vögel plötzlich, ziehen ihre Kreise enger, ändern ihre Flugrichtung und sind auf einmal wieder über uns. Sie umkreisen uns deutlich näher und warten darauf, dass dieses Lämmlein sein Leben aushaucht. Sie kommen uns dabei immer näher, sodass sogar die Pferde unruhig werden, und die beiden *arrieros* unseren Jüngsten bitten, mit seinen jämmerlichen Lauten aufzuhören. Der tut das auch, sichtlich stolz auf seine Fähigkeit, diese stolzen Vögel hinters Licht zu führen.

6) Der Panama-Kanal –
Traum und Realität

Es war irgendwann zwischen 1950 und 1952, als ich in der Oberschule in Falkenstein, meiner Geburtsstadt im Vogtland, von diesem Kanal erfuhr. Wir hatten einen Erdkundelehrer, der ihn ohne multivisuelle Mittel so lebendig vorstellen konnte, dass sich vor mir ein Traum von diesem Kanal aufbaute, der nicht so schnell verschwand. Vielleicht hat dieser Lehrer einen Film eingesetzt – wie auch immer, diese Verbindung zwischen dem Atlantik und dem Pazifik hat sich seit dieser Zeit bei mir verfestigt. Auf diesem Kanal selbst einmal zu fahren – für einen Traum ein echtes Thema.

Eines Tages wurde aus diesem Traum tatsächlich Wirklichkeit.

Wir, das heißt meine Familie und ich, durften diesen Kanal zweimal durchfahren – stets von der Karibik aus Richtung Pazifik.

Zum ersten Mal im Februar 1964, nach einer für uns alle fürchterlichen Atlantikquerung auf dem Frachtschiff „Buchenstein", und im Januar 1975 zum zweiten Mal auf der „Verdi", einer italienischen Linie mit angestaubtem Nostalgieambiente, dem von der Rostansicht von außen und den dahinhuschenden Kakerlaken in den Badezimmern realitätsnah Ausdruck verliehen wird.

Aus dem erwähnten Erdkundeunterricht ist für mich

der *Panama*-Kanal eine Meisterleistung der Ingenieurskunst, weil er im Gegensatz zum *Suez*-Kanal, der keinerlei Schleusen benötigt, zwar auch Schiffsrouten wesentlich verkürzt, aber dazu noch Schleusen benötigt. Ihre Konstruktion und ihre Funktionsweise haben mich damals im Unterricht schon fasziniert, all das auf theoretischer Grundlage und trotzdem irgendwie Interesse weckend.

Der Kanal verkürzt den Seeweg von New York an der Ostküste Nordamerikas bis nach San Francisco an der Westküste von 25.000 Kilometer auf 10.000 Kilometer, verhindert dadurch auch die gefährliche Passage durch die Magellanstraße oder um das *Kap Horn* und erspart den Schiffen eine Reise von drei Wochen. Auf diese gefährliche Passage dürfen wir auch verzichten, wobei wir jedoch nicht so viele Kilometer sparen, denn wir haben nicht *San Francisco* als Ziel, sondern *Valparaiso*.

Und diesem Kanal nähern wir uns sowohl 1964 als auch elf Jahre später, und beide Male ankern wir im Hafen *Cristóbal*, um den Lotsen aufzunehmen. Dieser Hafen gehört zur Kanalzone, die im Besitz der USA ist. Die angrenzende Stadt *Colón* gehört zu Panama. Genau auf der Grenze zwischen diesen beiden Städten steht ein Denkmal für Christoph Kolumbus, auf Spanisch *Cristóbal Colón.*

Von vielen Panamaern werden die bestehenden Besitzverhältnisse kritisch hinterfragt, nicht nur grundsätzlich, auch im normalen Alltag innerhalb der Kanalzone kommt es immer wieder zu Spannungen zwischen den panamaischen Zivilisten und der USA-Armee. Die USA zeigen deshalb mehr und mehr militärische Präsenz, denn die Kontrolle über den

Kanal wollen sie nicht aufgeben, das werden sie erst viele Jahre später tun. Ende 1999 übergeben sie den Kanal und das dazugehörige Umfeld dem panamaischen Staat.

Obwohl es keine offenen Auseinandersetzungen gibt, fallen uns 1964 die Panzer rechts und links der *Gatún*-Schleusen auf. Die Hubschrauber über uns und die niedergehenden Fallschirme weisen auf eine angespannte Lage hin. Unsere Besatzung leidet in diesem Augenblick indirekt auch darunter, denn alle haben auf die Auslieferung der Post gewartet, doch die ist nicht da. Es bleibt nur die Vertröstung auf ein späteres Anlegen – wann auch immer.

Beim Warten auf den Lotsen nutzen wir die Zeit, um Informationen zum Kanal zu erhalten. Und da erfahren wir nicht nur Erfreuliches. Vom ersten Spatenstich in den 80er-Jahren des 19. Jahrhunderts bis zum Passieren des ersten Schiffes 1914 ging es recht turbulent zu. Viele Fehlplanungen und finanzielle Desaster gehörten ebenso dazu wie unmenschliche Arbeitsbedingungen und Wohnverhältnisse für die Arbeiter. Über 20.000 von ihnen starben während der Bauphase, die meisten durch Malaria, aber auch durch andere Krankheiten und durch den fehlenden Arbeitsschutz.

Wir spüren die fast senkrecht über uns stehende Sonne ganz deutlich und können uns im Nachhinein vorstellen, dass der berühmte Panama-Hut für die, die es sich leisten konnten, eine ideale Kopfbedeckung war. Jahre später erfahren wir bei einer Reise nach Ecuador, dass nicht Panama die Benennung dieser Kopfbedeckung verdient, sondern dass sie zuerst in diesem Land etwas südlich davon geknüpft wurde, aus Zoll- und Exportquerelen zwischen den USA und Ecuador aber als „Panama-Hut" exportiert wurde.

Ich entdecke für mich bei unserer ersten Reise noch eine geografische Überraschung.

Seit dem Verlassen der deutschen Nordseeküste weiß ich, dass wir in südwestliche Richtung schippern, um dann nach dem Passieren der Kleinen Antillen an der Küste Venezuelas entlang weiter gen Westen zu fahren, dabei die Häfen *Barranquilla* und *Cartagena* passierend. Diese Westfahrt, so nehme ich an, behalten wir durch den Kanal bei, um danach an der Pazifikküste in eine Südrichtung einzuschwenken.

Fehlanzeige!!!

Der 82 Kilometer lange Kanal läuft nicht von Ost nach

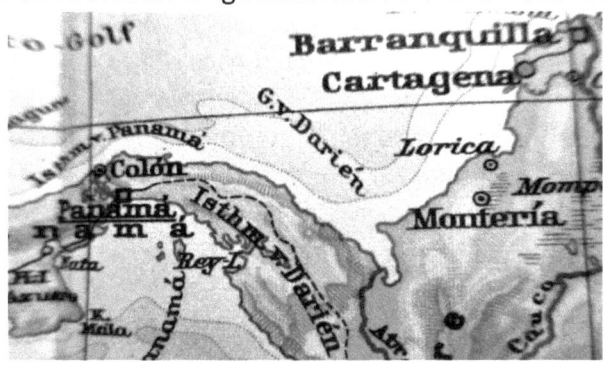

West, sondern von Nord nach Süd, und zwar so deutlich, dass die karibische Einfahrt bei *Colón* sogar weiter westlich liegt als die pazifische Ausfahrt!!!

So zerbröckelt meine Schulweisheit und ich stelle den Unterschied zwischen Vorstellung und Realität fest.

Bald liegt diese Realität in Gestalt der dreistufigen *Gatún*-Schleuse mit einem fantastischen Anblick vor uns.

Deutlich sind die Schleusentore, die uns den Anstieg

auf fast 30 Meter ermöglichen, zu sehen. Unser Kapi-

tän hat dafür gesorgt, dass wir diesen Anblick und auch die folgenden Höhepunkte voll genießen können. Er hat auf dem obersten Deck, dem „Sechsten Himmel", Liegestühle aufstellen lassen, eine Luxusaussicht für die nächsten Stunden.

Die zahnradgetriebenen Zugpferde auf beiden Seiten, die *mulis*, sorgen für einen fast lautlosen Ablauf der Schleusung. Sie ziehen die gewaltigen Schiffsriesen in die Schleuse hinein und dann auch wieder heraus in die nächste Etage.

Wir sind erstaunt, wie schnell und wie geräuschlos der ganze Schleusungsvorgang vor sich geht, obwohl bei jeder Stufe fast neun Meter Höhenunterschied überwunden werden. Ein Blick zurück verstärkt dieses Staunen. Für die Geschwindigkeit sorgen nicht nur die *mulis*, sondern vor allem die gewaltigen unterirdischen Röhren, dank denen ein Entleeren oder ein Auffüllen einer Schleusenkammer ohne Pumpen keine acht Minuten dauern. Für das Funktionieren dieses Systems ist aber auch ein gewaltiger Vorrat an Wasser oberhalb der Schleusen

vonnöten. Es kommt in den ersten Jahren bei längeren Trockenperioden zu Engpässen, weil die natürlichen Zuflüsse nicht reichen, um den notwendigen Wasserstand zu halten. Deshalb wurden in den Bergen zwei weitere Speicherseen angelegt, die garantiert für den notwendigen Nachschub sorgen. Es ist spannend, wie all das perfekt ineinandergreift, so spannend, dass wir an diesem Nachmittag das Kaffeetrinken vergessen.

Bald fahren wir in den *Gatún*-Stausee ein. Er liegt fast 27 Meter über dem Atlantik.

In diesem Moment nähert sich aus der Gegenrichtung ein Schiff der Hapag-Lloyd mit dem bedeutungsvollen Namen *Vogtland*!!! Ganz klar, dass ich als geborener Vogtländer gegen meine Art intensiv und ausdauernd winke, obwohl ich kein Gegenwinken erfahre.

Auch die Fahrt durch den *Gatún*-See bleibt spannend, denn unser Schiff kurvt zwischen vielen kleinen, dicht bewachsenen Inseln hindurch. Diese Inseln sind

Überbleibsel von zusammenhängenden Bergen und beim Stau des *Gatún*-Sees entstanden.

Bald danach durchqueren wir das *Gaillard*-Gebirge, das rechts und links über 95 Meter hoch über uns hinausragt. Der Kanal ist an dieser Stelle deutlich

enger, sodass kein Gegenverkehr möglich ist. Hier müssen Schiffe oft warten, bis das entgegenkommende Schiff die Engstelle passiert hat. Unser Schiff drosselt deutlich seine Geschwindigkeit, um die Hangbefestigung keinem zu starken Wellenschlag auszusetzen. Die Bergwand ist auf einer Seite terrassenförmig abgetragen, weil dieser Hang abzurutschen drohte – für den Kanal wäre das eine Katastrophe. Bei unseren Durchfahrten sehen wir Baggerboote, die damit beschäftigt sind, die Engstelle zu entschärfen.

Es ist für uns oben im „Sechsten Himmel" ein eigenartiges Gefühl, mit einem Überseeschiff zwischen steil aufragenden Felswänden zu fahren. Mit dem zunehmenden Schiffsverkehr entstehen Pläne, diesen Engpass zu beseitigen, indem er verbreitert wird. Aber nach unserer zweiten Durchfahrt im Januar 1975 dauert es noch fast 30 Jahre, bis diese Pläne verwirklicht werden. Seit 2002 gibt es an dieser Engstelle keine Wartezeiten mehr, die Schiffe können aneinander vorbeifahren. Auch die Schleusen selbst setzen dem zunehmenden Schiffsverkehr zu, weil die Schiffe immer breiter werden. Es mussten Parallelschleusen gebaut werden. Erst seit 2016 gibt es für Schiffe mit fast 50 Metern Breite die Möglichkeit, den Kanal zu passieren.

Wir nähern uns schon der einstufigen *Pedro-Miguel*-Schleuse, da müssen wir den Kopf in den Nacken legen, denn hoch über uns quert eine Brücke den Kanal. Das ist nicht irgendeine, denn sie nennt sich „Jahrhundertbrücke" und nimmt die Traumstraße der Welt auf – die *Panamericana*.

Die Schleuse gleicht einen Höhenunterschied von 9,5 Metern aus. Damit hat unser Abstieg Richtung Pazifik begonnen.

Bald danach folgt die zweistufige *Miraflores*-Schleuse. Wir sind nun bereits Experten und können ohne zu große Anspannung die eingespielten Vorgänge beim Schleusen beobachten.

Die E-Loks, rechts und links auf den Schleusen-mauern, werden wieder über Taue mit unserem Schiff verbunden und ziehen uns in die obere Schleu-senkammer. Das obere Schleusentor, nun hinter uns, schließt sich und wir sinken in acht Minuten lautlos um fast neun Meter. Bald öffnet sich das vor uns liegende, also das untere Schleusentor der ersten Kammer, und die *mulis* ziehen uns in die untere Kam-mer. Hinter uns schließt sich wieder ein Schleusentor und wir sinken wieder in kurzer Zeit um fast neun Meter, wobei das hin und wieder auch mehr Meter sein können, denn der Tidenhub des Pazifiks kann bis zu sieben Metern betragen.

Das unterste Schleusentor öffnet sich und wir sind im Pazifik.

Vom Einfahren in die *Gatún*-Schleuse bis zum Aus-fahren aus der *Miraflores*-Schleuse sind trotz Warte-zeit an der Engstelle nicht einmal zwölf Stunden ver-gangen.

Kaum haben wir die letzte Schleusenkammer verlas-sen, müssen wir wieder den Kopf in den Nacken pressen, denn weit über uns quert wieder eine

Brücke den Kanal, die *Puente de las Americas,* eine

102

der Brücken, die den nordamerikanischen Kontinent mit Südamerika verbindet.

Und nun peilen wir bei ständiger Fahrtrichtung Süd entlang der Westküste Südamerikas unseren Zielhafen *Valparaiso* an.

7) Religiöse Feste

Vor unserer ersten Ausreise nach Chile empfangen wir von vielen Seiten Informationen. Dazu gehört auch der Hinweis, dass dieses Land lange vor der Besitzergreifung durch die Spanier von Menschen bewohnt war, die ihre eigenständige Kultur entwickelten, ob es die Religion betraf, das Formen und Ausgestalten von Gefäßen und gewebten Produkten oder das soziale Zusammenleben. Auch die Inkas, als Eroberer des Gebietes, haben diese Kultur beeinflusst. Bei ihnen war der Sonnengott das Zentrum der Verehrung und Anbetung, bei den einheimischen Bewohnern war es die Mutter Erde, die *Pachamama*. Dann kamen die Spanier und brachten das Christentum, versuchten, es dem langsam Gewachsenen einfach überzustülpen, und mussten bald einsehen, dass das nicht geht. So entstand eine Mischform aus alten Traditionen und der neuen Religion, die ausschließlich katholisch geprägt war. So lauten auch unsere Informationen: Chile ist katholisch!

So ist unsere Überraschung groß, als wir uns als Familie (damals noch mit zwei Kindern) Ende Juni 1964 in *Concón,* einem kleinen Ort nördlich von *Valparaiso,* einfinden, um ein Fischerfest mitzuerleben. Wir haben zwar in Erfahrung gebracht, dass am 29. Juni, einem katholischen Feiertag, an *San Pablo* und *San Pedro*, die Schutzheiligen der Fischer, gedacht wird, wussten aber nicht, wie dieses Fest gestaltet wird.

Die schmale Straße, die sich am Ufer des Pazifiks entlangschlängelt, ist dich gesäumt von erwartungsfrohen Menschen. Wir warten mit.

Doch bald wird uns diese Wartezeit zu lang, da hören wir aus der Ferne eigenartige Töne – eigentlich nur zwei, abwechselnd einen hohen und einen etwas tieferen. Sie klingen wie Flötentöne, aber nicht hell und klar, sondern rau und kratzig, als würden sie aus mehreren dicht beieinanderliegenden Tönen bestehen. Dazu hören wir Paukenschläge in einem langsamen Marschrhythmus. Bald nähert sich eine Gruppe von

Männern, wie Eingeborene aus dem chilenisch-bolivianischen Hochland gekleidet. Sie bilden eine Doppelkette und blasen auf reich verzierten Holzflöten die Töne, die wir schon lange gehört hatten. Zuerst bläst die linke Kette ihren hohen Ton, dann antwortet die rechte etwas tiefer. Dabei schreiten sie langsam dahin, sich dabei leicht hin und her wiegend. Zwischen dieser Doppelkette bewegt sich ein *Indio* im Wiegeschritt und im Takt der Pauke vorwärtsschreitend. Er ist auffälliger gekleidet und hat statt einer Flöte ein Tamburin in der Hand. Plötzlich schlägt er auf sein Instrument und beginnt gleichzeitig mit einem Hüpftanz. Er springt von einem Bein auf das andere, winkelt sein jeweils freies Bein leicht an, schwingt dabei hin und her und vollzieht in gewissen Abständen eine Umdrehung um sich selbst. Auf sein Zeichen hin beginnen auch die Flötenbläser mit diesem Tanz, dabei weiterhin die beiden Flötentöne von sich gebend. Über sein Tamburin signalisiert er seinen Mittänzern das Ende der Tanzsequenz. Alle beginnen wieder, sich mit ihren wiegenden Zweierschritten vorwärtszubewegen. Nach einiger Zeit gibt der Tamburinmann das Zeichen für die nächste Abfolge des Umdrehungstanzes. So ziehen sie an uns vorüber – hoch konzentriert und mit Herz und Seele dabei. Den Hochlandbewohnern folgen zu Matrosen verkleidete Tänzer, es folgen Seeräuber und diesen noch viele andere Gruppen in den unterschiedlichsten Kostümen, doch alle mit der einförmigen Zweitonmusik der Flöten, den gleichen Tanzschritten und den bestimmenden Paukenschlägen.

Irgendwann hören wir kräftige Blasmusik. Anscheinend nähert sich ein Höhepunkt des Prozessionszuges. So ist es auch. Umrahmt von katholischen Würdenträgern wird Petrus, auf einem Schiffsmodell stehend, vorbeigetragen. Später sehen wir ihn draußen auf dem ufernahen Meer, bereit, diesem Meer und den Fischern seinen Segen zu spenden.

Als wir danach erfahren, aus welch langer Vergangenheit diese Tanzform in unsere Zeit hinein bewahrt wird, spüren wir doch eine gewisse Ehrfurcht. Lange vor der spanischen Eroberung im 16. Jahrhundert wurde diese Art von Tanz durch die *Mapuches*, die Ureinwohner der chilenischen Zentralzone, bei ihren Anbetungstänzen an die *Pachamama* verwendet. Die monotonen Flötentöne sollten bis ins Jenseits dringen, um dort göttliche Aufmerksamkeit zu erlangen. Mit der spanischen Eroberung kamen christliche Elemente mit hinein, so wie wir das an diesem Tag erleben. Der Tamburinträger zwischen den Tänzern stellt den Häuptling der *Mapuches* dar. Dieser *Cacique* sagt, was es zu tun gibt und bestimmt dessen Anfang und Ende. Die Christen haben diese Richtlinienkompetenz auf einen Priester in angepasster Gestalt übertragen.

Die Bezeichnung *bailes chinos* für diese besondere Form von Musik und Tanz vermischt das spanische Wort für „Tänze" mit dem Begriff für „dienend", „Diener" oder „Verehrer" aus der *Quechua*-Sprache, die heute noch von den Hochlandbewohnern im chilenisch-bolivianischen Grenzgebiet gesprochen wird.

Am 8. September des gleichen Jahres hören wir wieder diese monotonen Flötentöne. Dieses Mal nicht in *Concón*, sondern 1600 Kilometer weiter nördlich.

Wir sind auf Entdeckungstour in unserem Gastland und wollen den chilenischen Norden erkunden. Dazu gehört natürlich die *Atacama*-Wüste und mit ihr sehenswerte Ortschaften. Eine davon ist *Ayquina* und das Fest der *Señora Guadelupe de Ayquina*.

Von *Calama* aus fahren wir auf staubigen Straßen durch die Wüste. Es gibt keine asphaltierte Straße mehr. Wir ziehen eine Staubfahne hinter uns her, vor  allem dann, wenn es diese Straße zulässt und wir das Tempo erhöhen können. Wir müssen das Tempo oft drosseln, entweder wegen des schlechten Zustandes der Straße oder weil es in Serpentinen hinab in eine Schlucht und auf der anderen Seite wieder hinaufgeht. Dann spüren wir auch, auf welcher Meereshöhe wir uns bewegen. Wir sind bei fast 3000 Meter und unser Motor zeigt das mit nachlassender Kraft. Wir passieren das Dorf *Chiu Chiu,* stellen damit fest, dass wir auf der richtigen Route sind, zweifeln aber bald danach, ob wir die richtige Abzweigung an einer Straßenkreuzung genommen haben, denn wir nähern uns mehr und mehr unserem Zielort, ohne ihn zu sichten. Dazu wähnen wir uns als Einzelgänger inmitten einer der trockensten Wüsten der Erde, einsam und verlassen.

Im nächsten Moment ist der Anblick, der sich uns bietet, schockierend: Auf einem fast zum Greifen nahen Höhenzug sehen wir eine riesige Ansammlung von parkenden Autos aller Größen. Der Begriff „Parkplatz" fällt uns bei diesem Anblick nicht ein, eher „Autofriedhof", denn solch ein wüstes Durcheinanderparken von zum Teil schrottreifen Autos können wir Deutsche uns nicht vorstellen. Nach unserer einsamen Fahrt in den Stunden vorher beeindruckt uns das aber auch, weil wir in den letzten beiden Stunden kein einziges Auto gesehen haben, nur einmal eine Staubfahne in wüstenweiter Entfernung.

Nach dem schockierenden Anblick öffnet sich für uns gleich darauf eine tiefe Schlucht, an ihren Hängen nach links hin Terrassenfelder mit Mais, Weizen und Karotten am Hang des *Rio Salado* und nach rechts wie gequetscht unter uns das Dorf *Ayquina*.

In den engen Gassen, zwischen den fast fensterlosen

Häuschen mit ihren aus rohem Material hochgezogenen Steinmauern und den grasbedeckten

109

Dächern, bewegt sich ein Strom schwarzhaariger Köpfe, untermischt von Farbtupfern der Kleidung. Diesen Anblick genießen wir nicht nur 1964, sondern über 30 Jahre später. Auch die dann folgenden Momente, die sich im Laufe dieser Jahre kaum veränderten.

Bald sind wir inmitten der auf das Fest der *Señora Guadalupe de Ayquina* eingestellten Pilger. Sie kommen von weit her, nicht nur aus den chilenischen Küstenstädten *Arica*, *Iquique* und *Antofagasta*, sondern auch aus den Nachbarländern Bolivien und Peru, und nicht nur einzelne Pilger, sondern zumeist Gruppen, dazu in speziellen Kostümen, manche sogar mit der eigenen Musikkapelle.

Wir glauben ziemlich schnell der Aussage, dass bis zu 70.000 Menschen zu diesem Fest in das auf fast 3000 Meter liegende Dörfchen kommen, das zwischen diesen Septemberfesten kaum 100 ständige Einwohner hat.

Der Festzug ist eine Prozession in Richtung Kirche.

Sie wurde an der Stelle errichtet, an der der Sage nach ein Junge von einer geheimnisvollen schönen Frau die Kräutermedizin für seine kranke Mutter erhielt, wohl im Auftrage der Heiligen Mutter Gottes.

Dieser Festzug ist bedeutend länger und bunter als der in *Concón*. Wir hören auch die Flötentöne der *bailes chinos*, sie spielen aber in dieser

110

Prozession eine untergeordnete Rolle, weil jede Tanzgruppe ihre eigene Kapelle dabei hat, bestehend vor allem aus Blechblasinstrumenten, dazu Trommeln und Pauken, die vor allem **laut** den Takt ange-

ben. Die Tänze dazu sind mit einem 2/4-Takt recht langsam und bestehen vor allem aus Hüpfschritten in verschiedenen Variationen.

Sehenswert sind dabei die Kostüme, die die Tänzer während des Vorbereitungsjahres auf dieses Fest selbst gefertigt haben. Ähnlich wie in *Concón* haben die Gruppen ihrer Fantasie keine Grenzen gesetzt, vor

allem beim Ausschmücken ihrer Kostüme mit Glasperlen und Pailletten. Sie haben bei diesem

Ausschmücken keine Maschinen, die ihnen helfen. Die farbliche Auswahl und das Annähen dieser Kleinstteilchen erledigen die Tanzgruppenmitglieder selbst. Beim Zuschauen während der Prozession genießen wir den farbenfrohen Gesamteindruck, können die Details der wunderbaren Formen- und

Farbspiele aber erst nachträglich beim Betrachten unserer Dias in Ruhe bestaunen und stellen dabei

fest, dass dieses Ausschmücken tatsächlich von „Kopf bis Fuß" zu verstehen ist.

Wir sehen Gruppen als spanische Toreros und Flamenco-Tänzerinnen verkleidet, als nordamerikanische Indianer mit prächtigem Federschmuck, als kämpferisch herausgeputzte japanische Samurai, als farbenfrohe Zigeuner und als bolivianische Frauen in ihrer typischen Tracht

samt ihrer unterschied-
lichen Hüte. Die umfas-
sende Verkleidung scheint
von den Gruppen abge-
sprochen zu sein, da sich
nichts wiederholt.

Die einzelnen Gruppen
werden von Führern gelei-
tet, ob sie *Cacique* oder
Priester genannt werden
wollen, müssen wir den
Gruppen überlassen. Sie
geben stets den Wechsel
der einzelnen Tanzfiguren
an und dafür brauchen sie

nur eine Triller-
pfeife.

Besonders auffal--
lend sind einzelne
Personen oder klei-
ne Gruppen mit fan-
tasievollen und far-
benprächtigen He-
xen- und Teufels-
masken, die sich
auch mit beson-
deren Tanzschrit-
ten von den an-
deren Gruppen ab-
heben und diese
Distanz zu ihnen
zeigen wollen. Sie

symbolisieren, wie sich der Mensch von falschem

113

Schein verführen lässt, und zeigen zugleich die Verquickung der religiösen Vorstellungen der Andenvölker mit dem Christentum: Die bösen Mächte der Berge sind genau so übel wie der Teufel und seine Hexengefolgschaft.

Wir stellen später fest, dass wir sehr viele Dias von diesen Masken haben. Auch uns hat dieser falsche Schein verführt!!!

Uns beeindruckt ebenso das Geschehen am Rand. Es zeigt uns, dass hier keine Show für Touristen geboten wird, sondern dass dieses religiöse Fest in das Leben der Nordchilenen integriert ist. Da sitzt ein Ehepaar mit zwei kleinen Kindern am Straßenrand, ziemlich erschöpft vom vielen Schauen. Die Mutter stillt ihr Kleinstes. Sie vermittelt jedoch den Eindruck, dass sie auch weiterhin die Prozession begleiten will.

Gleich daneben vor einer Hauswand sind Frauen dabei, Essen vorzubereiten. Sie haben zwischen Steinen bereits eine wirkungsvolle Holzkohlenglut entfacht und auf mehreren Rosten stehen große Töpfe, aus denen wohlriechende Düfte aufsteigen. Chilenen

sind nicht nur gläubig, sondern auch geschäftstüchtig, und die Frauen werden ihr gut riechendes Essen bald verkauft haben.

Auch in vielen anderen Situationen merken wir, dass wir uns nicht in einem Touristenevent befinden, sondern bei einem religiösen Fest, an dem viele gläubige Bevölkerungsschichten teilnehmen.

Auf unsere stille Frage, wo alle diese Menschen wohl übernachten, erhalten wir eine Antwort, als wir uns den schon aus der Ferne ausgemachten riesigen Parkplatz auf der benachbarten Höhe ansehen. Dort stehen Autos, bei denen wir uns fragen, auf welche Weise sie in diese Gegend gekommen sind und ob sie überhaupt noch eine amtliche Zulassung haben. Beim Parken spielt das alles keine Rolle mehr, deshalb staunen wir nur noch über die Möglichkeiten, die es gibt, in solchen Fahrzeugen Schlafplätze anzubieten. Bei einem PKW sind zahlenmäßig Obergrenzen gesetzt, die sich jedoch bei einer *camioneta*, einem Pritschenwagen, schon deutlich nach oben verschieben lassen, bei einem Bus oder erst recht bei einem Lastwagen ist eine Steigerung fast bis ins Unendliche möglich. Übernachtungsprobleme sind damit gelöst! Zwischen einigen Lastwagen sind Planen aufgespannt, die etwas Schatten spenden, denn die Sonne brennt vom Himmel – von ihrem Aufgang bis zu ihrem Niedergang. Einfache Brettertische und kleine Feuerstellen deuten darauf hin, dass es sich nicht nur um einen Tagesausflug handelt. Viele Mitwirkende oder auch Zuschauer sind fast eine Woche vor Ort, um dieses besondere Fest mitzufeiern.

Fast 600 Kilometer nordwestlich von *Ayquina* gibt es ein ähnliches religiöses Zentrum, das einmal im Jahr zum Leben erwacht – im Juli 1975 sind wir beim Erwachen dabei.

La Tirana heißt unser Zielort, nur 70 Kilometer östlich von *Iquique*, gefeiert wird in diesem Monat das Fest der „Jungfrau von La Tirana". Das Übernachtungsproblem, bei 100.000 Besuchern für dieses Fest in einem Dorf mit nicht einmal 1000 Bewohnern während des Jahres, wird von den aus Deutschland vermittelten Lehrern, die in den über ganz Chile verteilten Deutschen Schulen unterrichten und sich diese chilenische Besonderheit nicht entgehen lassen wollen, auf einfache Weise gelöst. Sie bilden mit

ihren VW-Bussen eine Wagenburg und geben damit zugleich kleineren Fahrzeugen unter ihresgleichen eine sichere Übernachtungsmöglichkeit.

Gleich nebenan bieten die chilenischen Festgenossen eine Zeltalternative für die Nacht, zudem im Schutze der Kirche.

Eine tragische Liebesgeschichte steht als Legende im Hintergrund dieses Festes. Zur Zeit der Eroberung durch die Spanier verliebte sich ein portugiesischer Soldat in die schöne Tochter eines der letzten Inkafürsten. (Der Norden Chiles war in dieser Zeit bis in die Zentralzone hinein von den Inkas besetzt.) Ihre

Romanze wurde entdeckt und beide wurden zum Tode verurteilt, denn sie wollten voneinander nicht lassen. Der Portugiese überredete seine Geliebte in letzter Minute, sich taufen zu lassen, denn so würden sie auch in der Ewigkeit vereint sein.

An der Stelle ihres gemeinsamen Todes wurde Jahre später eine Kapelle errichtet. Heute ist diese Kirche Mittelpunkt der Feierlichkeiten. Wie in der Legende vermischen sich dabei Elemente der Eingeborenenkultur mit christlichem Brauchtum. Die *Virgen del Carmen*, die katholische Heilige des Festes, verkörpert einmal als Gottesmutter Maria die Schutzpatronin Chiles, trägt aber auch Züge der *Pachamama*, der weiblichen Gottheit der Eingeborenen Südamerikas. So sind die Feierlichkeiten viel mehr als ein religiöses Fest, es ist eine kulturelle Begegnung mit den Wurzeln der Anden und ihrer Vermischung mit dem katholischen Glauben.

Die Ähnlichkeit mit dem Fest in *Ayquina* ist bei allem deutlich festzustellen. Die fantasievollen und farbenprächtigen Kostüme der weiblichen Tanzgruppen sind ein visueller Anziehungspunkt. Die dazugehö-

117

rigen Musikkapellen sind der akustische Ohren-
schmaus dabei – schrill und laut!
Das Geschehen am Rand zeigt uns wieder, dass es
sich beim religiösen Trubel nicht um Aufgesetztes
handelt, sondern dass sich alle Teilnehmer einbezogen fühlen – wir auch!
Wir staunen wieder über die kunstvolle Handarbeit,
die die Teilnehmer der Tanzgruppen während des
Jahres in ihr Kostüm investiert haben, und auch das

wieder von Kopf bis
Fuß!
Eine besonders ge-
schmückte Frau führt
den alten rituellen Tanz
namens *diablada* an.
Bei diesem „Tanz der
Teufel", dem ewigen
Kampf zwischen Gut
und Böse, bewegen sich
die dafür besonders
gekleideten Tanzgrup-
pen zu den rhyth-

mischen Klängen von Flöten
und Trommeln. Die schrillen
und lauten Flötentöne, uns
schon aus *Concón* bekannt,
sollen dabei die Dämonen
vertreiben. Doch nicht diesen
Priester, denn der geleitet die
Prozession in die Kirche, dort-

hin, wo der Pilgerzug auch sein Ziel hat. Von den Pilgern wird dabei eine Menge Geduld erwartet, denn die Kirche fasst nicht alle, die hineinwollen. Der strahlend blaue Himmel und die installierten Lautsprecher machen die Umgebung der Kirche jedoch zu einem unermesslich weiten Raum.

8) Silvester unterm Kreuz des Südens

Wir haben mit unserem Campingbus in dem zum zweiten Mal für uns bestimmten Gastland Chile einiges erkundet. Er war bei diesen Fahrten nicht nur Fahrzeug, sondern auch Wohn- und Esszimmer, Schlafraum, Vorratskammer und Zufluchtsort, eigentlich die Voraussetzung für unsere ausgedehnten Reisen. Der Süden Chiles mit seinen Vulkanen, seinen Seen und Regenwäldern hat uns dabei genauso fasziniert, wie die zumeist trockene argentinische Pampa bis zur Südspitze Südamerikas oder die *Atacama*-Wüste im Norden Chiles mit ihren Oasen und Salzseen und in allen Bereichen mit den Hinweisen an graue Vorzeit und das Erleben im Heute. Auf den Fahrten in die nördlichen Nachbarländer Peru und Bolivien hat sich der Campingbus ebenso bewährt und uns ermöglicht, in eine bunte, fremde Welt einzutauchen und gleichzeitig die Zeugnisse der Ureinwohner hautnah zu erleben.

Alle diese Fahrten voller unvergesslicher Erlebnisse und Eindrücke mit einem Hauch von Abenteuer, von Ungewissheit, von Gefahr, mitten in der Natur, ob wild wuchernd oder ohne Leben, ob gigantisch oder lieblich, heiß oder kalt, trocken oder triefend nass, haben sich tief in uns eingeprägt.

Doch eines Tages beginnt für uns ein Abenteuer mit einer Steigerung, die wir nicht für möglich gehalten haben. Dabei wird unser treuer VW-Bus auf einen einfachen Lastentransporter reduziert.

Das Zauberwort für dieses besondere Abenteuer heißt „Ritt in die Anden"!

Solche Ritte sind für uns zwar nicht neu, bei unserem ersten Chileaufenthalt haben wir sie schon genießen dürfen, aber dieses Mal soll es eine Expedition von zehn bis elf Tagen werden. Der Plan spukt schon seit einem Jahr in unseren Köpfen. Start, Ziel und die Strecke des Rittes liegen in groben Zügen fest – beides empfohlen von Kollegen, die dieses Unternehmen vor einem Jahr gewagt haben. Als Beginn planen wir die Tage nach Weihnachten, mit dem Wunschtraum, die Silvesternacht unter dem Sternenhimmel der Südhalbkugel zu erleben.

Mitmachen wollen außer uns beiden das Kollegenehepaar Ute und Jörn A. und natürlich unsere drei Kinder. Carsten macht aber kurzfristig einen Rückzieher, weil er an den „Nationalen Chilenischen Schwimm-Meisterschaften" teilnehmen will, die stets im Januar stattfinden.

Ohne kundige Führer ist solch ein Unternehmen nicht zu verwirklichen. Der heiße Tipp eines Kollegen führt Jörn und mich nach *San Gabriel*, ein kleines Dorf im oberen *Maipo*-Tal am Fuße der Anden, ca. 80 Kilometer südöstlich von *Santiago*.

Dort suchen wir *Don Antonio*. Er wäre ein idealer Führer und er könnte auch die notwendige Zahl an Reit- und Lasttieren beschaffen. Die *carabineros*, die Polizisten am Dorfeingang, kennen ihn und beschreiben uns den Weg. Aber in dem kleinen, von einer niedrigen Steinmauer umgebenen Häuschen scheint niemand zu sein. Wir rufen, pfeifen, hupen – nichts rührt sich. Das Grundstück betreten wir nicht. Das tut man in Chile nicht unaufgefordert. Wir wollen schon umdrehen, um im Dorf *Don Doroteo* den Bruder *Antonios* zu suchen, als sich die niedrige Haustür spaltbreit öffnet. Ein kleines Mädchen schaut vorsichtig heraus. Wir fragen nach dem *dueño*. „Der ist oben bei seinen Ziegen. Er kommt nur hin und wieder am Wochenende nach unten." Sie beschreibt uns den Weg dorthin: Hoch in die Berge, immer am *Maipo*-Fluss entlang, kurz bevor der Weg endet, liege links unter einigen Bäumen das Häuschen. Wir fragen, wie lange man mit dem Auto brauche. Das weiß sie nicht zu sagen. „Mit dem Pferd bald vier Stunden", gibt sie Auskunft.

Wir fahren „hoch in die Berge". Nach zehn Minuten verlassen wir das breite Tal und biegen nach rechts ab, dem Fluss folgend. Ein kleines Elektrizitätswerk nutzt das braune Wasser des *Maipo*-Flusses, das, von drei gewaltigen Rohren gebändigt, vom Berg herabstürzt. Der Weg wird sehr schmal und schlecht. Stetig geht es bergan. Wir müssen den Fluss mehrmals über nicht sehr vertrauenerweckende Brücken queren. Zwei, drei Wegegabelungen fordern uns zu Entscheidungen auf – hoffentlich keine Fehlentscheidungen. Die uns nunmehr umgebende Bergwelt bietet ein abwechslungsreiches, herrliches Panorama.

Einer Oase gleich taucht in einer Talerweiterung plötzlich eine Militärgarnison auf. Ein Schlagbaum stoppt uns. Die Militärs wollen unser Ziel wissen. *Don Antonio* ist ihnen bekannt. Wir sind auf dem richtigen Weg, sollen aber unser *carnet de identidad*, den chilenischen Personalausweis, abgeben. Der Feldwebel sieht unser Zögern. „Weiter oben ist die Welt ja doch zu Ende, und wenn Sie zurückkommen, bekommen Sie alles wieder. Der Sohn von *Don Antonio* ist übrigens gerade zu Pferde hier durch. Sie werden ihn bald einholen." Wir geben die Ausweise ab und ziehen weiter. Fünf Minuten später erhalten wir vom Sohn die Bestätigung, dass sein Vater in der Hütte sei.

Eine Staubwolke neben dem Weg weckt unsere Aufmerksamkeit – eine Ziegenherde, die wohl dem heimatlichen Pferch zugetrieben wird. Am Wegesrand steht ein Mann, klein, drahtig, die Gesichtshaut wie gegerbtes Leder, schmale, flinke Augen – *Don Antonio* höchstpersönlich. Er wird uns in seiner Hütte erwarten, wenn die Ziegen im Pferch sind.

Wir fahren noch ein Stück weiter, um wenden zu können, und sind bald am Ende des befahrbaren Weges. Der *Maipo* ist an dieser Stelle gestaut, um das Wasser für das E-Werk weiter unten zu entnehmen. Ein langer Kanal mit ganz leichtem Gefälle beruhigt das Wasser, damit sich das grobe Schwemmmaterial absetzen kann. Erst dann darf es sich in den Rohren in die Tiefe stürzen, um Strom zu erzeugen. Neben dem Kanal zwei kleine Häuschen, die Unterkünfte für die Arbeiter und ihre Familien.

Don Antonio hat seine Ziegen bereits versorgt und ist gerade dabei, vor seinem Häuschen die „Terrasse" für den Besuch vorzubereiten. Er legt Felle auf die beiden Holzbänke und fordert uns zum Setzen auf. In einem der Bäume hängen zwei frisch geschlachtete Ziegen. In einem Käfig neben uns locken, vor den zahlreichen Fliegen geschützt, recht appetitlich drei kreisrunde Ziegenkäse.

Ja, er könne die Tiere besorgen, sowohl die Pferde zum Reiten als auch die Lasttiere, die *mulas*, und sein

Bruder und er selbst könnten als Führer mitkommen. Die Strecke kenne er gut: Zunächst am *Maipo* entlang bis in sein Quellgebiet, auf argentinischem Gebiet an der Lagune *Diamante* vorbei, um den Vulkan *Maipo* herum und wieder zurück ins *Maipo*-Tal. Dabei müssten zwei Pässe überwunden werden, beide etwas über 4000 Meter. Das müsste zu dieser Jahreszeit ohne Schwierigkeiten gehen. Problematischer seien die Flussquerungen. Weil es im Winter sehr viel geschneit hätte, führten alle Flüsse sehr viel Wasser. Der Februar wäre zwar die beste Zeit für diese Tour, denn der Schnee sei dann weit zurückgegangen und die Flüsse hätten weniger Wasser – aber es würde auch Ende Dezember möglich sein. „Doch für diese Expedition ins Grenzgebiet benötigen Sie auch eine Genehmigung der Militärbehörde. Die bekommen Sie in *Puente Alto*."

Zu Preisverhandlungen kommt es noch nicht. *Don Antonio* muss erst noch mit seinem Bruder sprechen, auch mit den Besitzern der benötigten Pferde und *mulas*.

Wir vereinbaren einen neuen Termin.

Drei Stunden später sind wir wieder in *Santiago* und berichten den Expeditionsteilnehmern von unseren Verhandlungen.

Nach einer zweiten Fahrt in die Berge steht nach zähem Verhandeln der Preis fest. Schlitzohr *Antonio* will uns *gringos* natürlich erst einmal kräftig anzapfen. Wir wurden in dieser Hinsicht schon gewarnt, kennen die Preise vom Vorjahr und wissen auch, dass die beiden Brüder und die Vermieter der Tiere sehr an dieser lukrativen Aktion interessiert sind. Dieses Wissen hilft uns dabei, einen akzeptablen

Preis auszuhandeln. Den Tag für den Start – der zweite Weihnachtstag – legen wir noch fest, aber die einzelnen Etappen geben wir in die erfahrenen Hände von *Don Antonio*.

Wir, das heißt wiederum Jörn und ich, wollen die nächste Hürde nehmen und fahren nach *Puente Alto*, einem Stadtteil im Südosten Santiagos, um uns die Erlaubnis der Militärbehörde zu holen. Wir sind uns im Klaren, dass wir dort nicht von einer Umrundung des Vulkans *Maipo* sprechen dürfen, denn das würde einen Grenzübergang einschließen; bei den augenblicklichen politischen Spannungen zwischen Chile und Argentinien wäre das nicht zu empfehlen. Deshalb wollen wir in das Quellgebiet des Flusses *Maipo*, um dort die Flora und Fauna zu beobachten und zu studieren. Die Ergebnisse sollen einfließen in den Biologieunterricht Jörns und in meine Weiterbildung der Lehrer, die an den Deutschen Schulen unterrichten, um sie zur Behandlung der Pflanzen- und Tierwelt in diesen Grenzregionen zu befähigen. Doch im Büro des wachhabenden Offiziers will keiner dafür zuständig sein, eine Erlaubnis für diesen Ritt zu erteilen, auch dann nicht, als wir unsere chilenischen Ausweise zeigen, aus denen hervorgeht, dass wir „Erziehungsexperten von hohem Niveau" sind. Dieser Hinweis nötigt dem Soldaten zumindest die Aussage ab, dass der zuständige Offizier Anfang Dezember wiederkäme.

Darauf wollen wir uns nicht verlassen. Wir müssen die Angelegenheit *a la chilena*, auf chilenische Weise, regeln. Der Nachbar eines Bekannten von Jörn ist General. Dieser wird informiert. Sein Anruf in *Puente Alto* wird gleich zum Kommandanten der Garnison durchgestellt. Zwei Tage später holen wir die Genehmigung ab, sogar von ihm selbst unterschrieben. Wir merken in diesem Moment wieder einmal, dass wir uns in einem Lande befinden, in dem das Militär das Sagen hat. Seit Pinochets Putsch vor vier Jahren ist das so. Wer die Soldaten auf seiner Seite hat, kann viel erreichen.

Wir müssen uns beim Ritt durch die Berge natürlich voll und ganz auf *Don Antonio* verlassen, aber wir möchten dabei doch wissen, wo wir uns in diesen Tagen befinden. Wir brauchen also Messtischblätter. Die gibt es im *Instituto Geográfico Militar*. Die Karten für den Bereich unseres Startes und in Richtung Grenze erhalten wir sofort. Doch die vom Grenzgebiet gibt es nur auf Antrag. Den schreiben wir uns selbst auf einem Briefbogen der Deutschen Schule Santiago, amtlich verziert mit meinem Rundstempel „Regionalfachberater für Deutsch". Auf diese Weise gut gerüstet stehen wir vor der Geschäftsstelle des Instituts und müssen klein beigeben: Bis Weihnachten geschlossen! Dann eben ohne diese Karten.

Parallel zu diesen aushäuslichen Aktivitäten müssen wir überlegen, was alles mitgenommen werden muss und wie es zu verpacken ist. Wir brauchen Zelte, Decken, Kleidung für alle Wetterlagen, Werkzeuge, Medikamente, Lebensmittel, Getränke, Töpfe und alle Essutensilien und vieles mehr. Nur für Wasser brauchen wir nicht zu sorgen. Bei den Lebensmitteln wird die Liste beängstigend lang. Wir können es kaum fassen, was acht Personen in zehn bis elf Tagen alles an Proviant brauchen, denn unsere beiden *arrieros* müssen wir auch mit verpflegen.

Für alles, was nicht in Säcken verstaut werden kann, brauchen wir stabile Kisten. Das Holz muss leicht, aber widerstandsfähig sein. Bei den Maßen muss berücksichtigt werden, dass unsere Lastmaultiere mit je zwei Kisten beladen werden. Sie hängen seitlich und verbreitern das Tier erheblich. Nun erwarten uns recht schmale Pfade, auf der einen Seite der Abgrund, auf der anderen die Felswand. Wenn das Tier zu breit beladen ist, besteht die Gefahr, dass es an einen Felsvorsprung stößt, das Gleichgewicht verliert und abstürzt. Es gibt leider Beispiele dafür.

Für zwei Tage verwandelt sich ein Teil unseres Gartens in eine Tischlerei. Der Lebenspartner unserer ehemaligen Hausangestellten *Fresia* produziert in dieser Zeit aus den von uns gekauften Brettern unsere acht Kisten mit den vorgeschriebenen Maßen. Wir brauchen reißfeste Plastikhüllen, denn die Kisten sind nicht wasserdicht und Regen und Schnee sind auch Ende Dezember und Anfang Januar durchaus möglich. Wir finden diese Hüllen, und die im Inneren der Kisten verstauten Kostbarkeiten werden später durch sie perfekt geschützt. Auch die Zelte und Schlafsäcke müssen trocken gehalten werden. Wir kaufen dafür einen besonders dicken Plastikschlauch, der je nach Bedarf auf die entsprechende Länge zugeschnitten werden kann. Ein langes, kräftiges Seil brauchen wir auch. Bei den angekündigten schwierigen Flussdurchquerungen könnte es recht nützlich sein.

Da kommt uns noch eine Idee. Die Streckenführung geht über argentinisches Gebiet, zwar nur zu einem kleinen Teil, aber wir passieren da oben in den Bergen auf 4000 Metern die chilenisch-argentinische Grenze ohne Grenzkontrolle, ohne Einreise- und Ausreisestempel, und das in einer angespannten Situation zwischen den beiden Staaten, die ihre Ursache in Grenzstreitigkeiten ganz im Süden des amerikanischen Kontinents hat. Dort gibt es vor der Südküste von Feuerland drei Inselchen, in deren Umgebung die Grenzziehung trotz eines Vertrages wieder einmal umstritten ist. Argentinien will diesen Vertrag nicht mehr anerkennen, denn immerhin wurde inzwischen Erdöl im Untergrund ringsum gefunden. Wir gehen deshalb zur argentinischen Botschaft und lassen uns in unsere Pässe eine *visa oficial* eintragen, ein Visum mit einem offiziellen Auftrag, so wie wir das auch für Chile haben. Im Antrag tauchen zur Begründung wieder der Begriff „Studium von Flora und Fauna" auf, auch das Wort „Grenzgebiet". Wir erhalten den entsprechenden Stempeleindruck.

Zuletzt bleiben noch der Einkauf und die Verpackung der Lebensmittel, in den Kisten geordnet nach Frühstück, Abendbrot, Obst und Gemüse und wärmenden Getränken, denn über 3000 Meter soll es auch im Hochsommer nachts empfindlich kalt werden.

Am Heiligen Abend kommen Ute und Jörn schon am frühen Vormittag zu uns. Bis Mittag soll alles gepackt sein, damit danach in aller Ruhe Weihnachten gefeiert werden kann. Bevor die Kisten gefüllt werden, findet eine Verstaugeneralprobe im Campingbus statt, denn mit diesem soll alles zum Ausgangspunkt der Expedition transportiert werden. Dabei tauchen doch allerhand räumliche Probleme auf: Kisten hochkant oder quer? Kisten vorn oder hinten? Kisten übereinander oder nebeneinander?

128

Wie sollen Kisten und übriges Gepäck kombiniert werden?

Ähnliche Raumprobleme ergeben sich dann beim Füllen der Kisten. Doch als schließlich, dem klug entwickelten Tagesküchenplan entsprechend, bereits

drei Kisten voll sind, kommt einer auf den Gedanken, sie erstens einmal hochzuheben und zu wiegen und zweitens daran zu erinnern, dass zumindest zwei davon wegen des Gleichgewichtes für die *mulas* auch gleich schwer sein müssten. Die erste Kiste wiegt 50 Kilogramm, die zweite 30 und die dritte 45 Kilogramm. Eine *mula* darf höchstens mit 100 Kilogramm belastet werden. Die erste Kiste ist auf jeden Fall zu schwer, denn als Gegengewicht sind keine 50 Kilogramm erlaubt, weil oben zwischen den beiden Kisten noch weiteres Gepäck verstaut werden soll. Und die Kisten 2 und 3 sprechen gegen das Prinzip des Gleichgewichtes. Wir sagen deshalb: Auspacken, neu packen und dabei regensicher einhüllen.

Wir kommen sogar ins Schwitzen. Bei 30 Grad im Schatten hat das aber nicht unbedingt etwas mit Arbeitsintensität zu tun. Deshalb genießen wir zwischendurch einen Sprung ins kühle Nass unseres Schwimmbeckens, und gegen Mittag sind die Kisten gepackt, gekennzeichnet, ihr Inhalt notiert und nach den Ergebnissen der Verstauprobe im VW-Bus perfekt untergebracht, zusammen mit all den anderen lebensnotwendigen Utensilien.

Dann beginnt Weihnachten. Beim Wetter und beim Sonnenstand ist es immer noch gewöhnungsbedürftig, doch mit dem morgendlichen Kirchgang am ersten Weihnachtstag und der Bescherung wird es auch für die Kinder wieder ein Jahreshöhepunkt in der Familie.

Doch am Nachmittag klopft wieder das vor uns stehende große Ereignis an. Es gibt noch allerlei zu überlegen, zurechtzulegen, einzupacken. Viele wichtige Kleinigkeiten fordern ihre Zeit.

Aber am nächsten Morgen gegen sieben Uhr ist alles startklar.

Die Freunde hupen pünktlich vor der Tür und beladen ihren Passat mit zwei Personen zusätzlich. Cornelia steigt als Mitglied der Expedition zu und Carsten als Chauffeur unseres Campingbusses für die heutige Rückfahrt und für das Abholen unserer Utensilien, wenn wir zurückkommen. Im VW-Bus ist nur noch auf dem Beifahrersitz ein freier Platz, es gibt sonst keinen Hohlraum mehr. Diesen Platz müssen sich Ingrid und Claudio teilen. Die dabei entstehende Enge nehmen beide kuschelnd gerne auf sich, weil sie froh sind, auf der folgenden kurvenreichen Strecke vorne sitzen zu dürfen.

Das Auto steht Carsten während unserer Abwesenheit zur Verfügung. In zehn Tagen soll er wieder zum Ausgangspunkt der Tour kommen, um uns abzuho-

len. Der Passat der Freunde soll dort oben stehen
bleiben.

Die *carabineros* in *San Gabriel* notieren routinemäßig
Ziel, Name des Fahrers, Autonummer und wünschen
uns gute Fahrt.

In den Bergen erwartet uns Nebel. Die Sicht ist sehr
schlecht. Wir müssen langsam fahren. Aber plötzlich
reißt der Nebel auf und vor uns liegen die
Hochkordilleren – ein herrlicher Anblick. Da oben

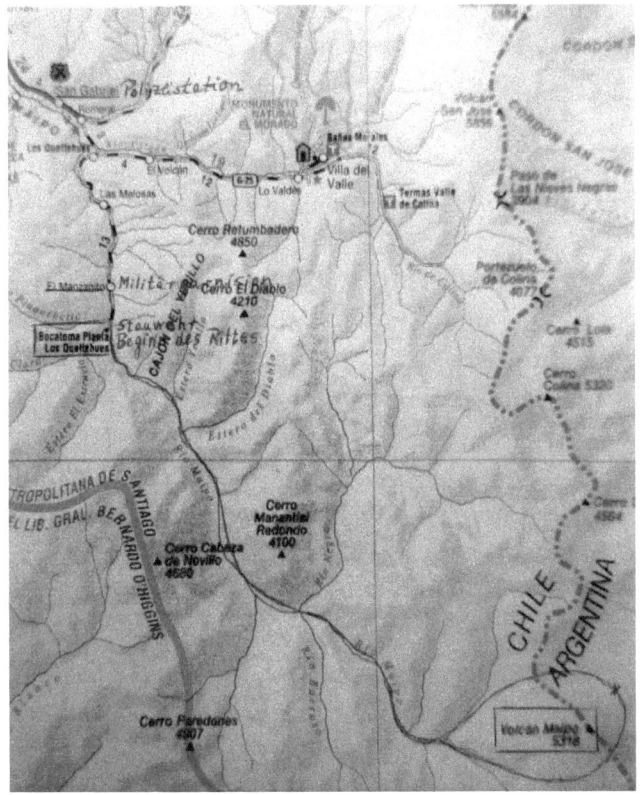

werden wir also zehn Tage sein und zu Silvester zum
Kreuz des Südens aufblicken. Die Spannung steigt.
Weiter oben in der Militärgarnison erklären wir unser

Vorhaben und zeigen unser Dokument aus *Puente Alto*. Ein Exemplar wird einbehalten. Sie sammeln auch unsere chilenischen Personalausweise ein. Wir wollen schon weiterfahren, da taucht plötzlich ein Soldat auf, der anscheinend etwas mehr zu sagen hat als die anderen zuvor. Er fordert uns auf, auch unsere Dienstpässe abzugeben. „Die brauchen Sie dort oben ja doch nicht!" Auf seine Weise hat er Recht, aber trotzdem wollen wir nicht alle unsere persönlichen Dokumente aus der Hand geben. Deshalb spielen wir unseren Ausländerstatus aus, in der Hoffnung, dass er in dieser Beziehung nicht genau Bescheid weiß. „Als offizielle Vertreter Deutschlands dürfen wir nicht ohne Dokumente ... und es ist uns überhaupt verboten, ohne offizielle Dokumente ...!"
Wir behalten unsere Pässe.
Nur gut, dass wir in diesem Moment so hartnäckig sind, denn wir brauchen später unsere Dokumente tatsächlich. Doch davon ahnen wir noch nichts.
Vor *Don Antonios* Hütte halten wir, um die beiden bestellten und frisch geschlachteten Ziegen mitzunehmen. Jenseits des Flusses, noch innerhalb des Schattens, den das diesseitige Bergmassiv durch die aufgehende Sonne wirft, zieht eine Karawane von 14 Tieren flussaufwärts. Es sind „unsere" Tiere mit den beiden *arrieros*.
Am *Maipo*-Stauwehr erreichen wir unser Ziel auf 1800 Metern Höhe. Das ganze Gepäck muss auf die andere Flussseite geschleppt werden und das über eine Brücke mit schmalen Treppchen hinauf und wieder hinunter. Dazwischen geben verbogene Geländer nicht einmal das Gefühl von Schutz und Halt. Darunter brausen und zischen die erdbraunen

Wassermassen des *Maipo*, der sich gegen seine Bändigung und die Wasserentnahme aufbäumt. Mit Erfolg, denn nur wenig Wasser fließt dann ruhig weiter in Richtung Rohrsystem, wo es bergab Fahrt aufnimmt, um unten die Turbinen anzutreiben. Das verbleibende Wasser stürzt zu Tal, als wollte es alles zerstören, was sich ihm nun noch in den Weg stellt. Die Sonne kommt hinterm Berg hervor, hat sofort eine erstaunliche Höhe und zeigt zugleich ihre Kraft. Die Gepäckschlepper spüren das und sind froh, als alles auf der anderen Seite liegt, bereit zum Beladen. *Antonio* und *Doroteo* sind inzwischen mit ihren Tieren angekommen und sichten bereits mit kundigen Blicken die Gepäckstücke. Es dauert nicht lange und sie beginnen ihr Ladekunstwerk. Sie wissen genau, was und wie viel sie einem Lasttier anvertrauen können. Sie beginnen mit den Kisten und da machen wir nur große Augen, zuerst über die Kraft und das Geschick, die erste schwere Kiste auf den Rücken des Tieres zu wuchten, dann über die Methode, diese Kiste mit Lederriemen, die unter dem Bauch des Tieres hindurchgeführt werden, so zu stabilisieren, dass sie zur Seite abrutschen kann, wo sie dann, von den Riemen umschlungen, dort hängt und Platz geschafft hat für die nächste Kiste oben auf dem Rücken des Lasttieres. Auch sie wird von den Riemen umschlungen und auf der Gegenseite herabgelassen. Erst jetzt braucht *Antonio* seinen Bruder, um die beiden Kisten auszutarieren. Über Schleifen können die Riemen noch verlängert oder verkürzt werden, sodass die Kisten das Tier auf beiden Seiten gleichmäßig belasten. Das kunstvolle Riemensystem wird nun noch straff gezogen, dabei zieht *Antonio* nur an ei-

nem Seilende und spannt dabei das ganze System. Unsere Bewunderung steigt später noch, weil wir erleben, wie diese Riemen beim Transport strapaziert werden.

Bei einigen Tieren werden noch andere Gepäckstücke oben zwischen den Kisten verstaut und ebenfalls mit Riemen befestigt.

Vor dem Beladen verdecken die *arrieros* dem Tier mit einem Tuch die Augen. Auf Nachfrage erklärt uns *Antonio*, dass nur so die *mula* den Ladevorgang über sich ergehen lässt. Ist alles befestigt, werden die Augen freigegeben, und das Tier bleibt dort stehen, wo es hingeführt wird. Die Augenbinde nehmen stets nur die *arrieros* ab.

Wir erlebten einmal, dass das der Wind tat, in einem Augenblick, als der *arriero* damit beschäftigt war, die Riemen der Ladung zu straffen. Sofort stürmte die *mula* davon, die vielen Utensilien weithin zerstreuend. Wir brauchten danach lange, um alles, auch die zerbrochenen Kleinteile, wieder einzusammeln.

Jetzt ist das nicht so. Unsere beladenen Tiere stehen geduldig herum, und auf dem Boden liegt kein Gepäckstück mehr.

Bald sind wir an der Reihe. Bei der Zuteilung der Reittiere verlassen wir uns weiterhin auf *Antonio* und seine Erfahrungen mit Ausländern, den *gringos*. Unsere Kinder haben zwar für sich schon innerlich Pferdefreundschaften geschlossen, sind aber auch mit ihrer Zuteilung durch *Antonio* zufrieden. Dann sitzen wir im chilenischen Sattel, für strapaziöse Ritte in die Berge bestens geeignet, weil mehrere Felllagen gut abpolstern. Auch die Steigbügel sind diesen Ritten angepasst, denn ein vorn völlig geschlossener Teil aus Holz oder Leder bietet guten Schutz, wenn das Pferd auf schmalen Pfaden sich gar zu kräftig der Felswand

nähert.

Einmal im Sattel kehrt nach den turbulenten Startvorbereitungen in jedem Einzelnen von uns erst einmal Ruhe ein. Das weite Tal mit dem Fluss in der Mitte und der mit Blütenpflanzen umsäumte, leicht ansteigende, schmale Pfad helfen dabei. Zu dieser Ruhe steigt bei allen aber auch allmählich Spannung auf, denn vor uns liegen all die Unwägbarkeiten, die auch während der Vorbereitungszeit immer wieder in unseren Gesprächen auftauchten. Wie wird sich das Wetter verhalten, wie werden wir die Nebenflüsse antreffen, die wir durchqueren müssen, wie wird uns die Höhe zusetzen, insbesondere bei den Pässen über 4000 Meter, reicht der Proviant für die vielen Personen, sind wir genug gegen die nächtlichen Temperaturen geschützt, wenn diese in den Minusbereich fallen? – Alle diese Fragen entstehen nun in dem Bewusstsein, dass wir bald weit weg sein werden von jeder Art von Hilfe.

Bei unserem zehnjährigen Claudio gibt es diese

Gedanken nicht. Seitdem er im Sattel sitzt, ist er in eine andere Welt eingetaucht. Er ist ein Cowboy, der dabei ist, die Welt zu durchstreifen, sich aber auch verantwortlich für seine Begleiter fühlt. Sein „Schnellfeuergewehr", griffbereit hinter ihm deponiert, unterstützt dieses Gefühl. Wir staunen, wie schnell er sein Pferd sicher im Griff hat. Er bestimmt, wohin und wie es zu gehen hat. Er hat Zeit, sich seiner Fantasie hinzugeben, die sich oft in seinem Gesicht wider-spiegelt.

Der Pfad bleibt weiterhin schmal, bald nicht mehr von blühenden Pflanzen gesäumt, sondern von knie-hohen Gewächsen mit knochigen Stielen und rauen Blättern. Nur in der Ferne sehen wir am Fuße des Berghanges eine Baumgruppe, die ein kleines Gehöft einschließt. Gen Osten leuchtet uns aus der Hoch-kordillere der Schnee entgegen – und über allem ein tiefblauer Himmel, zu dem natürlich auch eine Sonne gehört, deren Kraft wir bald zu spüren bekommen. In

der Karawane aus 14 Tieren, die sich im Gänsemarsch ziemlich lang dahinzieht, gibt es an einigen Stellen gewisse Unordnung, weil Sonnenschutzmittel hin- und herwandern. Der Schutz, zu Beginn des Rittes aufgetragen reicht nicht aus.

Nach einer kurzen Verengung öffnet sich das Tal plötzlich zu einer großen Ebene, die leicht gegen den Berghang geneigt ist. Wohltuendes Grün bildet in der Ferne eine riesige Weidefläche, Nahrung für eine Kuhherde, die hier den ganzen Sommer in ungehin-derter Freiheit verbringt. Unsere Kette fächert auseinander und einige von uns spornen ihre Pferde sogar zu einem kräftigen Trab an. Die ungehinderte Freiheit der Kühe hat wohl auch Nachteile, denn am Wegesrand liegt eine tote Kuh und offensichtlich schon seit einiger Zeit. Wir wundern uns, dass die Kondore den Kadaver noch nicht entdeckt haben. Das Trabvergnügen ist nur von kurzer Dauer, denn bald geht es wieder deutlich bergauf und die Berghänge rechts und links rücken wieder zueinander. Es gibt Abschnitte, da signalisieren uns die *arrieros* „Absteigen", denn der Abstieg ist auch für unsere andenerprobten Tiere mit unserer Last nicht zu schaffen. Wir machen es ihnen leichter und führen sie, selbst mit Mühe kraxelnd, am Zügel hinter uns her.

Der Pfad hat uns vom Fluss entfernt, weil unten am Ufer riesige Felsblöcke ein Weiterkommen verhindern. Nun sehen wir von oben, dass sich unser Weg auf der anderen Flussseite weiterschlängelt – also wieder hinunter. Da merken wir auf dem Rücken unserer Pferde, dass es einen deutlichen Unterschied zwischen hinauf und hinab gibt. Bergan saßen wir bis jetzt mit streckenweisen Ausnahmen bequem im Sattel, uns dem trittsicheren Tier überlassend und die imposante Bergwelt genießend. In engen Serpentinen steil bergab vergisst man schnell den genießenden Rundumblick, weil man auf Pferdes Rücken doch recht weit vom abfallenden Erdboden entfernt ist, besonders dann, wenn das Tier zu einer engen Kurve gezwungen wird. In solch einem Augenblick stemmt man sich mit voller Kraft gegen den Abgrund, die Beinmuskeln werden aktiviert und die Zuverlässigkeit der Steigbügelriemen geprüft. Nur gut, dass wir uns auch in solchen Momenten ganz auf unsere Reittiere verlassen können.

Jedoch wird es für Ingrids Schimmel kurz vorm Erreichen des Flussufers gar zu schwierig. Er verweigert an

 einer Art Abbruch im Pfad den Gehorsam, so sehr sich Ingrid auch müht, ihn zu einem Hopser nach unten zu animieren. Sie steigt ab, überwindet den Abbruch zu Fuß und versucht, am Zügel ziehend, ihr Pferd nachzuholen. Vergebens!

In solch einem Augenblick merken wir, wie wichtig unsere *arrieros* sind. *Antonio* wendet, reitet zurück, fasst den Zügel und zieht so kräftig, dass dem Schimmel gar nichts anderes übrig bleibt, als den Hopser zu wagen. Ingrid steigt wieder auf und der Ritt geht weiter.

Wir müssen zum ersten Mal durch den Fluss. Er ist nicht mehr so breit, wie an unserem Startplatz und sein Wasser nicht mehr erdfarben, sondern klar. Die *arrieors* wissen genau, an welcher Stelle eine Überquerung möglich ist, und einer von ihnen reitet voran. Wir sehen gleich, dass wir wohl keine nassen Füße bekommen. Trotzdem beschleicht jeden von uns im

139

schnell dahineilenden brodelnden Wasser ein artiges

Gefühl. Doch die Sicherheit unserer Pferde wirkt auch auf uns beruhigend.

Wieder einmal öffnet sich das Tal zu einer weiten grünen Ebene. Wir sehen zwar keine weidenden Tiere, eine einfache Steinhütte weist aber darauf hin, dass hier Tierhüter hin und wieder Schutz suchen. Für uns gibt es nach stundenlangem Ritt die erste Rast. Wieder auf beiden Beinen stehend, spüren wir doch, dass einige wenig trainierte Muskelpartien froh sind, sich entspannen zu können. Für die *arrieros* gibt es keine Ruhepause. Sie müssen bei den Lasttieren die Riemen kontrollieren und wieder straffen. Auch bei unseren Pferden kümmern sie sich um die Sattellagen und die Befestigung der Steigbügel, denn alles wurde in den vergangenen Stunden stark strapaziert. Das merken auch all unsere Hautpartien, die Sonne und Wind ausgesetzt sind. Ihnen tut der erneuerte Schutz ebenso gut wie den Erwachsenen der Kaffee aus unserer weit gereisten und stark zerbeulten Thermoskanne.

Es geht weiter auf schmalen Pfaden, zumeist durch karge, felsige Landschaft. Umso überraschender sind dann wieder gelb blühende Pflanzenkissen, denen ein bisschen Erde und etwas Feuchtigkeit vollauf genügen, um ihre Pracht zu entfalten. An solchen Stellen gibt es auch Vögel – zumindest Grünfinken erkennen wir. Auf einen Kondor warten wir bisher vergebens.

Die Schneefelder in den höheren Lagen umgeben uns bereits, da stoppen unsere *arrieros* am ersten Lagerplatz für die Nacht. Er wird markiert durch einen fast senkrecht stehenden Felsblock, der erst am Abend seinen Vorteil offenbart, als er uns vor den kühlen Fallwinden schützt. Auf unsere Führer kommt viel Arbeit zu. Die *mulas* werden zuerst von ihren Lasten befreit. Die Tiere ziehen sofort davon, weil sie in der Nähe Fressbares finden. Die Reittiere folgen, nachdem ihnen ihr Sattel abgenommen wurde. Nur ein Pferd erhält zwischen den Vorderbeinen eine Fußfessel. Dieses Tier soll sich nicht gar zu weit vom Übernachtungsplatz entfernen, um mit seiner Hilfe am nächsten Morgen die weit verstreuten Tiere wieder zurückzuholen.

Wir haben auch zu tun. Cornelia und Claudio suchen für unsere beiden Zelte einigermaßen waagerechte Plätze, um diese dann von Steinen und stacheligen Pflanzen zu befreien. Die Männer holen die Kisten herbei, die den Proviant für den Abend und für das Frühstück enthalten. Die Frauen stellen auf einer Transportkiste das Abendbrot zusammen. Das Aufbauen und Einrichten der Zelte geht schnell, schließlich machen wir das nicht zum ersten Mal. Bald genießen wir, in Pullover und Poncho gut verpackt, den ersten Abend in der Kordillere am wärmenden

Feuer, gespendet von ein paar knorrigen Wurzeln, vor allem aber von getrockneten Kuhfladen, die unsere Kinder bereits gesammelt haben. Ein wohltemperierter *vino tinto* hebt zusätzlich unser Wohlbefinden. Bald ist es dunkel und der Blick geht hinauf zu den Sternen, die strahlend hell leuchten, von keinen künstlichen Lichtquellen beeinflusst. Wir stellen fest, dass die Milchstraße zu Recht ihren Namen trägt. Um das zu bestätigen, muss man wohl doch weit weg von allen erdgemachten Lichtern sein. In dieser leuchtenden Sternenstraße entdecken wir bei längerem Aufschauen Sterne, deren Namen wir kennen. Sie wurden uns bei ähnlichen Ritten in die Anden viele Jahre zuvor von Experten gezeigt und vorgestellt. In südlicher Richtung sehen wir den Alpha Centauri, den Fixstern, der der Erde am nächsten steht, damit unsere Nachbarsonne ist. Auch das Kreuz des Südens finden wir in dieser Richtung, obwohl dieses Sternbild gar nicht so markant auffallend ist. Es gibt in seiner Nähe noch andere Sternbilder, die sich aufdrängen, weil sie auch ein Kreuz bilden und in südliche Richtung zeigen. Doch es gib eben nur ein Kreuz des Südens! Sein sagenhafter Ruf kommt wohl vor allem von bildreichen mittelalterlichen Beschreibungen und der Bedeutung für die Seefahrer dieser Zeit, die auf der Südhalbkugel unterwegs waren. Es bietet dort einen komplizierten Ersatz für das Segeln gen Süden im Vergleich zum genau gen Norden weisenden Polarstern auf der Nordhalbkugel. Wir entdecken gen Norden den Orion, der für uns Nordhalbkugelbewohner jedoch auf dem Kopf steht.

Der rote Riese Beteigeuze ist dem hohen Berghorizont nahe und der Stern Rigel thront deutlich weiter oben.

Wir wollen uns schon zur Nachtruhe zurückziehen, da entdeckt Ingrid wie schon damals in den 60er-Jahren am chilenischen *Villarrica*-See Lichtpunkte, die sich schnell zwischen den Sternbildern bewegen. Wir beobachten eine Menge dieser künstlichen Erdbegleiter, die in unterschiedlichen Richtungen und mit unterschiedlichen Geschwindigkeiten unsere Erde umrunden. Es ist sogar einer dabei, der sich mal hell und mal dunkel präsentiert. Wir können uns das nur so erklären, dass dieser Satellit rotiert und uns dabei einmal seine matte und einmal seine reflektierende Seite zeigt. Doch darüber denken wir an diesem ersten Abend in den Bergen nicht lange nach, denn wir merken, dass der Tag doch recht anstrengend war. Dass der eine oder andere von uns nicht so schnell einschlafen kann, liegt an der uns umhüllenden Ruhe. Nur das Plätschern des *Maipo* dringt hin und wieder zu uns herauf.

Geweckt werden wir von der Sonne. Unsere *arrieros* sind schon lange aktiv. Die Reittiere stehen schon gesattelt in unserer Nähe. Nun sind sie dabei, die Lasttiere heranzuholen.

Das Frühstück in der Morgensonne wird zum ersten

Genuss des Tages. Die Proviantkiste vom Abend und die unterschiedlichen Sitzgelegenheiten bilden den rustikalen Rahmen für ein reichhaltiges Mahl, mit meinem gefilterten Kaffee als i-Tüpfelchen. Unsere beiden Chilenen wundern sich bestimmt, was ihnen nach dem gestrigen Abendbrot nun als Frühstück geboten wird. Solch eine Vielfalt sind sie nicht gewöhnt, nehmen alles aber gerne an.

An diesem Tag geht es weiter flussaufwärts, immer in östliche Richtung. Wie gestern wechselt die Landschaft zwischen karg und felsig in engen Tälern und weit und grün in Talerweiterungen, wieder mit grasendem Vieh, hin und wieder auch mit Pferdeherden. Hier gibt es durch gestautes Wasser eine Art Sumpfgebiet, das etwas wie Almwirtschaft erlaubt.

Die erste Flussdurchquerung dieses Tages ist problemlos und für uns schon fast Routine. Doch bei der zweiten, Stunden später, vergessen wir unser Routinegefühl. Die höher gestiegene Sonne hat in der Zwischenzeit für Schnee- und Eisschmelze gesorgt.

Der *Maipo* transportiert deutlich mehr Wasser ins Tal. Wir sehen das an unserem vorausreitenden *arriero,* der seine sporengeschmückten Stiefel anheben muss, um nicht nass zu werden. Unser Claudio stoppt am Rande des Flusses, denn beim Blick in den tosenden Fluss beschleicht ihn Angst. Ich nehme seinen Zügel, ziehe Pferd und Sohn im Schlepptau hinter mir her und am anderen Ufer fühlen wir uns

deutlich wohler.

Die Rast nach mehrstündigem Ritt wird zu einer Besonderheit. An dieser Stelle verschwindet ein wasserreicher Gebirgsbach in einer Art Höhle mit einem kreisrunden Loch an ihrem Ende. Beim genauen Betrachten vermuten wir, dass bei einem Vulkanausbruch dieser Bach wohl durch herabfließende Lava angestaut wurde. Er hat sich dann im Laufe der Zeit durch diese Lavawand hindurchgebohrt, sodass kein See entstand. Der Vulkanismus serviert uns noch etwas Besonderes, denn an einem Seitenhang des Berges sprudelt eine Thermalquelle. Sie ist sehr heiß. Ihr Wasser sammelt sich aber etwas tiefer in einem Becken unseres Bohrflusses und vermischt sich dort zu wohltuenden Wasser-Temperaturen. Für uns steht eine ideale Badewanne

145

zur Verfügung, die wir als solche auch ausgiebig nutzen. Nach den beiden anstrengenden Tagen ist es kein Wunder, dass sich die Rast dadurch etwas in die Länge zieht. Das liegt aber nicht nur an unserem Badegenuss, sondern auch an der eindrucksvollen Umgebung. Das Wasser kommt nicht nur heiß aus

dem Boden, sondern auch hochgradig mit gelösten Mineralien angereichert, die sich im Laufe der Zeit am Boden abgelagert haben und ein sehenswertes Farbspiel präsentieren. Der Hang ist mit rotbraunen Farbstreifen geschmückt, eingerahmt von breiten weißen Flächen mit Salzkristallen, die uns den Eindruck von Schnee vorgaukeln.

Knapp unterhalb der „Badewanne" sieht man in einer

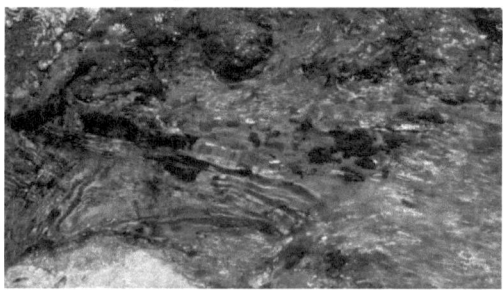

Senke im langsam abfließenden Wasser nicht nur die

mineralischen Ablagerungen mit den verschiedenen Rot- und Brauntönen, sondern auch das Grün der Algen, die dort gewachsen sind. Beim Blick von oben kommt dann noch die weiße Reflexion des Tageslichtes auf der Wasseroberfläche hinzu – logisch, dass so etwas für ein Dia herhalten muss. Dieses Dia strahlt später die Betrachter so farbenprächtig an, dass es nach 35 Jahren in unserer Eigentumswohnung zu einem Wandschmuck wird.

Für das zweite Nachtlager haben unsere *arrieros* ein ideales Plätzchen ausgesucht. Unter einem großen Felsen gibt es eine weit nach innen gehende Vertiefung. Sie würde bei Regen sogar für eine größere Gruppe ausreichend Schutz bieten. Wir entfachen unter diesem Felsendach ein Feuerchen, denn heute Abend sollen die Zicklein gebraten werden. Natürlich nicht mit Kuhfladen, sondern mit Holz, das für diesen Zweck aus dem Tal bis hierher transportiert wurde.

Das Braten übernehmen die beiden *arrieros*, denn auch in dieser Hinsicht sind sie Experten. Sie beweisen das mit dem fertigen Produkt recht überzeugend und auch, dass für unsere Gruppe ein Zicklein völlig genügt. Das andere soll draußen hoch an die Felswand gehängt werden, denn es gibt Füchse. Einen von ihnen habe ich gleich nach dem *asado* mit einem großen Stein vertrieben. Doch diese Zickleinsicherung strapaziert zunächst die grauen Zellen und später die Lachmuskeln. Wie sichert man an einem glatten Felsblock duftendes Frischfleisch? Der Abstand zum Erdboden ist für uns kein Problem, weil wir die Sprunghöhe eines Andenfuchses recht gut einschätzen können. Auch die Drahtschlinge um den

147

Hals des Tieres ist bald sicher, doch die Länge des Drahtes bereitet Kopfzerbrechen, denn sie ist abhängig von der Befestigung im Felsen. Wir, die Experten Jörn und ich, finden in der Reichweite unserer gestreckten Finger keinen Vorsprung als sicheren Halt. Die drei inzwischen herumstehenden Damen fangen in diesem primären Versuchsstadium schon an, leicht zu grinsen. Doch Claudio, der dritte Mann in der Runde, liefert eine zündende Idee: „Ich stelle mich auf die Schulter von Jörn, um weiter oben nach einem Vorsprung zu suchen!" Diese Idee wird sofort verwirklicht, doch Claudio ertastet auch weiter oben nur glatte Wand. Die Männerstirne sind inzwischen tief gefurcht, da bringt sich unsere sportliche Cornelia ins Spiel: „Ich steige von der Rückseite auf den Felsen, werfe euch eine Schnur zu, ihr befestigt euren Draht daran, den ich nach oben ziehe und garantiert eine Möglichkeit finde, ihn irgendwo zu befestigen, vielleicht sogar mit einem Hering!" So geschieht es. Wessen Lachmuskeln an diesem späten Abend am meisten strapaziert wurden, soll ein Geheimnis bleiben. Danach in der Felsenhöhle entsteht eine ganz

andere Stimmung als am Vorabend unter freiem Himmel. Der Holzrauch, vermischt mit dem Wohlgeruch gebratenen Ziegenfleisches, hängt lange unter der Felsdecke, bevor er seinen Weg nach draußen findet und in den Nachthimmel steigt. Von dort schimmern einige Sterne zu uns herein, auch die Schneefelder, deren Ausläufer wir bald passieren müssen. Keiner von uns ist so dick eingepackt wie gestern am Lagerfeuer, denn es ist recht warm in der Höhle. Kein Wunder, dass sich ziemlich bald eine wohlige Müdigkeit einstellt. Der Gang zum Zelt kostet dann in der kalten Nachtluft einige Überwindung.

Unsere beiden Führer dürfen sich solche Gefühle nicht leisten, denn sie machen sich noch auf, um den Weg zu erkunden, der uns morgen an das nächste Ziel führen soll. Der helle Mondschein und die vielen Sterne erleichtern ihnen die Suche nach einem guten Flussübergang.

Heute werden sie in der Felsenhöhle übernachten, gestern lagen sie jedoch unter freiem Himmel. Sie haben kein Zelt, ihnen reichen ein Felsen oder auch nur aufgestapelte Steine als Windschutz. Ihr Schlafplatz wird von den Sätteln der Pferde eingerahmt und als Decken dienen die Schaffelle, die auch zu den Sattelunterlagen gehören. Auf den Weideflächen sehen wir hin und wieder im Bogen aufgestapelte Steine und erkennen sie als Schlafplätze für die Betreuer der Herden, wenn sie hoch in die Berge kommen, um nach dem Rechten zu schauen.

Wieder weckt uns die Sonne, wieder genießen wir die besondere Atmosphäre eines Frühstücks in der Bergwelt der Anden. Heute soll es wieder sehr steil hinauf und wieder hinabgehen. Die *arrieros* erklären uns die

149

Gründe. Der Fluss prallt weiter oben gegen einen Felsen, sodass sein linkes Ufer nicht mehr als Pfad benutzt werden kann. Eine Flussüberquerung wäre nötig, aber das ist in diesem Bereich wegen des hohen Wasserstandes auch in den frühen Morgenstunden unmöglich.

Beim Beladen der *mulas* haben unsere Chilenen an diesem Morgen ungewohnte Probleme. Bremsen sorgen für Aufregung unter den Tieren, zumal sie sich mit verbundenen Augen nicht bewegen und den Attacken hilflos ausgeliefert sind. Sie können nur mit Unruhe reagieren, erschweren aber damit die Ladearbeit der *arrieros* erheblich.

Der erzwungene Umweg führt über einen Berg hinweg. Beim steilen Anstieg merken wir, dass nicht nur das Hinab recht strapaziös ist. Nun gilt es nicht, sich zurückzulehnen und sich mit gestreckten Beinen in die Steigbügel zu stemmen. Jetzt beugt sich ein jeder von uns weit nach vorn, winkelt die Beine leicht an, um über einen Halt in den Steigbügeln ein Zurückrutschen zu vermeiden. Die engen Serpentinen auf dem gewaltigen Anstieg, die dem Pferd hin und wieder einen Sprung nach oben abverlangen, erfordern noch zusätzliche Anstrengungen. Doch dann sind wir oben und vergessen schnell alle Mühsal beim Anblick der gewaltigen, tief verschneiten Bergkette auf der anderen Seite des Flusstales. Ihre Gipfel sind alle um die 5000 Meter hoch. Ein eisiger Wind erinnert uns daran, dass wir inzwischen auch über 3000 Meter hoch sind. Wir schließen alle Öffnungen im Anorak, ziehen die Kapuzen über den Kopf und genießen den Anblick um uns einfach weiter. Bald sind wir froh, dass noch Zeit zum Schauen bleibt, weil die *arrieros* einen Stopp angeben, um die Riemen der Pferde und *mulas* zu überprüfen und sie festzu-zurren.

Nur gut, dass sie das regelmäßig tun, denn der Pfad ins Tal geht nicht einfach steil bergab, sondern es gibt Abschnitte, wo er sich regelrecht in die Tiefe stürzt. Wir müssen absteigen und die Pferde am Zügel hinter uns herführen. An vielen Stellen sind wir froh, dem Erdboden nahe zu sein und den Pfad nicht auf dem Rücken des Pferdes schaffen zu müssen. Für unsere treuen und trittsicheren Pferde wäre alles mit uns als menschliche Last eine Überforderung. Auch so ist für uns alle volle Konzentration gefordert, denn Stolpern oder Wegrutschen hätte Folgen, die wir uns lieber nicht ausmalen. Die beladenen *mulas* bewundern wir wieder einmal. Es ist erstaunlich, wie ruhig und sicher sie mit ihren schweren Lasten die schwierigsten Stel-

len meistern.

Im Tal atmen wir auf, der Abstieg hat uns ganz schön zugesetzt. Nun erfreuen wir uns an diesem breiten Abschnitt, der durch eine Bergkette gen Osten abgeschlossen ist. Wir haben das Quellgebiet des *Maipo-*

Flusses erreicht, morgen geht es hinauf zur chilenisch-argentinischen Grenze.
Wie schon vorher in allen Talerweiterungen gibt es
auch hier genug Feuchtigkeit und einen Boden, der

zum Teil Pflanzenwuchs zulässt, für die halbwilde
Pferdeherde, die friedlich grasend diesen Pflanzen zu
Leibe rückt, ideale Bedingungen. Auch die Blüten-
bewunderer unter uns kommen voll auf ihre Kosten.
Die Diajäger haben nun keine ruhige Minute mehr. In
dieser Höhe haben wir solch eine Blütenvielfalt nicht
erwartet. Die meisten Pflanzen sind ziemlich klein,
dafür großzügig in der Gestaltung ihrer Blüten und bei
ihrem Farbenangebot.
Auffällig sind stachelige Büsche, die mit ihren gelben
Blüten markante Farbtupfer bilden.
Doch nicht nur die mit dem bodenhaftigen Blick samt
ihrer Kameras erleben ein Wunder.
Ihr Blick wird emporgerissen, als der Schrei „Kondore!" über das blütenreiche Tal schallt. Die schon
lang Erhofften zeigen sich endlich hoch oben am

tiefblauen Himmel. Dieses Mal zeigt sich eine dreiköpfige Familie.

Wir halten an, um in Ruhe diesen Anblick genießen zu können, und bewundern wieder ihre gewaltige Flügelspannweite, die sie befähigt, jede Thermik auszunutzen, so dass sie ohne jeden Flügelschlag stundenlang nach Beute Ausschau halten können. Unserem Jüngsten verbieten wir rechtzeitig, seine Fähigkeit einzusetzen, Tierstimmen nachzuahmen, denn wir wollen nur schauen.

Wir sind froh, dass wir dieses wundervolle Hochtal

nicht gleich wieder verlassen. Unsere *arrieros* haben

es für unser drittes Nachtlager ausgewählt, obwohl die Sonne noch ziemlich hoch am Himmel steht. Hier finden ihre Tiere aber noch reichhaltiges Futter, um die notwendigen Kräfte für den morgigen Aufstieg zur Grenze zu sammeln. Für unsere Zelte gibt es genug ebene Stellen und für die Zubereitung unseres zweiten Zickleins auch genug Wurzelholz. Die kleine Lagune mit ihrem eiskalten Gletscherwasser lässt uns von der angewärmten Badewanne am Rastplatz gestern träumen, wird aber todesmutig genutzt, um zumindest den Staub abzuspülen. Dann erleben wir am kleinen Lagerfeuer wieder einen unvergesslichen Abend inmitten unberührter Natur und unter einem leuchtenden Sternenmeer. An unserem dritten Andenmorgen weckt uns wieder die Sonne. Wir sind froh darüber, denn auch in dieser Jahreszeit sind andere Wetterverhältnisse möglich. Unsere Erinnerung an Gewitter und Starkregen an einem zweiten Weihnachtstag zwei Jahre zuvor ist noch recht lebendig, auch das unheimliche Gefühl, den Naturgewalten ungeschützt und hilflos ausgeliefert zu sein. Die Natur droht dieses Mal nicht, an eine Bedrohung von anderer Seite denkt keiner von uns, woher soll sie auch kommen? Nicht nur wir fühlen uns nach dem etwas längeren Aufenthalt gut erholt, auch bei unseren Tieren spüren wir, dass sie neue Kräfte getankt haben. Sie sind immer noch dabei, das saftige Futter zu verdauen, denn ihrer hinteren Öffnung entweichen gut hörbar Verdauungswinde. Bald merken wir, dass das Krafttanken notwendig war, denn der *Paso Alvarado* über 4200 Meter Höhe hat es in sich. Der Anstieg ist zunächst ganz passabel, weil wir einem Quellfluss des *Maipo*-Flusses folgen. Er bietet uns zwischenzeitlich

sogar zwei besondere Anblicke. Als der Steilhang zu unserer Rechten weit zurückweicht, tut sich für uns plötzlich der Blick zum Vulkan *Maipo* auf. Mit seinen fast 5300 Metern zeigt er uns seine eindrucksvolle Silhouette. Wir sehen den Wendepunkt unserer Expedition zum Greifen nahe. Diesen Vulkan wollen wir auf argentinischer Seite umrunden, um danach wieder nach Chile zurückzukehren. Den zweiten besonderen Anblick genießen wir ein paar hundert Höhenmeter später. Wir müssen unseren *Maipo*-Quellfluss für eine kurze Strecke verlassen, weil sein Ufer zum inzwischen zurückgekehrten Steilhang hin keinen Platz für Reittiere, geschweige denn für breit beladene Lasttiere lässt. Solch ein Verlassen bedeutet gleichzeitig zuerst ein Hinauf und anschließend wieder ein Hinunter. Das Verweilen

nach dem Hinauf ziehen wir in die Länge, denn der

Blick in die uns umgebende Bergwelt fordert einen Halt, ohne dass unsere *arrieros* zum Festzurren der Riemen dafür eine Notwendigkeit sehen. Dieses Mal fasziniert uns die Farbenvielfalt der Berge ringsum, obwohl das Pflanzengrün inzwischen fehlt. Solch einen Anblick haben wir schon einmal vor Jahren in der *Atacama*-Wüste erlebt und dabei erfahren, dass die zahlreichen Mineralien des chilenischen Bodens all das bewirkt. Doch hier oben in den Anden haben wir das nicht erwartet. Die Dominanz der Schnee- und Gletscherfelder in den Höhen über 4000 Meter verstärken über Weißzugabe den Farbeindruck sogar noch. Irgendwann biegt der Pfad vom Quellfluss ab und wird nun so steil, dass es nur noch in Serpentinen bergauf geht. Wir merken unseren Pferden mehr und

mehr an, dass sie nicht nur mit dem Anstieg zu kämpfen haben, sondern auch mit der Höhe, die auf 4000 Meter zugeht. Wir selbst sind heilfroh, dass von unseren *arrieros* nicht ein Absteigen angesagt wird, denn keiner von uns weiß, wie er diese Höhe bei körperlicher Anstrengung verkraften wird. Froh sind wir auch, dass wir die richtige Kleidung griffbereit haben. Den dicken Wollpullover tragen wir schon seit dem Start, der Anorak, zunächst fest um den Bauch gebunden, wird bald als wohltuender Windschutz gebraucht und darüber gezogen, dazu die Wollmütze oder die ideale Kapuze, die zugezogen werden kann. Keiner von uns hat es für möglich gehalten, dass bei

strahlendem Sonnenschein solch warme Kleidung nötig ist. Die notwendige Vermummung hält uns aber nicht davon ab, das Erreichen des Passes und damit der chilenisch-argentinischen Grenze bei einer Rast zu genießen. Einige von uns steigen sogar ab, denn ein Schneefeld reicht bis an unseren Halteplatz, und Claudio animiert einige von uns vor dem *Maipo* zu einer höhengedrosselten Schneeballschlacht.

Wir bewegen uns von jetzt an auf argentinischem Gebiet, obwohl keiner von uns irgendeinen Hinweis darauf feststellen kann. Dafür erleben wir eine anders geartete Besonderheit. Wir müssen über ein riesiges, leicht abfallendes Schneefeld reiten, das aber nicht als normale Fläche vor uns liegt. Aus der geschlossenen Schneedecke ragen unzählige 20 bis 30 Zentimeter hohe Schnee- und Eishügel in

bizarrer, spitzer Pyramidenform heraus. Sie bilden lange, fast parallele Reihen mit unterschiedlichen Abständen zueinander. Mit etwas Fantasie und aus der Nähe betrachtet kann man sich aneinander gereihte Türme von Kirchen und Schlössern vorstellen, die durch weniger hohe Häusergiebel miteinander verbunden sind.

Unsere Tiere interessiert das nicht. Für sie ist es gut, dass die Reihen nicht quer zu unserer Route liegen, so können sie sich einen möglichst breiten Zwischenraum suchen. Trotzdem gehen sie sehr vorsichtig weiter, weil es vorkommt, dass sie plötzlich mit einem Huf tiefer in den Schnee sinken. Die *arrieros* rufen uns den Namen dieser eigenartigen Schneegebilde zu: *„Es nieve peniente!"* Erst später erfahren wir, dass dieses Phänomen auf Deutsch als „Büßerschnee" bezeichnet wird, weil der Anblick an eine Prozession bußfertiger Sünder erin-nert, die in Spanien während der Osterwoche, in wei-ße Gewänder gehüllt, wandernd ihr Gelübde erfüllen. Vor allem in Gebieten mit starker Sonnenein-strahlung und geringer Luftfeuchtigkeit können diese Formen entstehen.

Auch ohne diese Informationen ist die Überquerung spannend, weil es für unsere Augen viel zu tun gibt, und wir uns wieder einmal wundern dürfen, wozu unsere Natur in der Lage ist. Nach der Überquerung des Schneefeldes halten wir an, schauen zurück und lassen die geheimnisvollen Formen aus der Ferne und einem anderen Blickwinkel noch einmal auf uns wirken. Wir merken bald, dass die argentinische Seite der Anden nicht so schroff ist wie die chilenische.

Vor 70 Jahren hat der Vulkan *Maipo* bei seiner letzten Eruption eine schräge Ebene in östlicher Richtung geschaffen, die nur leicht geneigt ist und noch nicht von Flüssen zerfurcht wurde. Dieser Ebene folgen wir nebeneinander reitend und weder wir noch unsere

Reittiere werden dabei besonders strapaziert. Unser Blick schweift immer wieder hinüber zum deutlich näheren Vulkan, und gedanklich sind wir schon dabei, uns an seinem Fuße die Silvesternacht unter dem Kreuz des Südens vorzustellen. Ich ahne in diesem Augenblick nicht, dass dieses Foto für meine Kamera für lange Zeit das letzte Bild gewesen ist.

Auf dem Weg zum Übernachtungsplatz in der Nähe der *Laguna del Diamante* auf 3800 Meter Höhe fallen bei uns nach und nach die ersten Schutzhüllen. Der kalte Westwind, den der Humboldtstrom in den letzten Tagen ständig hinter uns herschickte und der die Höhentemperatur noch weiter absenkte, wird vom hinter uns liegenden Gebirgszug abgehalten. Er wird abgelöst durch einen Windhauch aus dem Osten, der es zulässt, dass wir die enorme Kraft der

Sonne spüren. Wir bekommen zum ersten Mal während des Rittes richtigen Durst und freuen uns nicht auf den wärmenden *vino tinto* am Lagerfeuer, sondern, je nach Geschmack, auf ein kühles Bier, einen gekühlten Weißwein oder kaltes Zitronenwasser. Und diese Wünsche werden erfüllt, denn nur wenige Meter von unserem Übernachtungsplatz entfernt fließt ein kaltes Bächlein Richtung *Laguna del Diamante*.

An diesem Abend beweist Jörn seine von Ute bereits gelobten Kochkünste. Seine Essensdüfte, die bald unseren Platz umschweben, locken auch unsere *arrieros* kurz herbei. Sie haben zwar noch ein umfangreiches Tierversorgungsprogramm abzuleisten, diese Düfte sind aber nach einem langen, anstrengenden Tag auch für sie zu verführerisch. Nur gut, dass nicht das Warten aufs lukullische Abendbrot den Abend füllt. In der vulkanbestimmten Umwelt gibt es viel zu entdecken und zu probieren. Für die Kinder und für einen Mann ist das Flüsschen ein ideales Betätigungsfeld, nicht nur für das Kühlen von Getränken. Mit den zur Verfügung stehenden Steinen lassen sich herrliche Dämme bauen, Nebenflüsse gestalten und Lagunen bilden, in denen sich sogar Fischlein tummeln. Diese Großbaustelle ist außerdem nicht gar zu weit entfernt von der Großküche. So ist es möglich, dass der Flüsschenmann dem Küchenmann im Notfall hilfreich zur Seite stehen kann und auch umgekehrt. Die jüngeren Mitglieder des Flussteams beschweren sich jedoch später. Der Küchenmann sei immer nur gekommen, um sich schnell eine gut gekühlte Bierdose aus dem Wasser zu angeln, ohne dabei an eine

Hilfestellung bei den umfangreichen Flussarbeiten zu denken.

An den Seen rund um die Vulkane in Chile sind uns nur schwarze Strände bekannt, nach den zahlreichen Ausbrüchen auch erklärlich. Wir aber lagern auf für uns normalfarbiger Erde. Auch die wie von Riesenhänden verstreuten Felsbrocken rings um uns herum haben keine schwarze Farbe. Warum?? Wir finden so schnell keine schlüssige Antwort, obwohl die *Laguna Diamante*, die wir morgen passieren werden, ein Produkt des letzten *Maipo*-Ausbruchs sein soll. Erst am nächsten Tag werden wir den Übergang von „normalfarbig" in Schwarz erleben. Was hat sich da irgendwann abgespielt???

Die verheißungsvollen Düfte, die von der Großküche aus ständig unsere Nasen an der Großbaustelle umschmeicheln, erfüllen bald ihr Versprechen für unsere Gaumen voll und ganz. Auch von den *arrieros* kommen keine Beschwerden. Jörn wird damit zum besten Koch der Anden erklärt. Nur gut, dass er noch nicht ahnt, an welchem Ort er demnächst seine Kochkunst unter Beweis stellen muss.

Wir erleben nach dem Abendbrotgenuss wieder eine unvergessliche Sternen- und Satellitenschau, dieses Mal mit dem Anblick des markanten Vulkans *Maipo*. Nicht alle schlafen gut in dieser Nacht, sondern wälzen sich unruhig hin und her, weil die Höhenkrankheit doch noch Opfer gefunden hat. Es ist nicht so kalt wie in den Nächten zuvor auf chilenischer Seite. Der kalte Humboldtstrom hat keinen Einfluss mehr, dafür gewinnt der Atlantik die Oberhand.

Wieder weckt uns die Sonne, wieder genießen wir unser reichhaltiges Frühstück, nur staunen wir, dass unsere *arrieros* immer noch ihren dampfenden Mate-Tee genießen und die Tiere in der Umgebung noch auf Nahrungssuche sind. Wir haben uns bisher nicht um ihre Tourenplanung gekümmert, sondern ihnen voll vertraut oder vertrauen müssen, so wird uns diese zeitliche Verzögerung erst im Nachhinein bewusst. Sie war von ihnen kalkuliert, doch sie griffen dabei voll daneben.

Wir haben keine Ahnung, dass die Argentinier in der Nähe der Lagune einen militärischen Vorposten Richtung Chile haben. Dieser Posten ist zumeist unbesetzt, wird aber in unregelmäßigen Abständen angefahren, um eine neue Besatzung zu installieren oder die Alte auszutauschen. Solch einer Militärbewegung wollen unsere *arrieros* aus verständlichen Gründen ausweichen und verkalkulieren sich dabei. Wir ziehen gerade frohgemut an der Lagune entlang und erfreuen uns am *Maipo*-Anblick, als einer von uns zurückblickt und dort einen gewaltigen Unimog sieht, der gerade anhält und dann scharf links die Fahrt in unsere Richtung aufnimmt. Er ist schnell in unserer Nähe, stoppt und schon umringen uns mehrere argentinische Soldaten mit vorgehaltenen Maschinenpistolen und fordern uns zum Halt auf. Die *arrieros* wissen sichtlich sofort, welche Gefahr auf uns zukommt, denn sie springen augenblicklich von ihren Pferden und stellen sich mit erhobenen Händen an die Seite ihre Pferde. Wir überraschten *gringos* können uns nicht vorstellen, dass uns Gefahr droht, vertrauen auf unsere *visa oficial* und warten erst einmal ab. Doch der Befehlshaber des Wachablösekommandos, ein junger Offizier, spürt wohl in diesem Augenblick seine Chance, sich militärisch auszuzeichnen. Eine chilenische Schmugglerbande fest-zunehmen, ist dafür ideal. Er befiehlt auch uns, abzu-sitzen, obwohl der Blick auf unseren Familienausflug ihn milde hätte stimmen müssen. Wir steigen ab und führen unsere Pferde zusammen mit allen anderen Tieren hin zur Grenzgarnison, immer umringt von Sol-daten mit vorgehaltener Kalaschnikow.

Unsere Stimmung ist zwiegespalten. Ute und Ingrid sehen weiterhin drohende Gefahr und sind deshalb sehr besorgt, während Jörn und ich den schlimmsten Moment überwunden glauben, als bei unserer Fest-nahme kein Schuss fiel.

Im Vorhof des Militärstützpunktes gibt der Offizier den Befehl, unser Gepäck bis in den innersten Winkel genauestens zu untersuchen. Er selbst überfliegt unsere Pässe nur flüchtig. Das gefällt uns nicht so recht, doch sind wir zunächst recht froh, die Pässe nicht beim chilenischen Grenzposten abgegeben zu haben. Die Soldaten nehmen seinen Befehl beim Öff-nen und Durchwühlen der Kisten, der Zeltver-packungen und all der anderen verpackten Utensilien sehr ernst. Jedes Paket wird geöffnet, auch wenn es schon vom Äußeren her nichts Verdächtiges vermu-ten lässt. Jörn und ich stehen ständig in der Nähe, weil wir aus Erfahrung wissen, dass auf diese Weise auch private Einzelteile verschwinden. Die Argen-tinier machen es so gründlich, dass sogar die Schutzhülle einer Zahnbürste geöffnet wird, denn Zeit spielt bei ihnen keine Rolle. Unseren Damen und auch Claudio dauert diese Prozedur zu lange, zumal sie spüren, dass seit dem genussvollen Frühstück in der Nähe der *Laguna Diamante* geraume Zeit vergan-gen ist. Damentoiletten stehen nicht zur Verfügung,

163

deshalb gehen sie auf Suche nach einem geeigneten Platz. Sie finden einen Tierpferch, der durch eine Steinmauer abgetrennt ist. Jörn und ich wundern uns, dass wir während unserer Kontrollaufgaben beim Gepäckfilzen plötzlich weibliche Lachsalven aus dieser Richtung hören und später die Ursache dafür erfahren. Ute hatte zur Situationskomik passend einen Witz erzählt, in dem ein Schweizer „Lockvögeli" dafür herhalten musste, dass im Stadtpark von Zürich urinierende Sünder bestraft wurden.

Unser Offizier lässt inzwischen die Antenne errichten, die die Verbindung zur Garnison im Tal herstellen soll. Wir hören die erste Meldung, die er abgibt, und wundern uns ob seiner Formulierungen, nachdem er bei uns keinerlei Schmuggelware oder verdächtige Substanzen und Waffen gefunden hat. Er berichtet nach unten: „Ich habe zwei Chilenen und sechs Individuen festgenommen, dazu ihre schwer beladenen Lasttiere. Sie ritten an der *Laguna Diamante* entlang – Richtung Chile. Ich erwarte weitere Anweisungen!" Der aufstrebende junge Offizier berichtet nichts von der ergebnislosen Durchsuchung, nichts von unseren Dienstpässen mit der *visa oficial* der argentinischen Botschaft in *Santiago* und auch nichts davon, dass zu den sechs *individuos* drei Frauen und ein Kind gehören. Das verwundert sogar einen Grenzsoldaten, der in unserer Nähe steht und das leise vor sich hinmurmelt. Für die Zentrale hört sich seine Kurzdarstellung wie eine schwere Grenzverletzung an und dies erfordert von dort einen klaren Befehl: „Alle runter in die Kaserne. Auch die Tiere!" Dieser Befehl wird gleich in Kommandos an uns umgesetzt und für uns schwindet der Traum vom Silvester unterm Kreuz des Südens.

Unsere beiden *arrieros* hören aus diesem Befehl Schlimmeres. „Dann sind wir unsere Tiere los!", ist ihre verzweifelte Schlussfolgerung. Sie wissen Bescheid über die momentane Großwetterlage zwischen Argentinien und Chile und befürchten Repressalien den „kleinen Chilenen" gegenüber.

Die untergehende Sonne hat Mitleid mit uns und versteckt sich hinter dünnen Wolken.

Der Unimog wird nun zum Transporter für uns *seis individuos* mit allem Gepäck. Bei Claudio zeigt der Offizier sogar etwas Mitleid, denn er darf zusammen mit Ingrid vorn im Fahrerhaus Platz nehmen. Zusätzlich zum Fahrer beordert er aber noch einen zweiten Soldaten nach vorn, sodass die beiden soldatisch eingerahmt werden. Wir vier anderen werden auf die Ladefläche verfrachtet, gut bewacht von einem bewaffneten Grenzer. Zwei weitere Soldaten werden als Eskorte für die *arrieros* abkommandiert. Wir sehen von unserer Ladefläche aus, wie die beiden ihre Tiere zusammentreiben müssen. Ein langer Ritt ins Tal steht ihnen bevor. Den fürchten die andenerprobten Reiter gewiss nicht, umso mehr die drohende Tatsache, die Tiere zu verlieren, die nicht einmal nur ihnen selbst gehören.

All diese Aktionen ziehen sich in die Länge und während dieser Zeit ändert sich plötzlich das Wetter. Dicker Nebel zieht aus dem Tal nach oben, für den Offizier kein Grund, den Marschbefehl zu verschieben.

So setzt sich unser Unimog talwärts in Bewegung – genau entgegengesetzt zu unserer Wunschrichtung.

Von diesem Augenblick an gibt es für uns zwei Betrachtungsweisen, je nachdem, wo wir sitzen.

Ingrid und Claudio vorn im Fahrerhaus erleben hautnah die Probleme, mit denen der Fahrer zu kämpfen hat. Die für uns nach der Grenze noch auf dem Rücken unserer Pferde zunächst als angenehm empfundene leichte Neigung des Geländes ändert sich plötzlich. Es wird ähnlich steil und schroff wie auf der chilenischen Seite. Und ein Unimog braucht für eine Kurve mehr Platz als ein chilenisches Anden-pferd. Für den routinierten Unimogfahrer ist das noch kein Problem, auch wenn die Umgebung links senkrecht nach unten stürzt und rechts ebenso viele Meter gen Himmel steigt, denn zu seiner Beruhigung braucht er keinen Gegenverkehr zu fürchten. Doch der inzwischen immer dichter werdende Nebel und der leichte Niesel engen seine Sichtweite auf nur wenige Meter ein, sodass jede der extrem engen Kurven zu einem Navigationsproblem wird. Ingrid erlebt das aus erster Hand und stellt außerdem fest, dass unser Fahrer nicht mehr taufrisch ist. Er sei schon mehr als zwölf Stunden im Einsatz, gesteht er ihr. Das baut nicht gerade ihr Inneres auf. Claudio gibt auch keine aufmunternden Laute von sich, weil er immer noch an die armen *arrieros* denkt, die bei die-sem Wetter mit ihren Tieren gerade ins Tal reiten. Er ist so davon betroffen, dass sogar Tränen fließen.

Wir anderen vier sitzen hinten, von einer Kalasch-nikow gut bewacht. Der dichte Nebel und der unan-genehme Nieselregen stören uns nicht. Die steilen Schluchten und die senkrechten Wände sehen wir nicht, weil uns die kräftigen Planen an den Seiten des Lastwagens sicher umschließen. Wir haben nur den Blick nach hinten und der ist weniger beängstigend, weil er wie ein milchiger Film nur hin und wieder etwas sichtbar macht. Unsere einzige Sorge besteht darin, bei einem der für uns unerwarteten Richtungswechsel des Fahrers nicht von der Kiste zu fallen, auf der wir gerade sitzen. Und einer von uns hat plötzlich eine zündende Idee: Sollten wir nicht einmal schauen, in welcher Kiste der trostspendende *vino tinto* sein Zuhause hat? Jeder von uns kennt die Aufschrift, wo die *chuecos*, die durch Korbgeflecht geschützten Fünfliterflaschen mit chilenischem Rotwein, deponiert sind und entdecken sie ganz in unserer Nähe, auch die Kiste mit den Trinkbechern. Wir gratulieren uns innerlich zu den vorsorglichen Kistenaufschriften. Mit dem stummen Einverständnis unseres Bewachers holen wir während einer relativ ruhigen Wegstrecke eine dieser Korbflaschen hervor, öffnen sie und bieten ihm einen Schluck chilenischen Rotweins an. Wir sehen seinen inneren Kampf und bewundern sowohl seine Standhaftigkeit als auch seine Toleranz, uns das Öffnen der Flasche und das Genießen zu gestatten. Er nickt uns bei unserem „*Salud!*" lächelnd zu und wir haben schon das Gefühl eines zwar ungewissen, aber doch friedlichen Ausgangs unseres Andenabenteuers. Diesen Anblick hat Ingrid vor Augen, als sie sich gerade angstvoll nach hinten umschaut und durch die kleine Scheibe den Unterschied zwischen ihrem Empfinden vorn im Fahrerhaus und unserem Dasein hinten auf der Ladefläche entdeckt. Ein Anblick, der ihr in diesem Moment überhaupt nicht behilflich ist und den wir Ladeflächenbewohner auch nicht nachempfinden können, weil wir dahinten davon ausgehen, dass vorn im Fahrerhaus alles besser ist.

Nur gut, dass wir bei einsetzender Dunkelheit das Tal erreichen. Den größten Teil der 150 Kilometer bis zur Militärgarnison *Campo Los Andes* legen wir in der Ebene zurück, und wir hinten brauchen uns auf den Holzkisten nicht mehr ständig um unser Gleichgewicht zu kümmern.

Wir merken, dass die Kaserne auf unsere Ankunft vorbereitet ist, denn wie von Geisterhand öffnet sich der Schlagbaum für unsere Einfahrt, schließt sich sofort wieder, und unser Traum von der Silvesterfeier unter dem Kreuz des Südens ist dahin – es ist schon nach Mitternacht, und der letzte Tag des Jahres hat bereits begonnen.

Es erwartet uns eine durchorganisierte militärische Maschinerie, die uns einfach überrollt, und uns in den ersten Stunden zu gehorsamen Befehlsempfängern macht. Wir müssen uns an diese Art von Informationsweitergabe erst gewöhnen, bis wir entdecken, dass Befehle nicht unbedingt befolgt werden müssen und diesen sogar Widerstand entgegengesetzt werden kann. Auf jeden Fall erfahren wir, dass wir uns der Grenzverletzung schuldig gemacht haben, wobei noch geklärt werden müsste, in welcher Schwere das erfolgte.

Die militärische Maschinerie schreibt bei inhaftierten Ausländern als Erstes vor, ihre Unversehrtheit festzustellen. Der schon für den Jahresschluss in Urlaub gegangene Kasernenarzt wurde deshalb schon zurückgeholt, um uns zu untersuchen. Wir merken ihm nicht nur an, dass er von der Unterbrechung seiner Jahresschlussfeier nicht sehr begeistert ist, sondern auch, dass er schon auf ein erfolgreiches neues Jahr angestoßen hat. Er interessiert sich zunächst in besonderer Weise für unsere Damen. Als er Cornelia allein zu sich in das Untersuchungszimmer holen will, widersprechen Ingrid und Ute: „Das kommt überhaupt nicht infrage. Wir werden Ihre Untersuchungen nur gemeinsam über uns ergehen lassen!" Sie widersetzen sich auch seinem Befehl, alles auszuziehen. Der Arzt ist von solch deutlichem weiblichem Widerstand so beeindruckt, dass er sich danach richtet und die männliche Hälfte unserer Gruppe anschließend gar nicht mehr sehen will.

Die erkennungsdienstliche Prozedur regt uns bei der Abnahme der Fingerabdrücke zum Schmunzeln an. Alle zehn Finger werden eingeschwärzt, und bei den Daumen wird das sogar wiederholt, weil man sie zweimal auf verschiedene Formulare drückt. Immerhin liefern uns die Geheimdienstler genug Material zum Reinigen unserer schwarzen Tastrezeptoren. Beim Fotografieren zieht Cornelia eine besondere Schau ab. Sie schielt so deutlich in die Kamera des Fotografen, dass er sie streng zu einem normalen Blick aufruft. Ich bin jedoch klammheimlich froh, weil ich auf diese Weise merke, dass unsere Tochter das Abenteuer schon lockerer nimmt. Wir vier Erwachsenen übrigens auch, denn wir spüren mit vorrückender Stunde trotz Müdigkeit und zunehmender Gereiztheit, dass die „Spitze" der Garnison schon gemerkt hat, dass ihr junger Offizier da oben in den Bergen keine Schmugglerbande aufgebracht hat, sondern eine abenteuerlustige Familiengruppe. Doch auch das Militär hat seine Vorschriften, und diese lenken all die, die dazu gehören, in Bahnen, die sie in Situationen, wie in unserem Fall, vielleicht gar nicht wollen. Das spüren wir und macht uns mutiger. Einem der uns bewachenden Soldaten geben wir zu verstehen, dass wir seit Stunden nichts getrunken und gegessen hätten. Kurz darauf zeigt sich, wie schnell eine Militärgarnison reagieren kann. Ein einfacher Befehl genügt, und uns wird bei beginnender Morgendämmerung ein gutes Essen im Casino serviert.

Zwischen all diesen Aktivitäten haben wir einmal kurz das Zimmer inspizieren können, das für eine unbestimmte Anzahl von Tagen in der Kaserne unser Zuhause werden soll. Es ist recht geräumig, aber die Matratzen und die Decken, die den Boden bedecken, hat man aus alten Militärbeständen hervorgeholt. Ihr Anblick unterdrückt sogar unser unbändiges Schlafbedürfnis. Da machen wir einem Soldaten, der nach Offizier aussieht, einen Vorschlag: „Wenn wir all unser Gepäck in unserem Raum hätten, brauchten Sie sich um nichts mehr zu kümmern. Wir haben alles dabei!" Der Soldat ist tatsächlich ein Offizier, denn er erteilt sofort Befehle, und im Handumdrehen wirkt unser Kasernenzimmer nicht mehr gar zu fremd. Schließlich versuchen wir, im heraufbrechenden Morgen des letzten Tages des Jahres auf eigenen Luftmatratzen und unter eigenen Decken etwas zu schlafen. Das gelingt dem einen nur kurz und dem anderen gar nicht, denn es stehen noch einige Fragezeichen in der Luft.

Mit Galgenhumor lassen wir uns das erste Frühstück in Gefangenschaft schmecken, zubereitet aus unseren reichen und nun zugänglichen Vorräten. Sogar Kaffeeduft durchzieht unser Zimmer. Dass wir Gefangene sind, erleben wir beim morgendlichen Gang zum Waschraum, der sich auf der anderen Seite des Flures befindet: Vor unserer Tür steht ein Soldat mit aufgepflanztem Bajonett! Er erlaubt uns nur den Gang zum Waschraum, aber nicht den Flur entlang. Dieser Soldat steht nun jedes Mal vor uns und zeigt seine schwere Bewaffnung, auch wenn wir tagsüber ein menschliches Rühren spüren. Zunächst akzeptieren wir das als gefühlte Gefangene. Bald aber nervt uns das, auch Ute, und sie schiebt dem Soldaten bei einem Gang Richtung Waschraum ihre Klorolle über sein Bajonett mit der Bitte: „Passen Sie gut auf! Ich habe etwas vergessen und das muss ich noch holen!" Zurück in unserem Zimmer löst ihr toller Einfall eitel Freude bei uns aus, zumal Ute auch noch eindrucksvoll das verdutzte Gesicht des Soldaten beschreibt.

Jörn und ich werden endlich zum Kommandanten gerufen. Er teilt uns mit, wie es weitergehen soll. Die Befragung durch den militärischen Geheimdienst steht noch bevor, doch erst am 2. Januar. Erst dann wird der weitere Ablauf entschieden. „Da muss ich aber vorher mit meinem Sohn telefonieren!", wende ich ein und erkläre den Zusammenhang. In der Hoffnung, dass der Kommandant nicht so genau über die Reisegeschwindigkeit von Amateuren auf dem Pferderücken informiert ist, behaupte ich, dass mein Sohn uns in zwei Tagen am Ausgangspunkt unseres Rittes erwartet, um unser Gepäck nach *Santiago* zu transportieren. Sollten wir an diesem Tag nicht ankommen, würde er sofort die Deutsche Botschaft informieren. Jörn und ich merken, dass das Militär unseren missglückten Familientrip nicht gar so sehr da oben aufhängen will, denn der Kommandant ist sofort mit diesem Telefongespräch einverstanden, jedoch unter der Bedingung: „Das Gespräch findet hier in meinem Büro statt und Sie müssen mit Ihrem

Sohn Spanisch sprechen!" Wir spüren Oberwasser und schieben gleich noch unsere Bedenken hinterher: „Wie ist das mit unseren Fotoapparaten, der Filmkamera und den Filmen?" – „Die Kameras erhalten Sie am letzten Tag zurück, die Filme werden noch entwickelt. Sind sie ohne Beanstandungen, senden wir sie Ihnen kostenpflichtig nach Chile zurück."

Und dann lässt er tatsächlich eine Verbindung mit unserem Telefon in der *Manquehue Sur* in *Santiago* herstellen. Carsten meldet sich und ist verwundert, dass ich nur Spanisch mit ihm sprechen will. „Weil ich es üben muss", so meine knappe Erklärung. Ich spüre, dass er sofort eine besondere Problematik erkennt und deshalb auch nicht weiter insistiert. Er nimmt gelassen meine Information entgegen, in zwei Tagen nicht am verabredeten Ort zu sein, und auch meinen Zusatz, dass wir bald danach bei ihm auftauchen werden. Später erfahren wir von ihm, dass er sich schon bei der Herstellung der Verbindung durch das „Fräulein vom Amt" gewundert habe, als der Name *Mendoza* fiel, denn diese argentinische Stadt sei gewiss nicht das Ziel des Andenrittes gewesen. Sein spontaner Entschluss – erst einmal abwarten.

Wir verlassen das Zimmer des Kommandanten mit einem guten Gefühl. Auf unserem eskortierten Rückweg zu unserem Zimmer kommen wir an einer vergitterten Nische vorbei, in der unsere beiden *arrieros* sitzen. Sie sehen nicht sehr glücklich aus. Das ist nach ihrem Gewaltritt auch nicht zu erwarten, aber sie werden nicht so sehr von körperlichen Strapazen geplagt, sondern vor allem von der Sorge um ihre Tiere. Das Militär geht davon aus, dass sie für den Ritt über argentinisches Gebiet verantwortlich sind, und zieht daraus die einfache Schlussfolgerung der Beschlagnahme dieser Tiere. Wir sehen, dass da für uns eine Zusatzaufgabe entsteht.

Wir sind wieder zurück in unserem immer noch nach Kaffee duftenden Zimmer und berichten. Da öffnet ein Soldat, natürlich bewaffnet, die Tür, zeigt auf die geöffneten Fenster und sagt: „Das müssen Sie abnehmen!" Jörn und ich schauen nun auch zu den geöffneten Fenstern und sehen dort einen Teil der Unterwäsche unserer drei Frauen zum Trocknen hängen. Wir sehen diesen Befehl in Anbetracht einer Kaserne und in Erwartung von Besuchern zum Neujahr ein und gehorchen augenblicklich.

Unsere immer noch in der Luft liegenden angespannten Lage erleben wir nur kurz danach. Claudio sitzt an unserem einzigen Tisch und beschäftigt sich mit seinem „Henry-Stutzen". Anscheinend ist dieses Spielzeuggewehr für ihn eine Art kindlicher Halt nach den abenteuerlichen Situationen, die er verkraften musste. Dass er mit deren Verarbeitung noch zu tun hat, merken wir, wenn er sich nachts herumwälzt, sogar aufwacht und weint. Bestimmt bedrücken ihn im Traum vor allem die *arrieros* mit ihren Tieren, die bei Nebel und Nieselregen Richtung Kaserne ziehen müssen.

Da öffnet sich die Tür, weil ein Soldat irgendwas will oder soll. Doch fast panikartig knallt er die Tür sofort wieder zu, ohne unser Zimmer zu betreten. Kurz darauf taucht ein Offizier auf, der mit einem Blick feststellt, was seinen Untergebenen in Panik versetzt hat. Er verwechselte Claudios Spielzeug mit einer echten Waffe. Claudio ist nach dem ersten Schreck recht stolz auf seinen „Henry-Stutzen". Wir merken danach, dass dieser Stolz auch seine aufregenden Träume etwas beruhigt.

Während der Mittagszeit öffnet sich wieder die Tür und unser Wächter mit dem aufgepflanzten Bajonett schaut herein. Aber dieses Mal geht es nicht um gefährliche Bewaffnung, er will einfach wissen, was denn da um diese Zeit für ein verführerischer Geruch aus unserem Zimmer kommt. Er sieht es auf den ersten Blick. Unser Meisterkoch Jörn beweist seine Künste nicht nur in den Andenhöhen, sondern auch in einer Kaserne. Er bereitet unser erstes Mittagessen als Gefangene vor, indem er Zwiebeln und Speck-würfel zum Brutzeln bringt. Wenn der Soldat wüsste, was Jörn in der Folge noch alles zaubert.

Wir merken an dem Verhalten des Wachsoldaten, dass sich unser Aufenthalt allmählich vom Gefangen-sein in einen Zwischenaufenthalt verwandelt.

Unser Bericht von den *arrieros* hinter Gittern versetzt Ingrid in Sorge. Sie geht unter Bewachung zu deren Nische und sieht, wie diese beiden tüchtigen und selbstbewussten Männer verschüchtert und ängstlich in ihrer vergitterten Nische hocken. Die Militärs haben sie anscheinend wie verhasste Chilenen be-handelt, die die argentinische Erde unerlaubt betra-ten. *Antonio* gesteht Ingrid auch, dass er starke Kopf-schmerzen habe. Der Soldat will Ingrid daran hindern, sich noch länger mit den beiden zu unterhalten. Doch sie lässt sich nicht beirren und bringt wenig später ein Medikament und unsere ausrangierten Militär-decken hin in ihr Verlies.

Wir wollten eigentlich Silvester feiern, wenn auch nicht unterm Kreuz des Südens, so doch wenigstens unter dem interessanten Aspekt „Gefangen in einer argentinischen Kaserne". Das gute Abendbrot und das enorme Schlafdefizit fordern jedoch ihren Tribut. Keinem von uns gelingt es, die Augen bis Mitternacht offen zu halten. Ingrid schafft es gerade noch, auch unseren beiden Chilenen ein Abendbrot vorbeizubringen, denn vom Militär haben sie in dieser Beziehung nichts zu erwarten.

Der Neujahrstag bringt uns eine unerwartete Überraschung. Der Vormittag plätschert so dahin, als es an unserer Tür klopft und auf unser „Herein!" der Kommandant in unser Zimmer kommt. Er wünscht uns für das neue Jahr alles Gute und übergibt uns eine Flasche *sidra* mit Grüßen von seiner Frau, dazu Kekse, die sie selbst gebacken hat. Er teilt uns auch die erste Entscheidung mit, die inzwischen getroffen wurde. Wir dürfen auf keinen Fall über die Berge nach Chile zurück. Unser Rückweg ist nur über *Mendoza* und die Grenzübergänge *Puente del Inca* auf argentinischer Seite und *Los Libertadores* in Chile möglich. Der Zeitpunkt wird morgen nach der Befragung durch den Geheimdienst festgelegt.

Von da ab sehen wir dieser Befragung gelassen entgegen, werden uns jedoch einig, dass wir unsere beiden Chilenen entlasten müssen, damit sie mit ihren Tieren wieder nach Chile zurück können.

„Wir haben sie oben an der Grenze überredet, den Vulkan *Maipo* zu umrunden, und dabei sogar mit einer Reduzierung des ausgehandelten Preises gedroht. Der Ritt über argentinisches Gebiet kann nicht gefährlich werden, weil wir von der Botschaft in Santiago eine *visa oficial* haben." – So unsere Version bei der Befragung morgen. Doch wir wollen das auch

175

schriftlich machen und verfassen eine Petition, gerichtet an den *Señor Comandante*. Wir bitten um die Rückgabe der Pferde, nehmen die Schuld an der Grenzverletzung auf uns und weisen auch darauf hin, dass die beiden *arrieros* nicht die Besitzer der Tiere wären, sondern diese in ihrem Tal zusammen geliehen hätten. Unser Türbewacher wird zur Ordonanz, denn wir bitten ihn, unser Schreiben dem diensthabenden Offizier zu übergeben. Nach dem Besuch seines Kommandanten bei uns, tut er das auch. Wir hoffen, dass er keinen Rüffel wegen unerlaubten Entfernens vom Einsatzort bekommt.

Der erste Tag im Jahr hält noch eine zweite Überraschung für uns bereit. Wir dürfen am Nachmittag unser Zimmer verlassen, um für eine Stunde die frische Luft genießen zu können. Es wird uns auf der Rückseite der Kaserne ein Areal zugewiesen, in dem wir uns frei bewegen dürfen.

Für unsere 17-jährige Tochter mit ihren blonden Haaren wird dieser Ausgang zu einer neuen Erfahrung. Diese Kasernenseite wird von den ständigen Bewohnern hin und wieder für einen Blick ins Grüne benutzt. Und dieser Blick wird plötzlich belebt, eben auch von einer 17-Jährigen mit blonden Haaren. Das verschlägt den jungen Grenzsoldaten, die eigentlich nur für einen Moment ins Grüne schauen wollten, die Sprache und sie verleihen ihrer Bewunderung durch Pfiffe Ausdruck. Für Cornelia klingen diese Bewunderungspfiffe nur schrill als Anmachpfiffe, so wie sie das im Jahr zuvor schon einmal in Deutschland von einer Baustelle aus über sich ergehen lassen musste. Seitdem ist sie in dieser Hinsicht fast allergisch, und wir brauchen einiges Zureden, um sie bei uns draußen in der Nähe des frischen Grüns zu halten.

Wir haben noch Zeit, um uns um den Tag X zu kümmern. Für das Militär ist es einfach zu befehlen: „Sie dürfen nur über den offiziellen Grenzübergang zurückkehren!" Für uns tun sich dabei unendlich viele Fragen auf. Da wäre zunächst die finanzielle Frage, denn ohne unsere Pferde sind wir auf Verkehrsmittel angewiesen, die sich unseren Transport bezahlen lassen wollen. Darauf haben wir uns bei unserem Start in Santiago nun wirklich nicht eingestellt. Wer soll da oben in den Bergen Geld von uns wollen?? Ingrid und ich haben keinen Pesos bei uns, weder einen chilenischen noch einen argentinischen. Nur gut, dass Ute und Jörn auch dabei sind. Für sie ist dieser Andenritt ihre letzte Südamerikaaktivität, denn sie werden unmittelbar nach unserer Rückkehr nach Deutschland fliegen. Weil Jörn für seine restlichen Dollar keinen sicheren Aufenthaltsort hatte, trägt er sie bei sich. Wir sind nachträglich froh, dass unser übereifriger Offizier oben in den Bergen nicht auch noch eine Leibesvisitation angeordnet hat. Jörns 100 Dollar sichern auf jeden Fall unsere Fahrt von der Garnison bis nach *Mendoza*. Sie werden wohl auch noch reichen, um dort in einem preiswerten Hotel eine Nacht bleiben zu können. Und dann?? Die Chilenen sagen in solch einem Moment *„Vamos a ver!"* – wir werden sehen. Das tun wir auch und suchen noch keine Antwort auf die nachfolgenden Fragen wie „Was sagen die Argentinier, wenn wir ausreisen wollen, ohne einen Einreisestempel zu haben?" oder „Was sagen die Chilenen, wenn wir wiederkommen, ohne das Land offiziell verlassen zu haben?" Auch die Fahrt selbst von *Mendoza* nach *Santiago* schwebt noch reichlich nebulös vor uns. Zu klären wäre auch noch, was mit unseren Kisten und all dem anderen Gepäck geschieht. Wo soll alles gesichert aufbewahrt werden? Für Jörn und mich reifen im Hinterkopf schon Abholgedanken mit unserem geräumigen VW-Bus.

Zunächst müssen wir den 2. Januar mit den geheimdienstlichen Befragungen überstehen, obwohl wir uns nicht vorstellen können, dass sich dabei noch Probleme ergeben könnten. Zwei hohe Herren, dezent in Zivil gekleidet, kommen am späten Vormittag und bitten Jörn und mich zum Gespräch, natürlich einzeln. In unseren Aussagen brauchen wir nichts zu verheimlichen, verdeutlichen jedoch, warum wir diesen Andenritt unternommen haben. Dabei betonen wir nicht so sehr die reine Abenteuerlust, sondern eher den Aspekt, den wir auch in Chile zur Begründung geliefert hatten: Den hautnahen Kontakt zu diesem für Europäer besonderen Teil der Erde mit der atemberaubenden Landschaft und der ungewöhnlichen Pflanzen- und Tierwelt. Wir beide wiederholen noch einmal unser besonderes Anliegen, den Chilenen ihre Tiere zu belassen, indem wir die Verantwortung für den Ritt über die Grenze übernehmen.

Danach warten wir darauf, dass unsere Frauen ebenfalls zur Befragung gerufen werden. Das passiert aber nicht. Auf einmal werden Cornelia und Claudio ins Verhörzimmer gerufen. Das erstaunt und verunsichert uns, hofften wir doch schon, alle Verhöre überstanden zu haben. Unsere beiden hatten wir auf solch eine Möglichkeit schon vorbereitet, mit der Vorgabe, dass sie im Zweifelsfall keine Ahnung davon hatten, was ihre Eltern planten. Wir hoffen darauf,

178

dass der argentinische Geheimdienst Kindern gegenüber keine Stasimethoden anwendet. Und so ist es dann auch. Beide kommen locker aus der Befragung zurück – ohne Anzeichen von Psychodruck. Wir richten uns gedanklich auf das Ende unserer „Haft" ein.

Jörn bereitet wieder unser Mittagessen, denkt dabei wie immer in den letzten Tagen auch an unsere beiden Chilenen, die die Mahlzeit weiterhin hinter Gittern zu sich nehmen müssen, und muss dann erfahren, dass das seine letzte Kochzeremonie in Gefangenschaft war, denn der Kommandant ruft uns in sein Büro und informiert uns über den weiteren Ablauf.

Dabei staunen wir und nehmen einige unserer Verwünschungen der letzten Tage zurück. Wir haben das Gefühl, dass das argentinische Militär nichts gegen abenteuerlustige Familien aus Deutschland hat und sogar zu einer Art Wiedergutmachung bereit ist, denn unsere Chilenen dürfen ihre Pferde behalten und wieder mit nach Chile zurücknehmen. Unser Gepäck bleibt aber in der Kaserne. Es wird in einem versiegelten Raum aufbewahrt, bis wir es abholen. Eine Liste mit allen Gepäckstücken wird gerade erstellt, sie wird morgen früh ergänzt und uns zur Gegenzeichnung vorgelegt. Das ist uns alles sehr recht, denn inzwischen haben wir den Eindruck, dass unser Gepäck in der Kaserne sicherer aufbewahrt ist als auf den Rücken unserer treuen *mulas*.

„Morgen verlassen Sie die Garnison, ein Linienbus bringt Sie nach *Mendoza*. Dort empfehlen wir Ihnen ein Hotel, das auch in der Lage ist, Ihren Weg nach Chile zu organisieren. Ihre Fotoausrüstungen erhalten Sie morgen früh zurück. Die Filme und die Fotos konnten noch nicht entwickelt werden. Hinterlassen Sie uns einen Portobetrag und ich garantiere Ihnen die Zusendung nach Chile", – so der Kommandant in einer Art Abschiedsrede.

Beim Gang zurück zu unserem Zimmer überbringen wir unseren beiden *arrieros* die für sie wichtigste Nachricht. Zugleich bieten wir ihnen unsere Lebensmittel an, sodass sie für ihren Heimritt versorgt sind.

Zu internen Diskussionen kommt es am nächsten Morgen bei der Frage, was packen wir für die einzige *Mendoza*-Nacht ein, und wo verstauen wir all das? Da sind unsere beiden Frauen wieder im Vorteil, denn sie haben wie immer eine Tasche bei sich. Beide Taschen sind wie immer unergründlich und können alles unterbringen, was der Rest der Gruppe für eine Nacht braucht.

Das Hotel ist völlig akzeptabel und Jörns Dollar reichen auch, damit wir uns dort eine Nacht wohlfühlen können. Doch wie soll dieses Hotel in der Lage sein, unseren Weg gen Chile zu organisieren? Das erfahren wir schon beim Abendessen. „Sie" wissen schon, dass wir nach Chile wollen. „Sie" wissen auch schon, dass diese Chilerückfahrt nicht so ganz legal ist. Deshalb haben „Sie" auch schon vorgesorgt, zumindest auf argentinischer Seite, dabei sogar einen Taxifahrer mit einbezogen. Der ist bereit, uns für einen sehr moderaten Preis nach *Santiago* zu bringen, und das ohne Vorauszahlung, sondern Zahlung erst am Ende der Fahrt. Außerdem hat er an der Grenze einen guten Freund, der dabei behilflich sein wird, unsere Ausreiseprobleme zu lösen. Das macht dieser gute Freund auch. Niemand will unsere Pässe sehen, keiner stellt Fragen und schnell sind wir in unserem Taxi auf chilenischer Seite, wo uns solch ein guter Freund fehlt. Dafür hat Jörn für seine verbleibenden Dollar in *Mendoza* zwei besonders gute Tropfen argentinischen Rotweins erstanden. Gleich dem ersten Grenzsoldaten gestehen wir, dass wir ein besonderes Problem hätten und deshalb den Chef der Grenzstation sprechen müssten. Das wird uns auch gestattet und schon dürfen Jörn und ich sein Büro betreten, jeder von uns mit einer Flasche Rotwein bewaffnet. Der Chef hört sich unsere Geschichte von unserer Expedition in die Berge an, die das Ziel hatte, die Flora und Fauna dieses wundervollen chilenischen Grenzgebietes kennenzulernen. Gleichzeitig unterbreiten wir ihm die Genehmigungen der Militärbehörde in *Puente Alto*. Beim Ritt durch die Berge vollzog sich der Grenzübergang ohne Passkontrolle, ohne Ausreise- und ohne Einreisestempel. „Was sollen wir nun tun, um wieder nach Chile einreisen zu können, dort wo wir zurzeit mit einer *visa oficial* leben, um an der Deutschen Schule in *Santiago* zu unterrichten?" Der Chef überlegt kurz und verkündet dann seine salomonische Entscheidung: „Wenn Sie ohne Ausreisestempel das Land verlassen haben, dann verzichten wir jetzt auf einen Einreisestempel!"

Diese Anweisung geht an den kontrollierenden Grenzer hinaus, und wir verlassen das Büro mit einem Dankeschön und, nach seiner Entscheidung, ohne argentinischen Rotwein.

Die Fahrt nach Santiago erfolgt schnell und Carsten ist bei unserer Ankunft erleichtert, denn sein Gang zur deutschen Botschaft wird damit hinfällig.

Doch da gibt es noch eine Schwierigkeit auf unserer chilenischen Seite zu überwinden. Das Auto von Ute und Jörn steht noch oben in den Bergen, und dieses Gefährt brauchen sie. Dort oben liegen auch noch unsere chilenischen Personalausweise in der Militärgarnison. Also starten Jörn und ich noch am gleichen Nachmittag in die Berge, um dieses chilenische Problem zu lösen: Wie sollen wir den Grenzsoldaten erklären, warum wir nicht von oben kommen, um unsere Dokumente in Empfang zu nehmen, sondern aus dem Tal?

Wir gehen einfach davon aus, dass auch sie nicht alles im Blick haben. Dem Grenzer am Schlagbaum sagen wir, dass wir unsere Dokumente holen wollen. Der glaubt uns das und öffnet. Vor dem Garnisonsgebäude parken wir, ohne dass die Soldaten drinnen ahnen können, aus welcher Richtung wir kommen. Und sie erfahren, dass wir von unserer Expedition zurückgekehrt seien, um unsere Dokumente abzuholen. Es gibt keine Probleme, auch nicht, als wir anschließend hoch in die Berge fahren und mit dem Auto von Ute und Jörn zurückkommen.

Bei der Rückfahrt machen wir bei der Familie von *Antonio* in *San Gabriel* Halt. Wir berichten seiner Familie vom Abenteuer, sagen den Angehörigen, dass alle Pferde beschlagnahmt waren und nur durch unsere Intervention wieder freigegeben wurden. Die beiden werden bald zurück sein. Dann bezahlen wir die zweite Hälfte des ausgemachten Preises von zehn Tagen, obwohl der Service der *arrieros* nur halb so lange dauerte.

Schon freuen sich Jörn und ich auf den nächsten Tag, an dem wir unser Gepäck aus der argentinischen Militärgarnison abholen wollen.

In früher Morgenstund' sind wir und unser VW-Bus startbereit. Dieses Mal läuft alles legal und deshalb auch ohne Probleme. Die Sonne ist gerade aufgegangen, da stehen wir vor der argentinischen Kaserne. Der Schlagbaum öffnet sich nicht automatisch wie wenige Tage zuvor. Wir müssen hupen, denn die gesamte Kasernenbesatzung hat sich zum morgendlichen Apell versammelt und steht in Reih und Glied auf dem Vorhof der Garnison. Durch unser Hupen wird der gemeinsame Blick der Grenzer von der Fahne zu uns hin abgelenkt. Da wir uns weit aus unseren Seitenfenstern hinausbeugen, um unsere Ankunft zu signalisieren, hören wir den nicht gerade appellgerechten, aber erstaunten Ruf: *„Los alemanes!"* – „die Deutschen!"

Alle Dienstgrade sind verwundert, die einen wegen unserer schnellen Rückkehr und die anderen, weil sie für sich die Frage nicht beantworten können, warum Menschen, die solch ein Auto haben, auf dem Rücken von Pferden durch die unwirtlichen Berge reiten.

Dann geht alles ganz schnell. Unser Gepäck befindet sich wie versprochen komplett im gut verschlossenen Raum und wird sogar von Grenzern in unseren Bus verladen. Sie winken uns wie alten Bekannten bei der Abfahrt sogar hinterher. Die Rücktour verläuft an den beiden Grenzübergängen ohne Probleme, denn unser Expeditionsbericht zusammen mit den Genehmigungen des Militärs beeindruckt den Zoll, sodass keine intensiven Gepäckkontrollen stattfinden. Bei uns zu Hause in der *Manquehue Sur* kommt es dann nur noch zum Auspacken und zum Verteilen der unzähligen Inhalte. Von da ab bleibt das Andenabenteuer ständig in unseren Erinnerungen, aufgefrischt durch zwei besondere Ereignisse.

Fast drei Monate später, der schulische Alltag ist schon lange wieder Routine, klopft es an meine Bürotür. Ein Chilene mittleren Alters fragt, ob ich Herr Sandner sei, und übergibt mir einen Briefumschlag mit der Bitte, ihm den Empfang per Unterschrift zu bestätigen. Er merkt meine Verwunderung und mein Zögern bei diesem für mich völlig unverständlichen Ansinnen und erklärt, dass es sich um eine Vorladung des Regionalgerichts von *Puente Alto* handle. Damit ist meine Verwunderung zwar nicht beseitigt, ich bestätige aber den Empfang, weil es mich doch sehr interessiert, um was es sich da wohl handelt.

In zwei Wochen habe ich im *juzgado civil,* dem Gericht in *Puente Alto*, zu erscheinen, weil eine Anzeige gegen mich vorliegt. Sie ist als Anlage beigefügt. Und da bleibt mir fast die Luft weg. Sie ist zwar von einem Rechtsanwalt verfasst, erfolgte aber durch unsere beiden *arrieros*, *Don Antonio* und *Don Torodeo*. Beim Lesen komme ich aus meiner Verwunderung nicht heraus. Die beiden verwenden unsere Argumentation in der Petition an den Kommandanten der Garnison, um die Beschlagnahme der Pferde rückgängig zu machen, als Angriff auf uns. Wir hätten die beiden an der argentinischen Grenze gezwungen, diese zu überschreiten, und wären dadurch in Gefangenschaft geraten. An den Folgen der Behandlung durch das argentinische Militär hätten sie heute noch zu leiden. Außerdem seien sie erst vier Tage später wieder zurück gewesen und mussten an die Besitzer der Tiere noch zusätzliche Leihgebühren bezahlen. Es folgt eine Aufrechnung aus Schmerzensgeld und Leihgebühren, die den von uns bisher bezahlten Betrag weit übersteigt. Ich habe erst einmal weiche Knie beim Gedanken an eine Gerichtsverhandlung im fremden Land, dazu aber auch eine handfeste Empörung über die Unverschämtheit der beiden Chilenen. Ich spüre deutlich die Hintergedanken dieser Anzeige: Die reichen *gringos* sollen gemolken werden. Ingrid sieht alles etwas differenzierter. Sie traut ihren beiden Chilenen so etwas nicht zu und tippt auf Männer im Hintergrund, die sie zu dieser Anzeige angestiftet haben, natürlich mit der Aussicht auf zusätzliche Einnahmen.

Beim Überdenken der Situation wird uns klar, dass wir chilenischen Beistand brauchen. Und den bekommen wir auch durch einen deutsch-chilenischen Rechtsanwalt, der die Zulassung zu allen Gerichten in Chile hat. Ich treffe mich mit ihm am nächsten Tag. Er will von mir auf Spanisch meine Gegendarstellung zur Anzeige hören, unterbricht mich und fragt nach, wenn ich ein Detail nicht beachtet oder sprachlich nicht gut widerlegt habe. Dann überprüft er alle Unterlagen, die ich dem Gericht vorlegen kann, auch die aus dem Vorjahr, als die beiden *arrieros* die gleiche Tour mit unseren Freunden schon einmal unternommen haben. Nach dem Gespräch fühle ich mich deutlich wohler, obwohl die Unsicherheit vor dem Unbekannten bleibt.

Wir fahren zusammen nach *Puente Alto*. Dort offenbart mir Herr Sch., dass er nicht mit ins Verhandlungszimmer dürfe, das sei in Chile nicht erlaubt. Zum verstärkten Herzklopfen bleibt mir keine Zeit, denn ich werde schon hineingerufen und von einer Richterin begrüßt. Sie weiß, dass ich Ausländer bin und nimmt mir die Sorge, dass mangelnde Sprachkompetenz einen Einfluss auf die Rechtsprechung habe. Sie verliest die Anklageschrift betont langsam, hat immer wieder Blickkontakt zu mir, um sich zu vergewissern, ob ich alles verstanden habe, und registriert auch meine Mimik und Gestik, die Zustimmung oder Ablehnung zum vorgelesenen Inhalt signalisieren. Dann habe ich Zeit, meine Sichtweise vorzutragen und die Dokumente vorzulegen. Bei ihren Zusatzfragen habe ich das Gefühl, dass sie mir glaubt. Nach einer gefühlten Ewigkeit verlasse ich mit immer noch feuchten Handinnenflächen das richterliche Zimmer.

Im Vorraum müssen Herr Sch. und ich noch einige Zeit warten. Mit großer Erleichterung erfahren wir schließlich, dass die Anklage abgelehnt und das Verfahren endgültig abgeschlossen sei. Auf der Rückfahrt will ich von Herrn Sch. wissen, auf welche Weise ich seine Rechnung begleichen soll. „Von mir erhalten Sie keine Rechnung. Es war für mich eine Selbstverständlichkeit, Ihnen bei diesem schäbigen Verhalten meiner Landsleute behilflich zu sein."

Fast zeitgleich ist Jörn aktiv, seit Langem wieder in Deutschland, denn auf sein Schreiben an den Kommandanten der argentinischen Garnison mit der Erinnerung an Filme und Fotos erhält er keine Antwort. Jörn übt sich etwas in Geduld, doch dann schreibt er noch einmal. Dieses Mal nicht mehr gar zu höflich, sondern mit dem Hinweis, dass ein deutsches Nachrichtmagazin sehr daran interessiert sei, die Frage zu klären, wie leitende Militärs in Argentinien mit Geldmitteln umgehen, die ihnen zweckbestimmt und auf Treu und Glauben überlassen wurden.

Wenige Tage später hat Jörn seinen entwickelten Film und all unsere Dias in den Händen – und wir auch bald.

9) Cuzco - 28.12. - 12 Uhr

„Chile – ein Land, das dich gefangen nimmt" – das liegt aber nicht nur an diesem Land selbst, sondern auch an seinen Nachbarn, an der argentinischen Pampa im Südosten und an Peru und Bolivien im Norden und im Nordosten. So geschieht es, dass eine gemütliche Mairunde in der Wilhelmshavener Friedenstraße das im Sommer 1976 etwas konkreter formuliert: „Zwei Tage nach Weihnachten treffen wir uns um zwölf Uhr Ortszeit am Flughafen von *Cuzco*!" Dieses WIR umschließt zwei Ehepaare. Das eine ist seit Langem in dieser Stadt am Meer ansässig, eben in der Friedenstraße. Dort haben diese beiden einen Steinmetzbetrieb, wo Meister Rudolf in der Werkstatt den Ton angibt und Silvia den Bürobetrieb im Griff hat. Und wir beide, das andere Ehepaar, fühlen uns zwar in unserer Wahlheimat nach unserer Flucht aus der DDR auch wie zu Hause, sind aber im Moment nur zu Besuch und von weit her angereist. Und in der gemütlichen Mairunde schwärmen wir von unserer neuen Wahlheimat Chile, von den Reisen zu den Vulkanen des Südens oder denen der *Atacama*-Wüste, und erwähnen dabei unsere Reisepläne für den Jahreswechsel: „Wir wollen mit unserem Campingbus nach Peru und Bolivien fahren und auch die alte Inkastadt *Cuzco* besichtigen." Da werden die Augen unseres Steinmetzmeisters deutlich größer, denn er hat schon davon gehört, welch unvorstellbare Präzision die Inkas entwickelt haben, um riesige Steinblöcke millimetergenau zu behauen und sie aufeinanderzutürmen, ohne dabei Mörtel zu verwenden. In uns wächst beim Anblick von Rudolfs verklärtem Gesichtsausdruck ein verrückter Gedanke, völlig unausgegoren, aber doch irgendwie realisierbar. „Wenn ihr *Cuzco* kennenlernen wollt, dann fliegt hin, und wir treffen uns dort. In unserem Campingbus mit

Aufstelldach gibt es vier Schlafmöglichkeiten, so können wir *Cuzco* und seine Umgebung gemeinsam erkunden und danach auch noch Bolivien. Unser Zuhause in *Santiago* müsst ihr ebenso kennenlernen. Von dort aus könnt ihr nach Deutschland zurückfliegen." So unser verrückter Plan.

Doch bis zu seiner Verwirklichung am ausgemachten Ort und zur vereinbarten Uhrzeit mussten zumindest wir „Chilenen" wesentliche Vorüberlegungen anstellen, das Friedenstraße-Ehepaar brauchte nur noch mutig zu buchen.

Bei unseren konkreten Planungen spielen sofort die enormen Entfernungen eine Rolle. Schon die fast 4000 Kilometer gen Norden wollen wir nicht allein unternehmen, denn die Abstände zwischen vertrauensvollen Servicestationen sind abschnittweise gewaltig, insbesondere nördlich von *Arica* im peruanischen Teil der Strecke. Doch wir finden bald *compañeros*. Die Familie R. mit Hanne, Ulrich und der zehnjährigen Tochter Heike hat eine ähnliche Tour vor und gemeinsam planen wir die Stationen bis *Cuzco* und rundum.

Und unsere Kinder? Cornelia kommt in ihrem Kinderparadies der 60er-Jahre unter und mit ihr Claudio, der sich bei seiner Patentante in *Villa Alemana* wohlfühlt. Carsten wird für drei Monate in den USA sein und dort an einem Schüleraustausch teilnehmen. Er ist schon voll gespannter Vorfreude.

Unser Campingbus ist seit der Patagonientour am Anfang des Jahres noch bestens ausgerüstet. Sein zweites Ersatzrad prangt vorn als zusätzlicher Puffer und der Schutz des hinten liegenden Motors vor Steinschlag auf Schotterstraßen ist auch noch vorhanden. Auf das Gitter vor der Windschutzscheibe verzichten wir, denn bis weit nach Peru hinein erwarten wir befestigte Straßen und nach dem Rechtsschwenk Richtung Anden gehen wir von

Geschwindigkeiten aus, die keine fliegenden Steine produzieren.

Im Inneren brauchen wir uns nur auf die zusätzliche Beherbergung von zwei Erwachsenen einzustellen. Das bedeutet zu dem normalen Deckeninventar zumindest zwei zusätzliche Schlafsäcke, denn bei unserer Rückfahrt Richtung Chile stellen sich die Anden mit über 5000 Metern in den Weg. Da sind viele Unwägbarkeiten offen und das Aufstelldach ist einfach nur eine Art Zelt.

Bis auf einen Grundvorrat an Lebensmitteln brauchen wir keine Vorsorge zu treffen, denn wir gehen davon aus, dass wir weder in Chile noch in Peru und Bolivien verhungern müssen. Doch Holz gehört in unser Gepäck, zum einen für ein stimmungsvolles Lagerfeuer, zum anderen für schmackhaftes Grillfleisch, für einen *asado,* wie die Chilenen sagen. Die langen Wüstenstrecken gen Norden liefern solches Holz nicht unbedingt, aber wir brauchen es.

So ist das bereits an unserem zweiten Übernachtungsplatz in Chile, und zwar in *Bahia Inglesa,* immerhin schon fast 1000 Kilometer nördlich von *Santiago.* Wir finden dort ideale Stellplätze für unsere Campingbusse. Der nahe Strand lockt uns mit Macht, nicht um im Pazifik zu schwimmen, sondern um mit unseren Füßen im sandigen Meeresboden nach *machas,* einer schmackhaften Muschelart, zu gründeln. Unsere großen Zehen sind dabei besonders aktiv und bald schon sind unsere Plastiktüten gefüllt.

Dann beginnt der Abend zwischen Campingbussen und Pazifikwellen mit wichtigen Aktivitäten. Die Muscheln müssen geöffnet werden. Anscheinend haben einige etwas dagegen, denn sie lassen das erst nach deutlicher Kraftanstrengung zu. Danach müssen wir das Muschelfleisch vom Sand befreien, ebenso die Schalen, denn ihre untere Hälfte wird noch als natürliches Zubereitungsgefäß gebraucht. Die Frauen legen jede *macha* in eine gereinigte Muschelschalhälfte, bedecken sie mit einer Scheibe

190

Schmelzkäse und geben noch einen winzigen Klecks Butter hinzu. Alle gefüllten Schalen legen sie in eine Pfanne. Der männliche Teil unserer Expedition hat inzwischen mithilfe des Holzimportes ein ideales Feuerchen bereitet, um den *machas a la parmesana* die nö-

tige Unterhitze zu spendieren. Und die Meeresfrüchte beweisen am Ende einer gewissen Garzeit wieder einmal, welch Gaumengenuss sie liefern können.

Cuzco, 28. Dezember, zwölf Uhr ist unser weit entferntes Ziel. Und das bestimmt schon vom ersten Tag an unsere Devise, das Frühstück nicht gar zu weit in die Länge zu ziehen. So starten wir auch schon an diesem 20. Dezember in *Bahia Inglesa* kurz nach zehn Uhr, obwohl das unseren *compañeros* schwerfällt. Die Mittagspause inmitten der Wüste bei *Agua Verde* und kräftigem Wind wird nicht so sehr in die Länge gezogen, weil wir uns gedanklich bereits auf das Abendziel *Tocopilla* eingestellt haben. Diese Küstenstadt am Pazifik verdankt ihre Gründung und Bedeutung dem Kupfer, das in großen Mengen aus *Chuquicamata* herankommt und von hier aus in alle Welt geht. Am Rande dieser Stadt, begrenzt gen Osten hin von der bis auf über 2300 Meter aufragenden Küstenkordillere, finden wir tatsächlich einen Übernachtungsplatz mit den im *Turistel*, dem idealen Touristenführer Chiles, angezeigten Drusen. Das sie umhüllende Gestein ist großen, verschrumpelten Kartoffeln ähnlich und verbirgt gekonnt den inneren Formenreichtum. Wir sind während unseres ersten Chileaufenthaltes in der *Atacama*-Wüste schon oft über mit Drusen übersäte Felder gelaufen, ohne die Inhalte dieser Gesteine zu erahnen. Dabei genügt zumeist ein kräftiger Schlag mit dem Hammer und schon

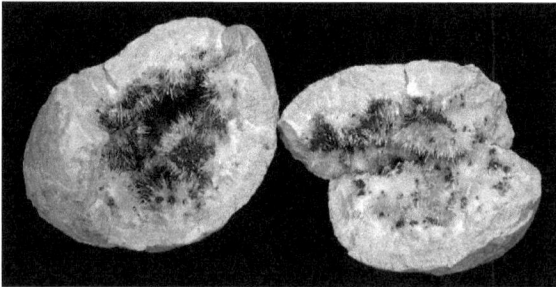

öffnet sich das Innere und lädt zum Bewundern der Kristalle ein. Jede Druse offenbart nach dem Schlag ein anderes Wunderwerk. Entstanden sind diese Wunderwerke in Jahrmillionen, als mineralhaltiges Wasser in vulkanische Hohlräume von Steinen einsickerte und Kristalle bildete. Dabei kam es je nach Mineralgehalt des eindringenden Wassers zu unterschiedlichen Kristallbildungen.

Doch unser Übernachtungsplatz bietet auch Lebendiges, und wir bestaunen die Seelöwen vor den hohen Brandungswellen.

Später genießen wir im Restaurant die *jaivas,* die riesigen Hummer.

192

Die Abfahrt am nächsten Morgen erfolgt wieder pünktlich. An einer Polizeikontrollstelle erfahren wir aber wenig Ermutigendes. Wegen der Regenzeit in Bolivien und der damit verbundenen starken Regenfälle in den Bergen sei die *Panamericana* stellenweise unterbrochen.

Wir fahren trotzdem weiter und finden am *Rio Loa* einen idealen Platz für die Mittagsrast, sogar mit einem erfrischenden Bad. Später spüren wir bei einer Reifenpanne unserer *compañeros* deutlich den ständigen kräftigen Wind, der auch unser Auto hin und wieder kräftig schüttelt. Im Dunkeln kommen wir in *Arica*, der nördlichsten Stadt Chiles an der Grenze zu Peru, an und parken auf einem Platz neben einem Restaurant. Dort nähert sich alsbald ein anderes Auto mit drei Damen. Eine von ihnen steigt aus, fragt nach Zigaretten und zeigt durch ihr dreistes Auftreten, in welche Richtung ihre Gesinnung geht. Wir wechseln unseren Übernachtungsplatz und finden ihn auf einem Parkplatz für Busse.

Die Suche nach Übernachtungsplätzen fordert auch in den folgenden Tagen gegen Abend unseren Spürsinn, wobei das Gefühl für Sicherheit gefolgt wird von der Notwendigkeit einer einigermaßen waagerechten Stellfläche. Das ist in der peruanischen Natur nicht so leicht kombinierbar. Doch zunächst liegt, bald nach unserem Start vom Busparkplatz, die Grenze vor uns. Wir haben schon einige Grenzübergänge von Chile nach Argentinien hinter uns und machen nun im Norden beim Übergang nach Peru die gleiche Erfahrung: Es besteht ein gewaltiger Ausbildungsunterschied und eine deutliche Diskrepanz im Berufsethos zwischen einem chilenischen Grenzpolizisten und einem solchen in den Nachbarländern. Das sehen wir jedes Mal im Verhalten, in der Kleidung und in der Reaktion bei Nachfragen oder Protesten. Während die Nachbarn durch Scheine in den Dokumenten über Gesetze schnell hinwegsehen, ist es beim Chilenen nicht zu schaffen, sich auf diese Weise eine Erleichterung zu erschleichen. Ein zusätz-

193

liches Problem entsteht dadurch, dass die Nachbar-kollegen die gesetzlichen Bestimmungen auf ihre Weise spontan verschärfen, wenn sie auf ein Gegenüber treffen, das ihnen unterlegen scheint. Bei unserem Schlenker durch Peru und Bolivien erleben wir diese Art von Kon-trollen immer wieder, nicht nur beim Grenzübergang.

Aber heute piesacken die peruanischen Grenzer nur die armen Bolivianer oder ausgewählte Chilenen, und wir sind ziemlich schnell ohne größere Grenzprobleme in Peru und peilen unser nächstes Ziel an: *Arequipa*.

Dieser zweitgrößten Stadt Perus mit über einer halben Million Einwohnern und 2300 Metern über dem Meeresspiegel geht ein besonderer Ruf voraus. Die Besucher schwärmen von der „Weißen Stadt", denn die meisten Gebäude im Zentrum wurden aus einem hellen Vulkangestein errichtet, viele von ihnen schon von den

Spaniern im 16. Jahrhundert. Beim Genießen hilft natürlich das milde und sonnige Klima, bei 300 Sonnentagen im Jahr kann es da auch keine Klagen geben. Schließlich kommt noch die unmittelbare Umgebung dazu, denn die drei Vulkane ringsum bilden einen fotogenen Hintergrund. Der *Misti*, immerhin über 5800 Meter hoch, schläft zwar seit zweihundert Jahren, doch zusammen mit seinen beiden Nachbarn sorgt er indirekt für viele Erdbeben. Das stört die Kurzzeitbesucher nicht besonders, vor allem die

nicht, die noch nie ein schweres Erdbeben erlebt haben. Die bedauern es fast, dass sich während ihres Aufenthaltes in der Stadt die Erde keinmal bewegte. Wir, in unserem Unterbewusstsein immer noch schwer belastet vom Erdbeben im März 1965 in Chile, werden bei unserem Zweitageaufenthalt glücklicherweise vor solchen Bewegungen verschont.

Wir haben uns vorgenommen, die knapp 300 Kilometer von *Arica* bis *Arequipa* heute zu schaffen, obwohl es einige Bremsklötze gibt. Unsere *compañeros* müssen wegen eines Reifens in eine Werkstatt und ein Einkauf zum Auffrischen der Vorräte steht auch an. Doch die Landschaft nach dem Passieren der Grenze bremst auch. Sie ist zwar weiterhin wüstenhaft und verlockt uns nicht zu Schaupausen, aber immer wieder geht es aus der Hochebene von fast 600 Meter hinab bis an die Küste, um dort ein Flusstal zu überqueren, denn eine Brücke ganz oben wäre doch zu teuer.

Unten ist dieses Tal grün und landwirtschaftlich genutzt, sodass sich unsere Wüstenaugen wieder einmal erholen können. Anschließend geht es wieder hinauf, und diese Berg- und Talfahrt wiederholt sich. Im letzten Flusstal vor *Arequipa* suchen wir deshalb einen Übernachtungsplatz. In der Nähe einer Zuckerrohrplantage finden wir auch eine ideale Stellfläche, aber mehr nach dem Motto „wunderschön" und nicht nach der Devise „Gefühl für Sicherheit". Leider zerbröselt das Motto „wunderschön" an der Realität. Es wimmelt einfach zu viel Volk um uns herum, darunter viele junge Männer, die im nahen Fluss baden. Vielleicht tun wir ihnen mit unserem Misstrauen Unrecht, aber wir verlassen den Platz und starten durch bis *Arequipa*. Dort fahren wir bis zur Deutschen Schule und finden einen idealen Stellplatz, der all unsere Wünsche für solch einen Ort erfüllt und sogar noch eins draufsetzt: Es gibt Toiletten und Waschbecken.

Ingrid wundert sich am nächsten Tag nach ihrer Morgentoilette. Ein Fahrer des Schülerbusses gibt ihr eine andere Uhrzeit an als die, die ihre eigene Uhr zeigt. Es ist für uns verwunderlich, Peru liegt eine Stunde hinter der chilenischen Zeit. Beim Blick auf den Atlas wird alles verständlich, denn die zeitbestimmende Hauptstadt *Lima* liegt tatsächlich deutlich weiter im Westen als *Santiago*. Wir waren nach unserem Gefühl stets einfach nur gen Norden gefahren.

Lehrer der Schule geben uns Tipps für unsere Route bis *Cuzco*, warnen aber gleichzeitig vor der Beschaffenheit der Straßen, denn die Regenzeit habe bereits eingesetzt. Ulrich und ich wollen es trotzdem wagen. Wir erkundigen uns aber vorsichtshalber nach einer Flugverbindung bis *Cuzco*. Sollte es tatsächlich kein Weiterkommen mehr geben, müssten wir zurück nach *Arequipa*, damit einer von uns fliegt, um die beiden Wilhelmshavener Globetrotter in Empfang zu nehmen.

Doch zunächst wollen wir die „Weiße Stadt" kennenlernen. Ein Lehrer der Schule fährt mit uns in das sehenswerte Stadtzentrum, wie immer in den südamerikanischen Städten zur *Plaza de Armas*, und wir staunen vor allem über die gewaltige Kathedrale, die eine

komplette Seite der *Plaza* einnimmt.

Innen ist sie wenig spektakulär, obwohl sie dort den europäischen Einfluss zeigt. Beim Wiederaufbau nach einem schweren Erdbeben im 19. Jahrhundert ließ man sich die Orgel aus Belgien kommen und von Belgiern installieren, die Kanzel aus Frankreich und von Franzosen errichten, Marmor aus Italien einbauen und die Glocke für den Turm aus England heranbringen. Das erinnert uns sehr an unsere Verwunderung in *Punta Arenas*, der südlichsten Stadt Chiles, als wir 1967 bei einer Besichtigung eines als Museum eingerichteten Hauses feststellten, dass der vermögende Schaffarmbesitzer bei der Ausstattung seines Hauses nichts Einheimisches verwendete, sondern alles aus Europa importierte, um seinen Reichtum zu demonstrieren.

Die *Plaza* selbst lädt zum Verweilen ein. Viel Grün animiert dazu, die unendlich vielen Tauben nicht so sehr. Doch von einer Parkbank aus zwingt der Blick über die Kathedrale hinweg zum Vulkan *Misti* zuerst zum Verweilen, doch dann zum Zücken des Fotoapparates.

Nicht nur auf ihre Vergangenheit und nicht nur auf die sehenswerte Umgebung sind die Einwohner der Stadt stolz. Mario Vargas Llosa wurde 1936 in dieser Stadt geboren. Jetzt kann man aber schon ahnen, was erst 2010 Wirklichkeit werden soll: Er wird Nobelpreisträger für Literatur.

Der Kollege hilft danach beim Geldtausch, obwohl er sich schon in Aufbruchstimmung befindet, denn morgen will er mit seiner Familie nach Deutschland fliegen. Und wir fallen nach diesem anstrengenden Tag auf dem wohlbehüteten Hof der Deutschen Schule in *Arequipa* in tiefen Schlaf.

Die garantierte *Arequipa*-Sonne weckt uns am 24. Dezember, am Heiligen Abend, und der Hinweis, dass die Straßenverhältnisse nicht gar zu schlecht sind, macht uns Mut, uns noch eine Besonderheit der Stadt anzusehen.

Wir fahren zum Kloster *Santa Catalina*. Dieses Kloster ist fast eine Stadt für sich und liegt ganz nahe am Stadt-

zentrum. Es wurde im 16. Jahrhundert für die zweitgeborenen Töchter reicher Familien gegründet und hat in seiner langen Geschichte viele Erdbeben erlebt. Die danach notwendigen Erneuerungsarbeiten fanden stets im Stil der jeweiligen Epoche statt, sodass der gesamte Komplex eine Mischung aus unterschiedlichen Baustilen ist. Die Besichtigung dieser Kolonialbesonderheit ist erst seit sechs Jahren möglich.

198

Wir schlendern durch diese kleine Stadt, durch ihre schmalen Gässchen, die sich hin und wieder zu heimeligen Innenhöfen erweitern. Nur dort stehen Bäume oder größere Büsche, akkurat eingefasst mit dem vulkanischen Gestein, das für die ganze Stadt bestimmend ist und ihr die weiße Farbe gibt. Eigentlich ist im Kloster alles eingefasst, sodass Mutter Erde nirgends freie Bahn hat.

Dabei müssen wir gestehen, dass wir den Friedhof nicht gesehen haben. Bei unserem Rundgang laufen wir stets auf Natursteinen, die, wohl gesetzt, auch bei Regen sicheres Laufen garantieren. Trotzdem blüht es rings um uns herum. Das ist nur möglich, weil die Bewohner jede Möglichkeit nutzen, um Pflanzen zum Blühen zu bringen. Auf jedem waagerechten Fleckchen stehen Tonkrüge in unterschiedlichen Größen mit blühenden Pflanzen, oder leicht schräg liegende Krüge bilden hintereinander aufgereiht ein blühendes Pflanzenbeet. Jeder Fenstersims oder jede Fensternische werden genutzt, um Blumen unterzubringen. Selbst an den Wänden hängen Tontöpfe, sodass es nicht eintönig wird, zwischen Mauern zu laufen. Diese sind dazu noch recht farbenfroh getüncht. Mit kräftigem Orange, tiefem Rot oder leuchtendem Blau zeigen sie, dass hinter den Mauern gelebt wird, obwohl kaum noch 100 Nonnen das Kloster mit Leben füllen. Wir laufen durch einen Innenhof, in dem in einer Doppelreihe große halbierte Tonkrüge zu sehen sind, gleichmäßig längs einer Mauer angeordnet, die oben in ihrer Mitte eine Rinne hat. Uns ist die Bedeutung dieser Anordnung nicht klar, wir

vermuten zunächst irgendwelche rituelle Zeremonien, bis wir ihre praktische Benutzung erfahren: Die halben Tonkrüge sind Becken, in denen Wäsche gewaschen wurde. Die Rinne im oberen Teil der Mauer ist der Frischwasserzufluss mit einem regelbaren Zugang zu jedem einzelnen Waschbehälter. Wir können uns mit diesem Wissen gut vorstellen, wie die Angestellten der gut betuchten Nonnen an diesen Trögen hantierten und untereinander Informationen weitergaben.

Fast alle Dächer sind mit naturfarbenen gewölbten Dachpfannen aus Ton gedeckt. Sie machen auf uns nicht nur einen regensicheren Eindruck, sondern wirken zudem beruhigend als Gegensatz zu den leuchtenden Farben der Hauswände.

Unsere Augen wurden beim Gang durch das Kloster schon verwöhnt und nun werden wir beim Schlendern in einem Kreuzgang plötzlich durch einen unerwarteten Hörgenuss überrascht. Aus ringsum in Mauernischen versteckten

Lautsprechern ertönt das Weihnachtsoratorium von Johann Sebastian Bach, dazu noch in deutscher Sprache. Die Hörqualität dieser Übertragung ist so gut, dass wir von einem Moment zum anderen das Gefühl haben, in einem Dom zu sitzen, und wir sind überwältigt. Eine Beeteinfassung im angrenzenden Innenhof bietet uns einen Sitz an, und in den nächsten Minuten taucht uns nicht nur die Musik in ein emotionales Bad, sondern auch der Ort und der Zeitpunkt dieses Erlebnisses: Wir hören am Heiligen Abend, dem 24. Dezember 1976, im Kloster *Santa Catalina* in *Arequipa* das Weihnachtsoratorium von Bach!!!

Dieser Tag hält noch einen zweiten emotionalen Höhepunkt für uns bereit.

Zurück in der Deutschen Schule, bereiten wir uns noch schnell ein Mittagessen und gehen alsbald weiter auf Fahrt nach Norden. Wir kommen nicht so schnell voran, denn die Strecke ist sehr kurvenreich. Immer wieder geht es hinab, um einen Fluss zu überqueren oder zumindest das, was im Moment von ihm noch übrig ist. Jedem Hinab folgt ein Hinauf, oft sind wir dabei umgeben von Reisfeldern oder Bananenplantagen. Schließlich folgt die Straße der Küste und wir finden direkt am Rande des Sandstrandes einen geeigneten Stellplatz, also den Platz, an dem wir in das Weihnachtsfest hineingehen wollen. Deshalb richten wir ihn auch weihnachtlich ein. Zwischen unseren Campingbussen wird ein Tisch mit Kerzen und Weihnachtsservietten geschmückt. Dicht dabei entzünden wir ein Feuer, um Fleisch und Würstchen zu brutzeln und alles zusammen mit Tomaten- und Gurkensalat zu einem Festmahl zu vereinen.

Doch vor dem Genuss kommt endlich einmal Heike, die zehnjährige Tochter unserer *compañeros*, zu ihrem Recht. Vor der Bescherung stimmen wir ein Weihnachtslied an. Die Heilige Nacht klingt auch am pazifischen Strand immer noch so, wie sie einstmals gedacht war.

Dann kommt nach diesem „Gesang" der zweite Gefühlshöhepunkt des Tages. Meeresrauschen, flackernde Lichtpunkte durch unsere Kerzen, unendlich viele intensiv leuchtende Sterne über uns - ein würdiger Rahmen für die sehnsuchtsvollen Gedanken Richtung unserer Kinder.

Der erste Weihnachtstag beschert uns ein ähnlich mystisches Erlebnis, wie den „Weisen aus dem Morgenland" zur damaligen Zeit. Es steht zwar kein Stern über uns, der uns auf eine Besonderheit hinweisen will, dafür aber sehen wir in der Wüste Scharrbilder. Wir sehen

unendlich lange Linien von unserem Standort bis in eine nicht mehr sichtbare Ferne, wir sehen straßenähnliche Kurvenbahnen und Dreiecke und trapezförmige Flächen und sogar das Abbild eines Fantasievogels. Das alles in der Nähe von *Nazca*, wo diese oft nur wenige Zentimeter in

202

den Wüstenboden geritzten Figuren zu sehen sind. Ihre Entstehung und ihre Bedeutung beschäftigen schon seit Langem nicht nur Archäologen.

Der amerikanische Historiker Paul Kosok, eigentlich auf der Suche nach Bewässerungsgräben, bemerkte zur Zeit der Dezembersonnenwende, dass eine der langen Linien, die von seinem Standort ausgingen, genau in Richtung Sonnenuntergang zeigte. Er bezeichnete daraufhin die *Nazca*-Ebene als den größten astronomischen Kalender der Welt. Maria Reiche, zunächst seine Assistentin, beauftragte er nach dem Zweiten Weltkrieg mit weiteren Untersuchungen dieser mysteriösen Zeichen. Reiche ahnte damals nicht, dass dieser Auftrag zu ihrem Lebenswerk werden sollte. Und diese Frau, wie immer unterwegs, um ihre Forschungen voranzutreiben, läuft uns über den Weg. Sie begrüßt uns zunächst freundlich, um dann zugleich die deutschen Lehrer zu kritisieren, die mit ihren Campingwagen über die Scharrbilder fahren und sie auf diese Weise zumindest teilweise zerstören. Wir stimmen ihr zu, löchern sie mit Fragen und kaufen zur Finanzierung der weiteren Arbeit ihr Buch „Geheimnis der Wüste". Es hat heute noch einen besonderen Platz in unserem Bücherschrank, weil sie es auch signiert und Ort und Datum hinzugefügt hat. Sie macht uns klar, dass noch lange nicht alle Rätsel um diese Scharrbilder gelöst seien, obwohl es immer deutlicher wird,

dass die vorgeschichtlichen Peruaner aus der Zeit der *Nazca*-Kultur

zwischen 300 v. Chr. und 900 n. Chr. hier tatsächlich einen

astronomischen Kalender anlegten. Die vielen schnur-
geraden Linien, von denen eine die Sommersonnen-
wende anzeigt, zeigen in Richtungen zu Auf- und Unter-
gängen von anderen Gestirnen einschließlich des Mondes.
Der wissenschaftliche Beweis dieser Theorie wäre mit
großem Aufwand verbunden, weil die Richtung der Linien
mit den Horizontpunkten beim Auf- oder Untergang der
Himmelskörper zur damaligen Zeit verglichen werden
müsste. Ungeklärt wäre dann aber immer noch die
Bedeutung der unterschiedlichen geometrischen Flächen,
der Drei- und Vierecke, der Trapeze und der zahlreichen
Vögel, der Skorpione, des Affen und all der anderen
tierähnlichen Gestalten.
Die Augen der Wissenschaftlerin strahlen, als sie uns die
ungewöhnlich hohe gedankliche und handwerkliche Leistung bei der Herstellung der Figuren nahebringen will. Es
leuchtet uns ein, dass all diese Figuren zuerst einmal im
Kleinen geplant und aufgezeichnet werden mussten.
„Doch der Prozess des Planens und des Übertragens von
einem Maßstab auf einen anderen setzt einen hohen Grad
von Abstraktionsvermögen voraus", so Frau Reiche. Und
weiter: „Wie sie dann über große Entfernungen hin jedem
Linienstück seinen richtigen Platz und seine Ausrichtung
geben konnten, ist ein Rätsel, zu dessen Lösung man noch
Jahre brauchen wird." Ihre ehrfürchtige Begeisterung
überträgt sich auf uns und wir hüten uns, irgendeinen
Schaden anzurichten.
In ihrem Buch entdecken wir später, dass die straßen-
ähnlichen Kurvenbahnen der rechte Fuß eines 180 Meter
langen Reptils sind, durch die *Panamericana* zerschnitten.
Am zweiten Weihnachtstag verlassen wir unsere Nord-
westrichtung und schwenken gen Nordosten Richtung
Cuzco. Es trennen uns nur noch 660 Kilometer von diesem
Ort, um unser Versprechen gegenüber den Wilhelmshavenern einzuhalten: Cuzco, 28. Dezember, zwölf Uhr.

Wir haben dafür zwar noch zwei Tage Zeit, doch nach unseren bisherigen Erfahrungen auf Perus Straßen beschleichen uns leichte Zweifel. Die werden an diesem zweiten Feiertag verstärkt beim kurvenreichen Anstieg in die Westliche Küstenkordillere mit dunklen Wolken, die den schon lange gefürchteten Regen bringen. Die Erdstraße wird stellenweise schlüpfrig und erfordert vor allem in den zahlreichen Kurven von der Person am Steuerrad ein gewisses Feingefühl.

Die Reifenpanne unserer *compañeros* ereignet sich glücklicherweise innerhalb eines Ortes, doch für die jüngere Dorfbevölkerung ist das wohl das Jahresereignis. Sie umlagern unsere beiden Autos dicht gedrängt, zwar friedlich, aber doch unangenehm neugierig, fast aufdringlich und zugleich ablehnend. Ingrid zieht sich in der Zwischenzeit in die Dorfkirche zurück und genießt dort die

Ruhe, ist jedoch erstaunt, als sie wieder nach draußen kommt und von dichtem Nebel umhüllt wird. Der begleitet uns einige Zeit bei unserem ständigen Anstieg hinauf auf die Hochebene in 4000 Metern Höhe. Die Fahrt durch die Dörfer ist wenig erbaulich. Die Hütten wirken erbärmlich und die davor hockenden *Indias* sehen trotz ihrer farbenfrohen Trachten fast verwahrlost aus. Wir spüren auch hier die ablehnende Haltung uns gegenüber, die wir schon als feindselig empfinden. Unser Gefühl wird bestätigt, als Kinder Steine in Richtung unserer fahrenden Campingbusse werfen. Das ist für uns eine neue Erfahrung, da wir bisher von Einheimischen nur positives Entgegenkommen erlebt haben.

Später lesen wir nach und können das Verhalten der einfachen Leute nachvollziehen. Nach dem Putsch 1968 verstaatlichte die Militärjunta ein Jahr später den Großgrundbesitz, größtenteils in ausländischer Hand, erlässt 1970 ein Industriegesetz, das die Erdölvorkommen, von ausländischem Kapital dominiert, nationalisiert, um damit einen dritten Weg zwischen Kapitalismus und Kommunismus einzuleiten. Für die Landbevölkerung reduzierten sich all diese Maßnahmen auf die einfache Devise: „Alle Ausländer beuten uns aus!" Und das bekommen wir zu spüren.

Obwohl wir uns für europäische Verhältnisse bald in Höhen befinden, die dort für die Landwirtschaft tabu sind, staunen wir über die Nutzung von Boden in 3000 Meter und sogar darüber. Die steil abfallenden Hänge werden durch Terrassenfelder ideal ausgenutzt. Diese Hänge wirken aus der Ferne auf uns wie ein Gruß aus der Vergangenheit, der in uns Respekt und Bewunderung hervorruft. Wir können nur ahnen, wann diese Terrassen angelegt wurden und in dem erdbebenreichen Land auch jetzt noch genutzt werden.

Zwischen den Schluchten fahren wir immer wieder auf Hochebenen, und da betreiben die Eingeborenen eine Art Weidewirtschaft. Wir sehen jedoch keine Kühe oder

Schafe, auf dieser Höhe dominieren Lamas, Alpakas oder *vicuñas*. Welche dieser kamelartigen Tiere der Besitzer zu einer Herde zusammenschließt, hängt von seinen Zielen ab. Die Lamas werden in diesen Höhen immer noch als Lastenträger gebraucht, so wie zu Inkazeiten. Ihre getrockneten Exkremente sind in den baumlosen Hochebenen ein wertvolles Brennmaterial. Die Alpakas, nur wenig kleiner als ihre Verwandten, liefern eine ideale Wolle, im Vergleich zur Schafwolle viel feiner und damit auch wärmer. Und in Gourmetrestaurants findet man auf der Speisekarte Angebote mit Alpakafleisch.

Doch für die kleineren und feingliedrigeren *Vicuñas* gibt es keine Konkurrenz, wenn es um Wolle geht. Das besonders feine Fell dieser Tiere ist ein idealer Kälteschutz bei einem Leben in einer Höhe von über 5000 Metern. Nur der Oberschicht der Inkas war es gestattet, Kleidung aus dieser Wolle zu tragen. Sie soll feiner sein als Seide, ein Grund dafür, dass sich auch heute ein Normalbürger Produkte aus diesem Material nicht leisten kann.

Für solche Herden sind riesige Flächen notwendig, denn der Pflanzenwuchs ist überaus dürftig. Wir spüren das raue Klima auch mitten im Sommer. Als wir nach einer Talfahrt die nächste Hochebene erreichen, schlängelt sich unsere Straße durch eine Schneelandschaft.

Obwohl wir schon zwölf Stunden unterwegs sind, haben wir noch nicht einmal 300 Kilometer geschafft, müssen nun aber nach einem Übernachtungsplatz Ausschau halten, denn es fängt schon an zu dämmern. Wir haben es uns angewöhnt, unseren Stellplatz noch bei Tageslicht anzusteuern, um ihn und seine nähere Umgebung in Augenschein zu nehmen. Die Beschaffenheit des Bodens und die Verbindung zur Straße sind von Bedeutung, um bei nächtlichen Überraschungen gut reagieren zu können. Doch heute finden wir in dieser unwirtlichen Gegend nichts, was uns reizen könnte, die Straße ein Stück weit zu verlassen. Wir stellen uns einfach an den Straßenrand und sorgen nur dafür, dass wir zumindest waagerecht stehen. Zum ersten Mal müssen wir auch unsere Heizung anstellen, denn die Temperaturen gehen deutlich unter null Grad. Ulrich schaut auf seinen Höhenmesser, da wundern wir uns nicht mehr über die frostigen Temperaturen – wir sind 3800 Meter über dem Meeresspiegel. Ich merke diese Höhe während der Nacht, denn der schmerzhafte Druck im Hinterkopf und eine leichte Übelkeit sind eindeutige Anzeichen der Höhenkrankheit *puna,* zum Glück in leichter Form.

Nach durchwachsener Nacht weckt uns die Sonne an unserem Übernachtungsplatz am Straßenrand. Die Aussichten, auf befahrbaren Straßen unser Ziel zu erreichen, steigen. Deshalb halten wir uns auch nicht lange mit der Frühstückszeremonie auf, wissend, dass die vor uns liegende Strecke wie immer unkalkulierbar ist. Doch bald verlassen wir die Hochebene, fahren hinab in ein Flusstal, dem wir für lange Zeit folgen. Und da bieten die Berghänge, mal ziemlich nah, mal weiter entfernt, zusammen mit dem Fluss zu unseren Linken ein besonderes Landschaftserlebnis. Die Hänge mit den faszinierenden Terrassenfeldern wirken aus unserer Perspektive tief unten noch imposanter, manchmal haben wir den Eindruck, als hängen sie förmlich in der Luft. Doch sobald sich das Flusstal verbreitert, sehen wir aus der Nähe auch, was hier so angebaut wird. Wir fahren an Zuckerrohr- und Maisplantagen vorbei oder an Kartoffelfeldern, wobei wir diese nur auf Hinweise von Einheimischen als solche erkennen. Vom saftig grünen Kartoffelkraut in wohlgeordneten parallelen Reihen und weithin sichtbaren weißen Blüten, wie wir sie aus deutschen Landen in Erinnerung haben, ist nichts zu sehen. Zumeist bestehen die Kartoffelfelder aus braunen Pflanzeninseln im steinigen Boden. Später in *La Paz* sehen wir aufgereiht die Produkte, die da in der Erde schlummern, und staunen über die Vielfalt in Farbe, Form und Größe dieser Erdäpfel.

Für die Mittagsrast finden wir eine ideale Stelle am Fluss. Da auch die Temperaturen recht angenehm sind, nutzen wir das fließende Wasser zu einer gründlichen Reinigung. Die Frauen wagen sogar eine Haarwäsche.

Bald sind wir in der kleinen Stadt *Abanquai*. An der Tankstelle füllen wir Benzin nach und im *mercado* ergänzen wir unsere Obst- und Gemüsevorräte. Plötzlich stehen auf dem Parkplatz zwei Männer in Zivil neben unseren Autos und verlangen *„sus documentos"*, die Dokumente. Wir zögern sichtlich, da zeigen die beiden ihre Ausweise, auf denen wir andeutungsweise etwas Amtliches erkennen. Sie fordern uns auf, mit zur Polizeistelle zu kommen. Zusammen mit Ulrich tue ich das dann auch und stelle dort fest, dass es sich tatsächlich um eine polizeiliche Kontrolle handelt. Wir wundern uns beide trotzdem, auf welch eigentümliche Weise alles vor sich geht: Zuerst die Zivilisten auf der Straße, die Ausweise von uns sehen wollen, dann das ungepflegte Innere der Polizeistation, die für uns noch ungewohnten Fragen nach unserem Woher und Wohin und schließlich die offensichtliche Unkenntnis der Polizisten bei unseren Fragen.

Gegen Abend, es dämmert schon wieder, suchen wir in einer immer enger werdenden Felsschlucht nach unserem Übernachtungsplatz. Wir geben die Hoffnung schon auf und stellen uns wieder auf einen Standplatz am Straßenrand ein, da öffnet sich die Schlucht, und wir entdecken wenig später einen perfekten Platz direkt am Fluss. Die

Felswände sind weit genug weg, um bei einem Erdbeben keine Brocken abzubekommen, der Platz auch hoch genug, um bei starkem Regen nicht weggespült zu werden. All das wird von milder Luft umspült, sodass wir einen traumhaften Abend genießen können. Ich sitze zusammen mit Ulrich sogar in der Nähe des Flusses, um Offiziersskat zu spielen.

Ganz bewusst ziehen wir uns recht bald zurück, denn morgen wollen wir allein zu früher Morgenstund' starten, um rechtzeitig am Flughafen in *Cuzco* zu sein. Die Maschine aus *Lima* mit unserem Steinmetzehepaar soll nach unseren Informationen in *Arequipa* gegen zwölf Uhr landen und uns trennen nur noch „schlappe" 200 Kilometer vom Ziel. Insgeheim belasten uns jedoch die bisherigen Tageskilometer.

Wir starten um sechs Uhr mit Sonne, aber ohne Frühstück. Die Sonne liefert uns ein beruhigendes Gefühl, denn vor schlüpfrigen oder sogar unpassierbaren Straßen werden wir sicherlich verschont. Das Frühstück holen wir nach, wenn uns danach zumute sein wird.

Am Straßenrand stehen viele *Indios*, schwer bepackt mit den unterschiedlichsten landwirtschaftlichen Produkten, die sie in *Cuzco* verkaufen wollen. Wir können uns bei diesem Anblick nicht vorstellen, dass es so viele öffentliche Verkehrsmittel gibt, die diese Menge Menschen samt ihrer noch größeren Menge Gepäck transportieren. Bei der Weiterfahrt erkennen wir bald die Lösung dieses Problems. Wir überholen normale Linienbusse mit gewaltigen Gepäckmassen auf dem Dach, wir überholen Lastwagen auf einer Leerfahrt zurück nach *Cuzco*, gefüllt mit landwirtschaftlichen Produkten und den Besitzern dieser Kostbarkeiten, und wir überholen auch private *camionetas*, Minilastwagen, die leer in Richtung große Stadt starteten, um dort kräftig einzukaufen, und nun auf der Hinfahrt schon gut gefüllt sind.

Wir queren in einer tiefen Schlucht den Fluss *Apurímac*, der sich stolz als „ein Quellfluss des Amazonas" bezeichnen darf, und sehen diesem tosenden Gewässer an, welche Höhenunterschiede es auf kurzer Distanz überwindet. Es soll Kanuten geben, die sich diesem Tosen anvertrauen, um beim Überwinden der Schnellen und Wassersprünge ihren Adrenalinkick zu bekommen. Wir bleiben am sicheren Ufer und staunen wenig später über die landwirtschaftlichen Produkte des sich nach beiden Seiten verbreiternden Tales. Inzwischen nur noch auf einer Höhe von 2300 Meter sind die Tee- und Kaffeeplantagen für uns zwar überraschend, aber erklärlich, denn wir sind relativ nah am Äquator.

Die riesigen Plantagen werden von landwirtschaftlichen Genossenschaften bewirtschaftet. In den Eingangsbereichen lesen wir an halb verfallenen Mauern alte Parolen, die uns an unsere DDR-Vergangenheit erinnern. „*Viva el Socialismo*" lesen wir oder „*Venceremos*" – in unserer alten Heimat ließ man auch den Sozialismus hochleben und war überzeugt davon, dass „wir siegen". Mitten auf den Feldern ragen immer noch bedeutende

Werbeköpfe empor. Auf gewaltigen Sockeln sind sie auch jetzt noch weithin sichtbar und zeigen sich mit ihrem ganzen martialischem Gesichtsausdruck und ebensolchem

Outfit, doch den Begriff „Revolution" haben wir in der DDR so direkt nicht gesehen.

Wir sind aus dem Flusstal schon einige Zeit heraus und fahren auf der nächsten Hochebene Richtung *Cuzco*, da hören wir und sehen dann auch ein Flugzeug, das über uns hinweg zu dem Flughafen strebt, der auch unser Ziel ist. Sitzen da unsere Wilhelmshavener drin? Mit dem Gaspedal kann ich keine Zeit schinden, denn die Straße ist weiterhin nicht für hohe Geschwindigkeiten geeignet, entweder sind es die vielen Kurven, die dem Gaspedal Zurückhaltung auferlegen, oder ihr Zustand verhindert so etwas. So hoffen wir, dass diese Maschine über uns nicht aus *Lima* kommt, sondern aus *La Paz* oder *Bogotá*.

Dem ist jedoch nicht so. Wir steuern auf den Haupteingang des Flughafengebäudes zu und sehen am Rande der Zugangsstraße zwei verzweifelte Bleichgesichter, die die aufdringlichen Angebote der Einheimischen mit Mimik und Gestik abzuwehren versuchen. Sie wollen sich nicht die Schuhe putzen lassen, sie wollen auch kein Taxi herbeirufen oder irgendwelche andere Wohltaten zulassen. Sie wollen nur auf ein Ehepaar warten, das versprochen hat, sie am 28. Dezember um zwölf Uhr am Flughafen von *Cuzco* in Empfang zu nehmen. Doch wie soll man solche Erwartungen den zu jedem Service bereiten Einheimischen verständlich machen, wenn man kein Wort Spanisch spricht?

Ihre verzweifelten Abwehrmaßnahmen sehen wir schon aus der Entfernung und ihre Erleichterung spüren wir sofort nach dem Verlassen unseres Autos. Rudolf zeigt sie, indem er Ingrid in die Arme nimmt, um sie fest umschlungen um sich herumzuwirbeln. Er wundert sich ziemlich schnell über die Luft- und die Herzprobleme, die dieser Freudentaumel bei ihm auslöst. Doch bevor neue Verzweiflung emporkocht, machen wir beide auf die stolzen 3300 Meter Höhe aufmerksam, die sie in kurzer Zeit zwischen *Lima* und *Cuzco* überwunden haben. Dann schieben wir eine Entschuldigung dafür hinterher, dass wir sie so lange in einer verzweifelten Situation haben schmoren lassen. „Bei 4000 Kilometern Anfahrtsweg ist eine Stunde Verspätung sicherlich akzeptabel!", wohl wissend, dass solch eine Floskel nicht die bangen Warteminuten ungeschehen machen kann.

Wir bringen die beiden sofort ins reservierte Hotel, um ihnen Zeit zum Akklimatisieren zu geben. Für unseren Übernachtungsplatz steuern wir ein Kloster an, das uns dafür empfohlen wurde. Doch leider ist die Zufahrt komplett gesperrt. Auch ein Kloster muss hin und wieder runderneuert werden. Wir haben zwar noch Übernachtungsalternativen, müssen nun aber auf unsere *compañeros* warten, denn das Kloster haben wir als Treffpunkt in *Cuzco* ausgemacht. Es dauert recht lange, bis sie auftauchen, und die nächste Unterkunft ist ziemlich frustrierend. Wir stehen dort fast im Freien, ohne äußerlichen Schutz. Nur gut, dass wir von einem peruanischen Kollegen der Deutschen Schule in *Arequipa* noch eine Telefonnummer haben. Seine Schwester leitet eine große Schule in *Cuzco*. Ein Anruf genügt und sie gestattet uns die Einfahrt auf das umzäunte Schulgelände. Dort stehen wir sicher, wenn auch die Umgebung in uns Vergleiche zu unseren deutschen Schulen in Chile heraufbeschwört. Eine gründliche Renovierung, nicht nur mit Farbe, würde diesem Schulkomplex guttun. Doch wo sagt das Äußere etwas über die Qualität im Inneren aus?

Um zu sehen, wie es Silvia und Rudolf ergeht, fahren wir zu ihrem Hotel. Sie sind putzmunter und haben sich vom Warteschreck bereits gut erholt und schon auf die *Cuzco*-Höhe eingestellt.

Sogleich machen wir uns auf, um zu Fuß die archäologischen Besonderheiten *Cuzcos* zu erkunden.

Und dieser Gang begeistert uns rundum, den Steinmetz Rudolf natürlich in besonderer Weise. Wir können ihn kaum losreißen vom Betrachten der alten, perfekt

erhaltenen inkaischen Grundmauern, deren spanischer Überbau nach Erdbeben mehrmals neu errichtet werden musste. In der engen *Calle Loreto* sind wir rechts und links eingerahmt von festgefügten Mauern ohne Mörtel. Während auf der einen Seite die quaderförmigen Steine fast eine parallele Linie in der Waagerechten bilden, ist diese Linie auf der anderen Seite der Straße wellenförmig. Ein Wellental wird dabei vom darunter liegenden Stein nicht ausgeglichen, sondern weitergegeben, über mehrere Gesteinsschichten hinweg.

An anderer Stelle fesselt uns eine Öffnung, die auf faszinierende Weise zeigt, wie die von außen als einfache Quader sichtbaren Steine innen durch Löcher und Nasen und durch trapezförmige Einschnitte noch zusätzlich verankert sind und die

Stabilität der Mauer garantieren.

In der *Calle Hatun-rumiyoc* nehmen wir uns am Fundament des Palastes *Inca Roca* Zeit, um diese Mauer

genau zu betrachten. Wir finden unter all den
Steinblöcken keinen einzigen, den wir als exakten Quader

bezeichnen könnten. Stets gibt es innerhalb der Waagerechten und der Senkrechten noch Einbuchtungen. Ein
Stein, genau in der Mitte einer leicht nach hinten geneig-
ten Mauer, hat drei verschieden geformte spitze Ecken,
die anderen drei sind unterschiedlich gerundet. Und
dieser Stein ist umringt von wesentlich größeren anderen,
die sich exakt in all die vorgegebenen Aussparungen und
Vorsprüngen einpassen. Sie passen sich so gut ein, dass
wir auch bei genauerem Hinschauen keinen Zwischenraum entdecken. Wir glauben schnell, was wir vorher gelesen haben. Zwischen die ohne Mörtel aufeinandergesetzten gewaltigen Steine passt keine Rasier-
klinge. Rudolf steht davor und schüttelt nur den Kopf. Er
wüsste auch nicht, wie er die Bearbeitung und das
Zusammenpassen der Steine trotz all seiner zur Verfügung
stehenden Maschinen zuwege bringen könnte. An der
gleichen Mauer finden wir auch noch den berühmten „12-
Ecken-Stein", der für sich allein schon eine Besonderheit

215

darstellt. Die ihn umgebenden Steine betonen das alles, denn sie fügen sich, was der „12-Eck" auch vorgibt, perfekt in all seine Nischen und Ecken ein.

Dieses lange Schlendern und der hinter uns liegende Tag sagen uns bald, was wir nun tun sollten: Schlafen, auch wenn es noch immer taghell ist. Wir folgen unserer Natur. Bevor wir uns am nächsten Tag das Innere der christlichen Monumentalbauten ansehen, zieht es uns in die nähere Umgebung von *Cuzco*, um das auf uns wirken zu lassen, was die Inkas außerhalb in Stein geschaffen haben. Vieles davon ist noch erhalten, obwohl es von den Spaniern für

den Aufbau ihrer Kirchen oder Häuser mächtig reduziert wurde. Diese in Stein gehauenen Erinnerungen an die Inkazeit gibt es rings um *Cuzco* zuhauf.

Wir steuern zuerst einmal die am Rande der Stadt liegende Inkafestung *Sacsayhuamán* an. Diese in der Mitte des 15. Jahrhunderts entstandene gewaltige Mauer aus riesigen Granitkolossen beeindruckt uns sofort, weil sich uns die Frage aufdrängt, wie diese Felsungetüme transportiert worden sind, zumal der Steinbruch über 20 Kilometer entfernt ist und der größte Monolith 200 Tonnen wiegt. Auch die Frage, die uns beim Schlendern durch die Gassen von *Cuzco* und beim Betrachten der relativ kleinen Gesteine gestern schon beschäftigte, taucht wieder auf: „Wie haben die Bauleute auch diese Gesteinsungetüme millimetergenau bearbeiten können, damit sie sich nach oben und zur Seite fugenlos anpassen?" Wir werden uns wohl weiterhin aufs Staunen einstellen müssen.

Die Archäologen sind sich noch nicht einig, was die Inkas dazu gebracht hatte, diese dreifach übereinander getürmte Zickzackmauer mit einer Länge von fast 600 Metern zu errichten. Doch diese gewaltigen Steinkolosse zwischen zehn Metern Höhe bei der unteren Schicht und fünf Metern bei der dritten lassen uns mehr Richtung Verteidigung denken, obwohl die große freie Fläche davor auch die Interpretation für Repräsentation oder religiöse Zeremonien zulässt. Auf der oberen Ebene sehen wir von Steinen eingefasste Kanäle. Auch sie lassen Vermutungen in jede Richtung zu.

In *Q'enqo* oder auch *Kenko* ganz in der Nähe fallen uns zerklüftete Kalksteinfelsen auf. Ein von senkrechten Felswänden gebildeter breiter Spalt, beim Vorübergehen kaum zu entdecken, öffnet den Blick hinab ins Innere einer Höhle, einer Kultstätte der Inkas. In ihrer Mitte wurde ein gewachsener Stein so bearbeitet, dass er wie ein Altar aussieht. Einige Treppenstufen, ebenfalls aus dem Fels heraus geformt, führen zu ihm hinab. Wir können uns gut vorstellen, was wir zuvor gelesen haben. Hier wurden Tote für ihre Reise ins andere Reich vorbereitet. Bei diesen Ritualen wurden auch Opfer dargebracht, denn eine schlangenförmige Rinne war wohl dafür bestimmt, Trank- oder Blutopfer aufzunehmen. Wir haben das Gefühl uns am „Eingang zur Unterwelt" zu befinden.

Geschäftstüchtige *Quechua-Indios* bieten in der Nähe unseres Parkplatzes ihre Produkte an. Ein aus Serpentin ge-

 fertigtes *Indio*-Paar gefällt uns sehr. Doch bevor es in unseren Besitz übergeht, läuft eine Art Zeremonie ab, die wir in den nächsten Tagen oft erleben – es wird gehandelt. Stets beginnen die *Indios* den *gringos* gegenüber mit einem überhöhten Preis. Das hat nichts mit der feindseligen Haltung zu tun, die wir in den abgelegenen Dörfern auf unserer Fahrt nach *Cuzco* erlebt haben. Die Eingeborenen, die inzwischen gelernt haben, mit Touristen umzugehen, sind nur gewinnorientiert. Dabei sind sie nicht stur und verbissen, sondern zumeist auch damit einverstanden, dass der Preis gedrückt wird. Nicht immer werden wir mit den Verkäufern handelseinig. Doch dieses Mal haben wir das *Quechua*-Paar bald in unseren Händen – noch heute erinnert es uns an das Gefühl am „Eingang zur Unterwelt".

Das Verhandeln beim Kauf eines von uns gewünschten Produktes wird bald zu einer Art sportlichem Ereignis und hinterlässt nie einen fahlen Nachgeschmack, weder bei uns noch bei den Verkäufern, die das übergebene Geld stets voller Zufriedenheit in ihren Beutel stecken.

Das ist nicht so beim Aushandeln von Taxipreisen, vor allem dann nicht, wenn beim Einstieg ein Preis genannt wird und beim Ausstieg ein deutlich höherer, stets mit irgendeiner fadenscheinigen Begründung. Bei solchen Gelegenheiten entwickle ich eine unwahrscheinliche Sturheit, die einmal sogar fast zum Hilferuf bei der Polizei wurde. Als bei dieser Drohung der Taxifahrer schnell einlenkte, wurde unser Erfahrungsschatz, sich nicht übers Ohr hauen zu lassen, deutlich erweitert.

Bei unseren Fahrten durch das Land ergeben sich noch andere Situationen, bei denen es ums Verhandeln geht oder eher um abwehrende Diskussionen. Es gibt in Peru und auch in Bolivien viele Straßenkontrollen. Ein Schlagbaum zwingt zum Anhalten. Nach einer gewissen Wartezeit merkt man, dass die Kontrolle nicht am Auto stattfindet, sondern in der Baracke daneben. Diesen Gang hinein vollziehen wir stets mit Warnungen im Hinterkopf. Immer wieder erleben wir, dass die Polizei Geld von uns will – für Passierstempel oder für andere sogenannte Dienstleistungen, die gar nicht erbracht wurden. In solchen Situationen werde ich in die Höhle des Löwen geschickt. Und ich berichte danach, mit welcher Unverschämtheit die Polizei Ausländer ausnehmen will. Ich spiele erst im letzten Moment, wenn bei der Diskussion gar nichts mehr geht, meinen entscheidenden Trumpf aus: *visa oficial* für Peru und auch für Bolivien, ein Stempel, der international bestätigt, dass der Passinhaber in offizieller Mission unterwegs ist. Danach haben wir stets freie Durchfahrt.

Rund um *Cusco* gibt es solche Kontrollen nicht, für den zunehmenden Tourismus sind sie ein Ärgernis. So gibt es für uns auch kein polizeiliches Anhalten während der relativ kurze Fahrt von *Q'enqo* zum Wasserheiligtum *Tambomachay*. Für die zwei Kilometer brauchen wir trotzdem einige Zeit, denn es geht wieder hinab in ein Tal und dann wieder hinauf, um auf die 3700 Meter zu kommen, und der nächtliche Regen hat die unbefestigte Straße nicht für hohe Geschwindigkeiten vorbereitet.

Schon der Anblick aus der Ferne lässt uns das Heiligtum ahnen, wobei auch hier wieder die Archäologen davon ausgehen, dass es sich um einen Teil der Verteidigungsanlagen um *Cuzco* handelt. Die mit Inkagenauigkeit aufgerichteten Häuser zeigen im Inneren viele trapezförmige Nischen, die auch in anderen Heiligtümern vorzufinden sind. Auch die Wasserrinnen, kreuz und quer von oben nach un-

ten, deuten nicht auf eine Art Wasserversorgung bei Verteidigung hin. Deshalb entstanden auch *Quechua*-Legenden, die den Ort als Wasserheiligtum bestätigen wollten. Von der letzten Ebene aus gibt es zwei Wasserrinnsale nach unten. Wenn man sich am rechten Wasserlauf befeuchtet, so die Legende, wird man jünger, eine Benetzung am linken Wasserlauf verspricht einer Frau die Geburt von Zwillingen.

Wiederum in unmittelbarer Nachbarschaft treffen wir auf andere Inkaruinen, bei denen man nicht so genau weiß, welchen Zweck sie erfüllten. In *Puca Pucará* überwiegt die Einschätzung, dass sie der Verteidigung von *Cuzco* dienten, auch als Versorgungslager. Wir bewundern wieder das fugenlose Aufeinandersetzen von exakt bearbeiteten Steinen.

Eine *India*, die eine an einem Wollfaden hängende Spindel geschickt immer wieder zum Drehen bringt, um Alpakawolle in Garn zu verwandeln, präsentiert sich uns zusammen mit ihren vier Kindern. Zwei davon schmiegen sich schüchtern an ihre Mutter. Sie trägt die typische Tracht der Hochland-*Quechuas*. Am auffäl-

220

ligsten ist der keck auf dem Kopf sitzende tellerförmige Hut. Über ihren Schultern liegt ein gewebtes Umschlagtuch mit geometrischen Mustern und stilisierten Tierfiguren. Sie hat es vorn zusammengesteckt, sodass es die ebenso bunte Bluse fast verdeckt. Die *India* wirkt pummelig, doch das suggerieren wohl die vielen Röcke, die sie umhüllen. Ihre Anzahl können wir anhand der knapp über dem Boden sichtbaren unterschiedlichen Saumränder nur erahnen, denn nicht alle davon sind eindeutig zu sehen. Es sollen bis zu zehn Röcke sein, die die Frauen umhüllen.

Ihr älterer Sohn trägt eine Mütze mit angestricktem Ohrenschutz. Diese Inkamützen, *chullos* genannt, gibt es mit unterschiedlich gestrickten Mustern und sind bei Männern sogar ein Zeichen für die gesellschaftliche Position. Der etwa Fünfjährige hat in der Hand einen Grabstock, der zum Lockern der steinigen Erde dient, und seine Schwester zeigt die Verbundenheit zum eigenen Vieh, indem sie ein kleines Lama in ihren Armen hält. Diese sichtliche Aufforderung zu einem Foto, natürlich bei geöffneter Hand, symbolisiert trotzdem recht überzeugend die Einnahmequellen der Eingeborenen. Die werden an anderer Stelle ergänzt, dort, wo eine *India* an ihrer einfachen Webeinrichtung sitzt, um die eingefärbten Alpakagarne in wunderschöne Bänder zu

verwandeln. Diese *fajas* verwenden sie selbst auf ganz

unterschiedliche Weise, doch auch für uns Touristen sind sie ein beliebtes Erinnerungsstück. Der Slogan „Vom Erzeuger zum Verbraucher" ist uns schon bekannt, der Begriff „Nachhaltigkeit" existiert für uns noch nicht – doch unsere Dias von damals verdeutlichen beides auch heute noch.

Steinmetz Rudolf ist so begeistert von all den fugenlosen Inkasteinen, dass er mit Freuden zustimmt, als wir vorschlagen, noch eine andere Ruinenstätte aufzusuchen. Sie ist nur wenig mehr als 30 Kilometer von *Puca Pucará* entfernt. Doch bei den Regenschauern und dem Hinab und wieder Hinauf zwischen 3000 und 4000 Metern Höhe auf unbefestigter Straße müssen wir für die Hinfahrt fast zwei Stunden einkalkulieren. Für die Rückfahrt nach *Cuzco* bleibt dann nur noch die Zeit, die uns die Besichtigung von Pisac mit dem Aufstieg zur „Bergfeste der Inka" übrig lässt. In diesem Moment sind wir zum ersten Mal froh, dass wir durch unseren Campingbus vom Zeitdruck befreit sind. Sollte uns in *Pisac* die Zeit davonlaufen, dann können wir irgendwo übernachten, ohne vorausgehende Reservierung. Unser fahrendes Wohn-, Ess- und Schlafzimmer ist schon seit *Santiago* auf vier Personen eingestellt.

Von der Bergfeste der Inka sehen wir bei unserer kurvenreichen Abfahrt Richtung *Pisac*-Zentrum nichts, dafür ist der sich immer wieder ändernde Blick auf den *Rio*

Urubamba faszinierend. Unten empfängt uns auf dem Markt ein echtes Gewimmel, aber zu sehr von „uns", den Touristen, durchsetzt. Auch die Angebote sind darauf eingestellt, es gibt alles hundertfach, wohlgeordnet aufgereiht in fest installierten Verkaufsständen. Ursprünglich und echt wirken nur die *Indias* in ihrer farbenfrohen Kleidung, wobei uns besonders die unterschiedlichen Hutformen auffallen. Die zumeist im Hintergrund stehenden Männer sehen in ihrer westlich angehauchten Kleidung dagegen fast erbärmlich aus.

Vom Markt selbst sind wir enttäuscht und suchen deshalb ziemlich bald den Aufstieg zur tatsächlichen Bergfeste mit dem klangvollen Namen *Intihuatana,* dem Sonnengott *Inti* geweiht.

Beim Aufstieg beeindruckt uns vor allem der Blick auf die von den Inkas angelegten Terrassenfelder, die mit ihrem ausgeklügelten Bewässerungssystem auch heute noch funktionieren, von weit oben in den Bergen über unzählige Terrassen bis hinunter ins Tal des *Urubamba*-Flusses.

Oben im „Heiligen Bezirk" sehen wir bald den gewaltigen Felsen, an dem nach dem Glauben der Inkas die Sonne angebunden ist. Am Hang des Felsens und zu seinen Füßen entstanden Gebäude, die wie eine Festung wirken. Die

Mauern, wieder aus passgenauen Quadern ohne Mörtel,

sagen das auch heute noch ganz deutlich. Drinnen spüren wir, dass diese Festung auch Zeremonienstätte war. Wir erkennen deutlich den Unterschied zwischen Wohn- und

Tempelbereich, in dessen trapezförmigen Nischen wir uns sehr gut Opfergaben oder anbetungswürdige Symbole vorstellen können. Doch ohne die fehlenden Dachkonstruktionen aus Holz und ohne Inneneinrichtungen ist es für uns schwierig, das normale Leben in diesen Mauern nachzuempfinden.

Die Inkas halten tatsächlich die Zeit für uns an. Wir sind überrascht, als sich die Sonne deutlich dem Horizont nähert. Nur gut, dass es bis zum Campingbus nur bergab geht und wir auch bald am Fluss einen wunderschönen Stellplatz finden.

Wir sind todmüde nach diesem intensiven Tag, sodass die

erste Campingübernachtung mit unseren Wilhelmshavenern nur mit einem kurzen Abendprogramm einge-
läutet wird. Und dieses Programm besteht aus der Zubereitung von Nudeln, natürlich verfeinert mit Blicken auf
den wild rauschenden *Urubamba* und die umgebenden
Berge und garniert von unseren Hinweisen darauf, wo wir
uns befinden. Die einfache Tomatensauce zum Nudel-
gericht reicht dann, um unseren Geschmacksnerven ein
internationales Gericht vorzugaukeln.

Nach einer wundervoll ruhigen Nacht mit unseren beiden
Wilhelmshavenern im ersten Stock unseres Campingbusses folgt ein erholsamer Tag am Fluss. Nach der morgendlichen Flusswäsche weiß ein jeder beim Gang in die
Landschaft, was es zu beachten gibt: „Das stille Örtchen
sieht danach genauso aus wie vorher!!!" Unser kleiner
Klappspaten ist dabei behilflich, wie schon viele Male in
den Jahren vorher.

Keiner von uns merkt noch etwas davon, dass wir uns auf
3500 Höhenmetern befinden. Dem Frühstück im Sonnenschein vor unserem Bus, wieder mit dem Flussrauschen im
Ohr und den Anden im Blick, folgen spannende Momente.
Ich will auch in Peru meiner Anglerleidenschaft frönen.
Gewöhnlich besteht sie darin, in einem Ruderboot über
einen See zu rudern und dabei den Fischen ein Leckerli
anzubieten. Doch meine Leidenschaft ist für Ausnahmen
bereit. Und diese Ausnahme rauscht vor mir und streicht

jeden Gedanken an ein
Ruderboot und an
Leckerli-Angebote für
friedliche Seefische. Ich
wähle aus meinem
Ködervorrat einen kräf-
tigen Blinker, suche
eine leicht erhöhte
Stelle am Fluss und
werfe meinen Köder

kraftvoll einmal, auch nicht dreimal, auch nicht … das mache ich recht oft. Die drei anderen Zuschauer, zunächst deutlich interessiert, verkrümeln sich allmählich in die interessante Flusslandschaft. Ich halte durch, weil auch kein Blinker an irgendwelchem Gestrüpp hängen bleibt und damit verloren ist. Dafür bin ich immer wieder dabei, die Blinker auszutauschen. Ich probiere es mit anderen Farben und mit anderen Gewichten, die *Urubamba*-Fische sind anscheinend nicht auf chilenische Köder eingestellt. Ein Angler merkt das erst nach Stunden, so auch ich. Doch mein Bericht von den Versuchen ohne Erfolg hört sich recht spannend an, obwohl die anderen drei wesentlich

Spannenderes berichten können. Bei ihrer Flusswanderung sehen sie, wie eine *India* am Fluss Kleidung wäscht. Sie braucht dafür beide Hände. Das schafft sie, obwohl sie ein Kleinstkind dabeihat. Das hängt zufrieden im Umschlagtuch auf dem Rücken der *India*. Dieses Tuch offenbart sich uns allmählich als ein vielseitiger Gebrauchsgegenstand.

Später sehen wir es auch als reines Lasttuch, in dem die eigenen landwirtschaftlichen Produkte zum Markt ge-

schleppt werden. Stets ist es vorn fest zugeknotet. Doch wenn dieses Tuch nur als Schmuck dient, dann wird der Knoten durch eine schmückende Nadel ersetzt, um es zusammenzuhalten.

Bei unserer Rückfahrt nach *Cuzco* begegnet uns ein Transportkonkurrent.

226

Wir lassen ihn nach einem Foto links liegen.

Doch eine Ansiedlung bald danach zwingt uns zum Anhalten und zum Schauen. Wir sehen an einem Hang zwei Gehöfte mit Nebengebäuden, alle strohgedeckt und ohne Fenster. Oberhalb dieser beiden Bauernstellen ist die Moderne eingezogen. Die beiden Holzhäuser mit

Wellblechdach haben sogar schon Stromanschluss. Ringsherum gibt es bestellte Felder. Sie liegen alle am Hang und die Pflanzreihen sind so angelegt, dass das Regenwasser in gewünschte Bahnen gelenkt wird.

Der letzte Tag des Jahres 1976 wird zu einem Höhepunkt unserer Reise. Wir werden den Jahreswechsel in *Machu Picchu* verbringen. Der Campingbus bleibt gut gesichert innerhalb der Schule, denn hin zu dieser Bergfeste gibt es keine Straße. Den spannenden Inkapfad zu Fuß wollen wir uns nicht antun, obwohl wir die tollsten Berichte von diesem Abenteuer hören. Wir vertrauen uns den Schienen an. Diese Eisenbahnverbindung war nicht so leicht zu verwirklichen, denn es mussten nicht nur enorme Höhenmeter überwunden, sondern im engen *Urubamba*-Tal auch gewaltige Erd- und Felsmassen beseitigt werden. Nur so ist es zu verstehen, dass es bis 1928 dauerte, also fast 15 Jahre nach Baubeginn, bis die Verbindung von *Cuzco* bis *Aguas Calientes*, der Endstation am Fuße der Bergfeste, fertiggestellt war.

227

Für uns beginnen Verbindungsschwierigkeiten schon vor dem Einstieg ins Taxi, das uns vom Hof unserer Schule aus am Hotel von Silvia und Rudolf vorbei zum Bahnhof bringen soll. Der Taxifahrer wittert anscheinend das Geschäft des Jahres und verlangt einen unverschämten Preis. Doch allein der deutliche Hinweis auf andere Taxis, zumal noch mit einer Stimme entgegengehalten, die keinen Widerspruch duldet und Sachkenntnis vortäuscht, lässt ihn einsehen, dass es hier für ihn nur ein „entweder oder" gibt.

Die Ausstattung des Zuges überrascht uns, denn wir haben nicht das Gefühl einer dritten Klasse. Überrascht sind wir auch von der Art und Weise, wie die bedeutenden Höhenunterschiede überwunden werden. Die Konstrukteure brauchten dafür wenig Platz und schon gar kein Ausbaggern und Bewegen von Erdmassen. Das Geheimnis ihrer idealen Lösung sind vier Spitzkehren, mit

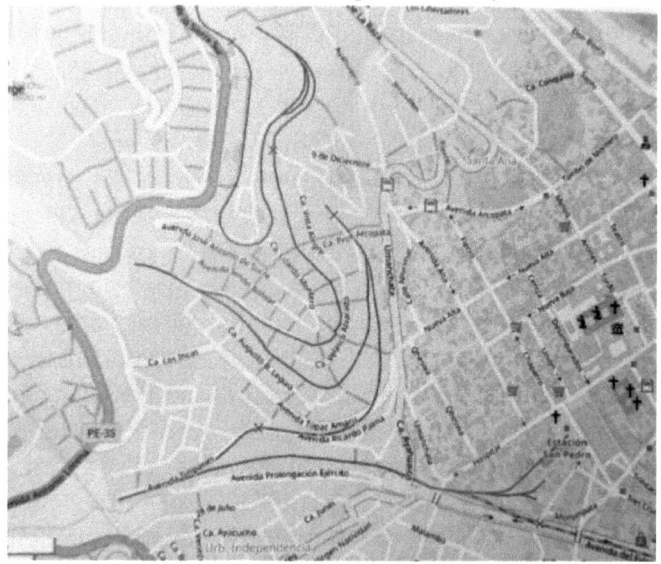

denen über eine Zickzackspur der Zug große Höhen überwinden kann. Dafür brauchten sie nur eine Weiche, ein etwas verlängertes „totes" Gleis und einen

Triebwagen, der seine Fahrtrichtung, ohne zu rangieren, ändern kann. Die Fahrzeit wird dadurch zwar etwas verlängert, doch welcher Tourist wird in dieser Beziehung Klage erheben? Wir brauchen für die 120 Kilometer über vier Stunden, doch diese Zeit ist ausgefüllt vom Schauen bei den Richtungswechseln in den Spitzkehren und vom Staunen danach bei der Fahrt durch das „Heilige Tal" entlang des *Urubamba*. Auf der einen Seite beeindruckt uns der dahinschießende stürmische Fluss, auf der gegenüberliegenden bedrücken uns die fast senkrecht aufragenden Felsen, deren Spitzen, zumeist von den schnell dahinziehenden Wolken umhüllt, plötzlich wieder freigegeben werden. Zwischendurch machen wir uns gegenseitig voller Hochachtung auf die Leistung der Streckenbauer aufmerksam, die diese Verbindung konstruiert haben. Schließlich wundern wir uns, wie schnell Zeit vergehen kann, denn schon werden wir in *Aguas Calientes* zum Aussteigen aufgefordert.

Nur gut, dass wir nicht nervös werden müssen. Das hätte nach dem Verlassen des Zuges leicht passieren können, denn nun sehen wir, welche Menschenmassen transportiert wurden. Und all diese Menschen wollen nun hinauf, um über eine Serpentinenstrecke von acht Kilo-

metern das Ziel ihrer Wünsche zu erreichen. Es gibt zwar einen Fußweg, der das auch ermöglicht, doch der kommt für die allermeisten ebenso wenig infrage wie für uns, denn die Sonne und die Temperaturen meinen es schon recht gut. Die 400 Höhenmeter, die dabei überwunden werden müssen, sind auch bei niedrigeren Temperaturen nicht jedermanns Sache.

Der Transport mit den kleinen Bussen ist morgens bergauf voll ausgelastet, und zwar so sehr, dass er an der Bahnstation einen sichtbaren Menschenstau verursacht. Den sehen wir vor uns und sind froh, auf die Auflösung dieses Staus in Ruhe warten zu können, denn wir wollen da oben übernachten.

Mit der Wiederentdeckung der Inkabauten im Jahre 1911 durch den amerikanischen Archäologen Bingham, ihrer Freilegung und dem Beginn ihrer Restaurierung wurden auch Unterkünfte für die daran beteiligten Menschen notwendig. Die wurden schon im Entdeckungsjahr als einfache Behausungen am Rande der Ruinenstadt errichtet. Diese Unterkünfte wurden im Laufe der Jahrzehnte erweitert und verbessert, sodass bei unserer Reservierung in *Cuzco* bereits von einem Hotel gesprochen wird, zwar bescheiden und mit Einschränkungen, aber beim vorausgesagten Rückstau der Menschenmenge am Bahnhof für uns schon im Voraus recht wohltuend. Gegen Mittag sind wir endlich oben und sehen um uns nur Touristengewimmel, eigentlich gar zu viele Gleichgesinnte. Wir suchen erst einmal unser Hotel *„Entur Peru"* auf, das außerhalb des Festungsgeländes liegt, essen dort zu Mittag und leisten uns sogar einen kurzen Mittagsschlaf. Erst dann gehen wir auf Entdeckungstour. Viele unserer Mitreisenden sind schon wieder auf dem Weg nach unten. Bei unserem Gang vom Hotel zur Ruinenstadt passieren wir die imposanten Terrassenfelder. In ähnlichen Ausmaßen haben wir sie zwei Tage zuvor in *Pisac* gesehen. Doch hier ergeben die an einem steileren Hang errichteten

Steinmauern deutlich größere landwirtschaftliche Anbau-

flächen und verhindern zugleich, dass es bei den sintflut-
artigen Regenfällen zwischen Oktober und März zu Erd-
rutschen kommt. Später lesen wir, auf welch perfekte Art
und Weise die Inkas diese Terrassen angelegt haben, um
das zu verhindern. Sie haben nicht einfach nur diese bis zu
drei Meter hohen Steinmauern auf uns schon altvertraute
Inkamanier ohne verfestigenden Mörtel errichtet und dahinter Erde aufgeschüttet, sondern diese Aufschüttung
wohl durchdacht. Einer Grundschicht aus grobem Gestein
folgen aufsteigend weitere wasserdurchlässige Schichten. Erst ganz oben schließt das Ganze eine dicke frucht-
bare Erdschicht für den Pflanzenanbau ab. Spätere Forschungen ergeben noch Erstaunlicheres. Unterhalb der
letzten Schichten der Terrassen entdeckte man noch zusätzliche Abflusskanäle, die ein zwischenzeitliches Über-
angebot an Regenwasser ableiten konnten. Auch mit
diesen Kenntnissen können wir die Inkas nur noch bewundern, dass ihre Terrassen nach vielen Jahrhunderten
immer noch im ursprünglichen Zustand erhalten sind.
Jetzt bedecken die waagerechten Flächen ein saftiges
Wiesengras, durchmischt mit farbenfroher Blumenpracht,
und wir bedauern, dass es keine Tiere gibt, die all das
genießen, können uns aber gut vorstellen, wie diese

Terrassenfelder das produzierten, was die Bewohner der Festung zum Leben brauchten, und das sollen zu gewissen Zeiten bis zu 1000 Menschen gewesen sein.

Nicht nur die Bewässerung und das Wasserableitungssystem sind noch voll funktionsfähig, sondern auch die Wasserversorgung. Mit einem genialen System wird das Wasser von einer Quelle weit außerhalb der Festung in die Stadt geleitet und dort auf ebenso geniale Weise verteilt. Die Inkas, die den Ort zeitweilig als königlich-religiöse Zufluchtsstätte benutzten, hatten in der Nähe ihrer Residenz sogar private Steinbäder.

Wir müssen uns bei einbrechender Dunkelheit, die Ruinenstadt ohne touristisches Menschengewimmel zum Greifen nahe, in das Hotelumfeld zurückziehen, weil der Zugang vom Hotel in das *Machu-Picchu*-Areal verschlossen wird.

Im Hotel nähern wir uns dem Jahresende zunächst mit einem recht guten Abendbrot, das wir mit einem schmackhaften peruanischen *pisco sour* abschließen und dabei auf

das neue Jahr anstoßen, denn das hat in Deutschland vier Stunden vor unserer Ortszeit bereits begonnen. Unser Gläserklingen ist kaum verklungen, da stellt das Hotel, für die Augen deutlich „sichtbar", den Betrieb ein: Der Strom wird abgeschaltet und als Folge davon gibt es auch kein fließendes Wasser mehr.

Das verblassende Jahresabschlusslicht genießen wir bei einem kleinen Rundgang um das Hotel und mit

232

einem Blick hinunter zur Inkafestung. Die Vorfreude auf unseren Gang morgen früh dorthin wächst zusehends.

Nach dem nächtlichen Regen weckt uns die Sonne, doch das Hotel sagt zugleich: „Wartet bitte bis 7.15 Uhr, denn erst dann habt ihr wieder frisches Wasser!" So zwingen wir die morgendliche Hygiene in ein auch für die Umwelt erträgliches Mindestmaß und verkürzen dazu unser Frühstück, um die touristenfreie Anlage zu genießen. Und das gelingt uns dann auch.

Schon unser Blick am gestrigen Abend hinab auf die Anlage versetzte uns in Erstaunen, weil wir von der kurzen

Bauzeit zwischen 1450 und 1540 wussten, dazu noch zu einer Zeit, in der es in dieser Gegend noch kein Rad und keine Metallwerkzeuge gab. Beim Gang über die Treppen und durch die Gassen begegnen wir wieder wie schon so oft in den letzten Tagen dem Bau ohne Mörtel, der es den Mauern ermöglichte, die Jahrhunderte ohne gar zu deutliche Verschiebungen zu überstehen. Die auf diese Art aufeinandergesetzten Steine widersetzen sich nicht stur den Erdbewegungen, um dabei zu zerbrechen, sondern nehmen den jeweiligen Erdbebenrhythmus auf und werden zu „tanzenden Steinen". Dazu kommt noch eine zweite Besonderheit: Die Mauern sind nie genau senkrecht hochgezogen, sondern von Reihe zu Reihe minimal nach innen versetzt.

An diesem Morgen haben wir Zeit, die gesamte Anlage ohne touristisches Gedränge zu durchstreifen. Wir schlendern durch die urbane Zone mit den einstöckigen Wohnbehausungen für die dienstbaren Geister. Bei den Mauern sind die Steine kleiner und auch unregelmäßiger behauen, passen aber trotzdem genau aufeinander. Auffällig sind die Tür- und Fensteröffnungen, die stets einen trapezförmigen Ausschnitt haben.

So ist das auch im Handwerksbereich mit den Produktionsstätten und den Lagern. Nach der Anzahl und der Größe der Fensterausschnitte können wir erahnen, in welchem Haus produziert und in welchem gelagert wurde. Bei den Lagerräumen deuten zum Beispiel größere Öffnungen auf eine gewünschte Durchlüftung hin Bei einigen Häusern wurde das

234

Dach rekonstruiert. Deutlich ist zu erkennen, dass die Verbindung zwischen Dach und Haus nur durch Lianen hergestellt wurde.

Geheimnisvoller wird es im Sektor mit den sakralen Bauten. Wir steigen hinauf in den halbrunden Sonnentempel und fühlen uns wie in einer natürlichen Kathedrale. Ein gewaltiger Felsblock in der Mitte des Tempelraumes ist

sichtbar bearbeitet, gut vorstellbar, dass hier auch die im Inkabereich üblichen Menschenopfer vollzogen wurden, deutlich näher zum Himmel, zu den Gestirnen und vor allem zur Sonne als die weiter unten liegenden Wohn- und Produktionshäuser. Am Tag der Sonnenwende im Juni soll das durch eine Fensteröffnung des Tempels einfallende Sonnenlicht auf der gegenüberliegenden Wand ein perfektes Rechteck abbilden, ein Hinweis darauf, dass die Inkas die Sonne nicht nur als Gott verehrten, sondern sie auch beobachteten und daraus praktische Schlussfolgerungen zogen.

Unterhalb des Sonnentempels entdecken wir eine Art Höhle. Schon der Zugang fasziniert uns, weil die Stufen der

Treppe wunderbar in einen Findling hineingearbeitet

wurden. Wir lesen später, dass die Bedeutung dieser
Höhle noch nicht ganz klar ist. Sie könnte im Rahmen der
Sonnenanbetung genutzt worden sein oder auch eine Art
Mausoleum darstellen. So erfahren wir auch in anderen
Zusammenhängen immer wieder, dass es in *Machu Picchu*
noch viele Geheimnisse zu lösen gibt.

Dann steigen wir eine lange Treppe hinauf, über 70 Stufen
sollen es sein. Das ist nichts Besonderes, aber diese Stufen
wurden alle aus dem harten Stein des Hügels heraus-
gemeißelt, für unseren Steinmetz Rudolf wieder einmal
ein Moment großen Staunens. Die Treppe führt hinauf in
einen besonderen Sektor des Ortes, hinauf zum „Heiligen
Platz". Dort steht nicht nur der uns wenig beeindruckende
Haupttempel und der „Tempel der drei Fenster", sondern
der majestätischste Punkt des Ortes, die Sonnenuhr

Intihuantana, ein aus einem Felsblock herausgearbeiteter Quader.

Dieses Monument ist dem Sonnengott *Inti* geweiht, hat

aber nicht nur eine religiöse Bestimmung. Der Quader beweist die Einsichten der Inkas in die jahreszeitlichen Abläufe. Er steht nicht ganz senkrecht und ist nur so viel gegen das Lot geneigt, dass er am Tag des Frühlingsanfangs beim höchsten Sonnenstand keinen Schatten bildet, ein Zeichen dafür, dass es Zeit ist für zeremonielle Handlungen vor der Aussaat.

Beim Blick ins Tal sehen wir, dass der Begriff „Festung" auch ohne Festungsmauern zu Recht besteht. Wir erahnen, wie tief unten im Tal der *Urubamba* mit einer fast 360-Grad-Schleife den steil abfallenden Berghang umringt und ihn mit seinen tosenden Fluten schützt.

Durch Motorgeräusche, die aus dem Tal zu uns dringen, merken wir auf einmal, wie schnell die Zeit vergangen ist, denn der Zug aus *Cusco* ist angekommen, und es beginnt der Touristenabmarsch. Wir merken bald, wie der Menschentrubel die besondere Atmosphäre dieser Inkastätte zudeckt, genießen im Nachklang unsere Übernachtungsmöglichkeit und lassen uns bald ohne Menschenrückstau von einem Bus nach unten bringen.

Die Rückfahrt im *Urubamba*-Tal ist wieder so aufregend wie die Hinfahrt. Wir bestaunen dieses Mal besonders die Leistung der Erbauer dieser Strecke durch schwierigstes Gelände. Doch beim Hinab in Richtung *Cuzco* stockt mir dann doch hin und wieder der Atem, weil ich dieses Spitzkehrensystem live erleben will. Hin- und herpendelnd halte ich mich stets auf dem Teil des Zuges auf, der auf das Ende einer solchen Spitzkehre zusteuert. Wenn ich dabei in der Nähe des Lokführers stehe, weil der Zug mit der Nase nach vorn in eine Spitzkehre einfährt, empfinde ich das zwar als spannend, aber weniger dramatisch. Doch bei der nächsten Kehre nähere ich mich ihrem Ende nicht in der Nähe des Lokführers, der am entgegengesetzten Ende des Zuges seine Aufgabe zu erfüllen hat, sondern neben einem Zugbegleiter, der nur über eine Kurbel, die die Bremsen betätigt, einen Stoß gegen die Endpuffer verhindern kann. Das gelingt ihm bei jeder Kehre auf bewunderungswürdige Weise, auch ohne Funkkontakt mit dem Lokführer. Wir kommen wieder heil im *Cuzco*-Tal an.

Machu Picchu schwingt zwar in uns noch deutlich mit, aber rund um *Cuzco* gibt es so viel Sehenswertes aus Vergangenheit und Gegenwart zu bewundern, dass wir uns bald wieder aufmachen, das zu erleben.

Quinchero, nur 30 Kilometer nordwestlich von *Cuzco* auf einer Höhe von fast 3800 Metern, ist unser Sonntagsziel. Nicht die Inkas locken uns dorthin, obwohl sie in diesem Ort eine Sommerresidenz errichtet haben, sondern der an diesem Tag stattfindende farbenprächtige *Indio*-Markt.

Der Weg dorthin ist wie so oft in dieser Gegend nicht sehr fahrerfreundlich. Wir sind froh, dass es nicht regnet, denn einige Abschnitte, steil hinauf oder ebenso steil wieder hinab, möchte ich bei Regen nicht so gerne fahren.

Der Marktplatz neben der Kirche wimmelt schon von Eingeborenen und wir kommen uns bald als Fremdkörper vor, denn weit und breit ist kein Tourist zu sehen. *Indias*

hocken auf gewebten Tüchern, die sie auf dem Boden ausgebreitet haben, vor sich oder um sich herum ihre Warenangebote. Da sehen wir nicht nur ihre landwirtschaftlichen Produkte, sondern auch selbst hergestellte Textilien aus Lama- und Alpakawolle, gewebt oder ge-

239

strickt. Wir haben Zeit, uns in Ruhe dieses Markttreiben anzuschauen und entdecken dabei etwas für uns sehr Ungewöhnliches: Es geht nicht bei jedem „Verkaufsstand" um Kaufen und Verkaufen, sondern an vielen Stellen auch um Tauschen. Da schiebt die kaufende *India* zehn Süßkartoffeln hinüber und erhält dafür die von ihr gewünschte Gegengabe von fünf Gemüseknollen. Das geht alles flink und lautlos, für uns unheimlich flink, weil wir nicht mitbekommen, wie die Kommunikation zwischen den Tauschenden abläuft. Bald fällt uns die Ruhe auf, die über dem Marktplatz liegt, obwohl es ein ständiges Kommen und Gehen gibt. Die Stimmung ist locker und gelöst, es wird gescherzt und gelacht, aber es ist nicht laut, weil es keine stimmgewaltige Anpreisung der angebotenen Ware gibt. In *Pisac*, wenige Tage vorher, hörte sich das, vom Tourismus verfälscht, ganz anders an.

Wir bestaunen wieder die unterschiedlichen Hüte, die die

Indias tragen und die etwas aussagen über ihre Stammeszugehörigkeit oder über die Region, in der sie zu Hause sind. Die tellerförmigen Hüte hatten wir schon vorher bei *Cuzco* gesehen, doch hier entdecken wir auch melonenförmige aus braunem Filz, dazu unterschiedlich geformt. Die weißen Zylinder weisen über schwarze Streifenbänder oberhalb der Krempe auch auf die Herkunftsregion hin.

Auch die Verwendung der Umschlagtücher ist interessant. Für einige *Indias* sind sie Schmuck oder einfach nur Rückenwärmer, bei anderen findet das Baby darin Platz oder die Ware, die sie noch verkaufen will oder gerade eingekauft hat.

Etwas abseits sitzt ein *Indio* mit einem völlig anderen Angebot. Seine Ware kommt nicht aus dieser Gegend, denn Kaffee, Orangen und Mais wachsen nicht auf dieser Höhe. Vor allem seine Kokablätter locken viele Kunden an.

Plötzlich hören wir eigenartige Töne. Sie erinnern uns an die Flötentöne, die wir an der Pazifikküste in *Concón* und inmitten der *Atacama*-Wüste in *Ayquina* hörten, aber wiederum ganz anders klingend. Da sehen wir einige Männer, die aus dem unteren Teil des Ortes zum Kirchplatz emporsteigen. Einige von ihnen blasen abwechselnd auf großen Muschelschalen, wobei die verschieden großen Schalen jeweils nur einen Ton erzeugen, jeweils in unterschiedlicher Höhe. Die *Indios* kommen leicht nach vorn gebückt die Stufen herauf. Alle tragen einen erdfarbenen langen Poncho und ihr Kopf wird von *chullos* bedeckt, den gestrickten Mützen mit herabhängendem Ohrenschutz. Sie folgen einem wohl wichtigen Mann, der zwar auch den erdfarbenen Poncho trägt, dessen Kopf aber durch einen Hut mit breiter Krempe geziert wird. Diese Gruppe strebt zielsicher der Kirche zu. Und plötzlich entsteht auf dem Marktplatz ein großes Gewimmel, denn die meisten *Indias* und *Indios* ziehen der Männergruppe in Richtung Kirche hinterher. Wir folgen ihnen diskret und wundern uns, warum viele *Indias* am Eingangsweg zur Kirche stehen bleiben, zur Seite treten, kurz in leichter Hockstellung verharren, um sich sodann der Prozession Richtung Kirche wieder anzuschließen. Wir gehen zunächst von einer Art Ritual aus, das von einigen zelebriert wird, ob aus christlicher Sicht oder aus Sicht alter Rituale, vermögen wir nicht zu beurteilen. Doch einer von uns entdeckt die Lösung dieses Rätsels. Die zur Seite tretenden

241

Frauen folgen keinem Ritus, sondern ihrem inneren Drang, sich vor dem Eintritt in die Kirche zu erleichtern. Der großzügigen Bemessung von Stoff beim Anfertigen der Röcke wird anscheinend die Einsparung von Unterwäsche entgegengesetzt.

Der Gottesdienst wird in *Quechua* gefeiert, der Sprache, die wir auch vorher auf dem Marktplatz gehört haben– untereinander sprechen sie kein Spanisch, doch mit uns können sie sich in dieser Sprache unterhalten.

Bei unserem abschließenden Rundgang um die Kirche entdecken wir wieder die typische Verhaltensweise der spanischen Eroberer: Der Tempel der Inkas wurde zerstört, doch sein Fundament dazu benutzt, um das eigene Gebäude darauf zu errichten. Hier zerstörten sie eine Sommerresidenz der Inkas und gründeten auf deren Fundament die Kirche von *Quinchero*. Die Fundamente sind immer noch unverändert sichtbar, doch wir wissen

nicht, wie oft einem Kirchenbau darüber in den letzten Jahrhunderten ein Erdbeben ein Ende gesetzt hat.

Wir versuchen noch einmal, nach *Pisac* zu kommen, aber der Weg ist aufgeweicht und unbefahrbar, sodass wir uns entschließen, nach *Cuzco* zurückzufahren, denn es muss auch mal wieder Wäsche gewaschen werden. Wir gehen früh schlafen, doch vorher genießen wir noch eine scharfe Gemüsesuppe, von Silvia zubereitet.

Wir legen einen *Cuzco*-Tag ein, denn diese Stadt ist nicht nur beim Gang durch die Gassen und durch die spannenden Inkafundamente sehenswert, sondern auch auf dem Weg ins Innere der Gebäude, die nach der Inkazeit errichtet wurden. Bei uns schwirrt dabei leider immer wieder der Gedanke in unseren Köpfen, mit welcher Brutalität die Spanier die Kultur der Inka vernichteten, um ihnen ihre eigene christliche Kultur aufzupropfen, dazu nicht nur, sie davon zu überzeugen, sondern mit dem bösartigen Hintergedanken, sie auszunehmen, denn Gold und Silber gab es zuhauf in dieser Gegend.

Das Zentrum wird beherrscht von der *Plaza de Armas,* so wie in den meisten der von den Spaniern gegründeten Städte nach ihrer Eroberung im 16. Jahrhundert. Rund um diesen Platz wirken zwei imposante Kirchen als Blickfang. Die gewaltige Kathedrale *Santo Domingo* zieht zuerst unsere Blicke in ihre Richtung. Schon 26 Jahre nach dem Überfall der Spanier wurde 1559 mit dem Bau begonnen, und zwar auf den Grundmauern des Tempels für den

Inkagott *Viracocha.* Für die Kirchenmauern ließen die

243

Spanier zudem Inkaarbeiter Steine aus der Festung *Sacsayhuamán* heranschleppen. Der Bau zog sich unendlich in die Länge und das Erdbeben von 1650 sorgte schließlich dafür, dass die Fertigstellung der Kathedrale fast 100 Jahre dauerte – erst 1659 wurde sie eingeweiht. Sie wirkt auch heute noch imposant und wir glauben den Reiseführern, dass sie eine der größten Kirchen des amerikanischen Kontinents ist. Doch viel mehr beeindruckt uns das Innere. Beim Gang zum Altar passieren wir atemberaubende Schnitzereien und Verzierungen am Chorgestühl – bis aufs letzte Detail ausgearbeitete Gestalten und Gesichter lassen uns immer wieder anhalten, um alle Einzelheiten zu studieren.

Der Altar präsentiert uns die Wandelfähigkeit der spanischen Geistlichen: grausam bis zum Unerträglichen, wenn es um die Durchsetzung von Machtansprüchen ging, und dann wieder erstaunliche Toleranz, wenn sie feststellte, dass sie auf andere Weise schneller ihr Ziel erreichten. Der Hauptaltar demonstriert diese Polarität. Er ist an seiner Vorderseite geschmückt mit silbernen Darstellungen der Sonne, des Mondes und der Venus, den Himmelskörpern, die den Inkas als götterähnliche Wesen sehr heilig waren:

„Lasst den Inkas ihre Himmelskörper, wenn sie dafür unsere Heiligen akzeptieren!", so die Devise der spanischen Geistlichkeit.

Heraus aus dem Halbdunkel der Kathedrale und zurück auf

der *Plaza*, sind wir sogleich von der zweiten Kirche gefesselt, aber dieses Mal nicht so sehr vom machtvollen Bau, dafür vom Anblick. Die imposante Barockfassade der *Iglesia de la Compania de Jesus* macht sie von außen zu einer der schönsten Kirchen. Das riesige Portal, einem Hochaltar ähnlich, wird eingefasst durch zwei markante Glockentürme. Leider bekommen wir den Klang der

beiden gut sichtbaren Glocken nicht zu hören. Wir glauben nicht, dass sie mit einem Glockengeläut in Deutschland konkurrieren können. Auch diese Kirche steht auf den Fundamenten eines ehemaligen Inkatempels, auch sie wurde 1650 vom Erdbeben zerstört, auch sie brauchte mehr als 100 Jahre bis zu ihrer endgültigen Fertigstellung. In ihrem Inneren sind wir vor allem beeindruckt von den zahlreichen Barockaltären in den Seitennischen, zumeist meisterhaft geschnitzt und opulent vergoldet.
Wieder draußen, nimmt uns noch einmal die Weite der *Plaza de Armas* gefangen, und eine schattige Bank lädt uns ein, diese Großzügigkeit und ihre Bebauung ringsum in

Ruhe zu betrachten. Und das tun wir auch ausgiebig, uns dabei immer wieder daran erinnernd, in welcher Gegend unserer Erde wir uns gegenwärtig befinden. Unser Steinmetz Rudolf hat seinen speziellen Grund für solch ein Bewusstmachen.

Vor dem Abendessen schlendern wir noch durch die Gassen und erleben dabei noch auf der *Plaza* ganz krass den Unterschied zwischen Arm und Reich: Dieser Bettler neben einem teuren Gourmet-Restaurant.

Wenig später genießen wir nach einigem Treppauf den Blick zurück zur *Plaza* mit der *Iglesia de la Compania de Jesus.*

Im Anschluss an die Architektur stellen wir fest, dass es auch gute Restaurants gibt, und gegen Abend erfreuen wir uns sogar noch an einem Folkloreprogramm im Theater der Stadt.

Der obligatorische Regen in der Nacht stört uns nicht. Wir fühlen uns in unserem VW-Campingbus im Innenhof der Schule wohl und wissen das auch von unseren Wilhelmshavenern in ihrem Hotel im Zentrum der Stadt. Der Morgen, es ist inzwischen der 4. Januar 1977, beginnt ziemlich früh, denn heute steht einiges auf dem Programm. Wir wollen *Cuzco* verlassen – mit dem fernen Ziel *La Paz* und der Zwischenstation *Titicaca*-See. Doch zuvor besuchen wir noch das archäologische Museum, das uns auch hineinführt in die Zeit lange vor den Inkas, die zwischen dem 12. und dem 16. Jahrhundert in dieser Gegend das Machtmonopol hatten. Dort entdecken wir, dass die Inkas

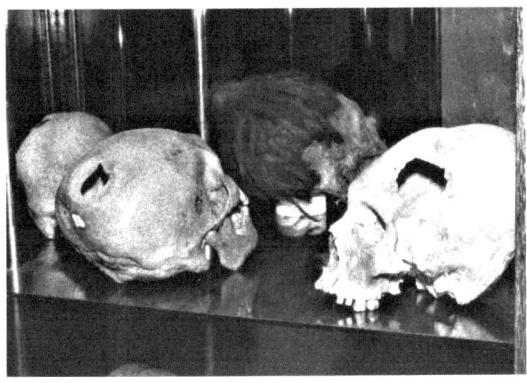

nicht nur Steine gut bearbeiten konnten, sondern auch im medizinischen Bereich Erstaunliches geleistet haben. In einer Vitrine sind Totenköpfe zu sehen, bei denen der Schädel geöffnet wurde. Die Patienten lebten nach der Operation einige Jahre weiter, denn die ursprüngliche Öffnung wurde durch Knochenbildung deutlich verkleinert.

Die Archäologen können durch ihre Funde in Peru bis in die Zeit 3000 v. Chr. Kulturen nachweisen. Wir sind jedoch überrascht, als wir erfahren, dass auf unserer Route bis zum *Titicaca*-See die historischen Nachweise nur bis ins 2. Jahrhundert v. Chr. zurückreichen. Noch weiter Richtung *La Paz* müssen die Archäologen gestehen, dass ihnen bei der *Tihuanaco*-Kultur genauere Nachweise erst zwischen 500 und 1200 n. Chr. gelingen, obwohl auch diese noch mit Fragezeichen versehen sind.

Vor dem Start Richtung *Puno* am *Titicaca*-See war wieder ein Einkauf notwendig, denn wir wissen nicht, ob eine

Auffrischung der Vorräte in den nächsten Tagen so leicht wie in *Cuzco* möglich ist. Außerdem steht nun die Zeit bevor, in der wir vier stets in allen Bereichen auf unseren Bus angewiesen sind. Es stehen uns bis *Puno* nur schlappe 390 Kilometer bevor – in europäischen Maßstäben, großzügig kalkuliert, wäre diese Strecke in sechs Stunden bequem zu schaffen. Wir hoffen, dass die schlechten Wegeerfahrungen bei unserem Erkunden der Umgebung von *Cuzco* in den Tagen zuvor, sich auf der *ruta internacional* in den Nachbarstaat Bolivien nicht wiederholen und diese Strecke fahrzeug-freundlicher ausgebaut ist. Doch diese Hoffnung erweist sich bald nach der Stadtausfahrt als großer Irrtum. Es hat in der Nacht wieder geregnet und die Straße hat sich in eine Pfützenstrecke verwandelt. Von Geschwindigkeit können wir nicht sprechen, dazu kommt es bei

Gegenverkehr zu Problemen, weil beim Ausweichen die Gefahr besteht, in irgendeinen Abgrund zu rutschen.

Wir sind gegen Abend froh, neben einer Hütte einen Stellplatz zu finden, der einigermaßen waage-

recht ist und uns zudem das Gefühl von Sicherheit vermittelt.

Vom Schauen und vom Bangen sind wir alle irgendwie geschafft, und schon kurz nach 21 Uhr werden alle Lichter gelöscht.

Der 5. Januar weckt uns früh und schon vor neun Uhr sind wir wieder auf dem *camino internacional*.

Wir passieren bald danach heiße Quellen, in dieser Gegend rund um *Cuzco* nicht ungewöhnlich, aber zu so früher Morgenstunde locken sie uns nicht zum Ausprobieren. Beim Blick in die Umgebung wird uns klar, was die Bezeichnung dieses Gebietes südwestlich von *Cuzco* und rund um den *Titicaca*-See meint, wenn vom *altiplano*

gesprochen wird – es ist tatsächlich eine ziemlich hoch gelegene Hochebene. In *Cuzco* starteten wir auf 3400 Metern Höhe, überwinden an diesem Tag den Pass *La Raya* mit über 4300 Metern, und unser Ziel *Puno* ist mit 3800 Metern auch noch auf einer stolzen Höhe im Vergleich zu europäischen Höhenlagen. Doch diese gewaltigen Höhenunterschiede werden nicht schroff über Serpentinen überwunden, sondern sanft in unendlich weiten Kurven.

Gleich nach der Überwindung des *La-Raya*-Passes passieren wir auf 4000 Meter das unscheinbare Dorf *Pucará*. Die Kirche mit ihrem doppelten Turm rechts und links ihrer Eingangspforte ist nicht besonders sehenswert, doch beim langsamen Passieren auf der matschigen Dorfstraße fallen uns auf einigen Dächern und auf Einzäunungssäulen bunte Stiere auf, die dort bewusst hingestellt wurden. Wir erfahren später, dass diese Tiere

den Bewohnern Schutz bieten sollen und Wohlstand versprechen.

Ein besonderes Bild bleibt auf diesem schwierigen Weg in uns haften: Weit im Hintergrund leuchten uns die von der

Sonne angestrahlten Schneeberge der Anden entgegen, und unmittelbar vor unseren Augen grasen schneeweiße Alpakas, gerade frisch geschoren. Ein Bild für ein Gemälde, aber nur für einen Maler, der in der Lage ist, Schneeweiß und Alpackaweiß so wiederzugeben, wie wir es im Moment aufnehmen und genießen.

Schon bald nimmt uns das in diesem Gebiet als Großstadt zu bezeichnende *Juliaca* auf. Wir sagen trotzdem „Drecknest" dazu, obwohl Ingrid beim Einkaufsbummel einen Pullover ersteht. Dass diese Stadt bekannt ist für ihre Textilprodukte und sogar ihren Namen *Ciudad Calcetera,* Stadt des Strickens, daraus herleitet, erfährt sie erst später, kann das aber eingehüllt in den Pullover gut nachvollziehen und auch akzeptieren. Dieser Ort trägt aufgrund seiner freien Lage auf der Hochebene auch den Namen *Ciudad de los Vientos,* „Stadt der Winde". Wir sind froh, dieses Phänomen nicht erdulden zu müssen, denn es beschränkt sich tatsächlich nur auf die Wintermonate.

Wenig später finden wir in *Sillustani* einen wunderschönen Stellplatz an einem kleinen See, wissend, dass wir uns bereits in der Nähe seines großen Nachbarn befinden. Wir beobachten Männer, die auf ihren Balsabooten entlangstaken, und freuen uns bereits auf unser nächstes Ziel, die schwimmenden Inseln der *Urus* auf dem *Titicaca*-See. Doch die Eselsfamilie neben unserm Bus, das Wetterleuchten über der weiten Ebene Richtung Anden und später der Vollmond über allem versetzen uns wieder einmal in eine wunderbare Stimmung.

Der nächste Morgen beginnt zunächst mit einer Enttäuschung. Die geplante morgendliche Erfrischung in Form von kräftigen Schwimmzügen wird vom verschilften Strand verhindert. Es bleibt uns trotzdem der schöne Blick über den kleinen *Lago Umayo* hin zu den Anden und dazu die Vorfreude auf seinen gewaltigen Bruder, den *Lago Titicaca,* den größten Süßwassersee Südamerikas.

Doch in der Nähe des kleinen Sees erwartet uns nach *Cusco* und seinen Inkamauern eine besondere Attraktion. Wir bestaunen die Grabtürme von *Sillustani,* die zu den reizvollsten Sehenswürdigkeiten im Bereich des *altiplano* gehören. Hier hat das Volk der *Colla* noch vor der Zeit der Inka seine Könige in monumentalen Steintürmen bestattet, obwohl das Volk selbst ringsum in einfachen Hütten aus Lehmziegeln und Stroh hauste. Die Archäologen schät-

zen ihre Entstehung auf etwa 1000 n. Chr. Die Rundtürme haben eine stolze Höhe von zehn Metern oder mehr mit einer einzigen Öffnung Richtung Osten, dorthin, wo sich jeden Morgen die Wiedergeburt der Sonne aus der Erde heraus vollzieht. Sie sind mit einer Steinplatte oder einem Strohdach abgedeckt. Während die älteren Türme, *chullpas* genannt, noch aus kleinen Steinen errichtet wurden, bestehen die jüngeren aus exakt rechteckigen Vulkansteinen, die gegeneinander perfekt zusammengefügt wurden. Obwohl das alles lange Zeit vor der Inkakultur geschah, vermuten Forscher, dass die Inkas diese Fertigkeit für ihre eigenen Bauten übernommen haben.

Wieder müssen wir uns schütteln, um aus dieser Vergangenheit in die Gegenwart zu kommen.

Puno ist schnell erreicht, und wir entscheiden uns mit einem Blick auf den verhangenen Himmel, die Fahrt zu den *Urus* auf den schwimmenden Schilfinseln auf morgen zu verschieben.

Beim Einkauf auf dem Obstmarkt stellen wir wieder einmal die Schlitzohrigkeit der Eingeborenen fest. Sie haben gemerkt, dass sich die Ausländer mit dem Geld nicht so gut auskennen und schnell ausgenommen werden können. Wir haben in dieser Beziehung in *Cuzco* manchen „Kampf" mit Taxifahrern durchgefochten, und nun erleben wir das auch hier in *Puno*. Nach unserem großen Obsteinkauf behauptet die *India* beim Bezahlen, wir hätten die *paltas,* die Avocados, nicht bezahlt. Da es keine schriftliche Auflistung der einzelnen Beträge gibt, steht plötzlich Aussage gegen Aussage. Unser Versuch, durch Addition der einzelnen Waren Schritt für Schritt zum bezahlten Gesamtpreis zu kommen, schlägt fehl – die *India* behauptet weiterhin, die *paltas* hätten wir nicht bezahlt. Da platzt Ingrid der Kragen ob des unverschämten Verhaltens der *India*, schüttet alles von uns gekaufte Obst in die Behälter zurück und verlangt das bereits übergebene Geld. Und das verblüfft uns nun wieder: Die *india* gibt das Geld zurück!! Ist sie von Ingrids spanisch fundierter Gegenwehr überrascht??? Wurde sie von der Gegenwehr einer Ausländerin überrumpelt??? Wir wissen es nicht, lassen uns aber dadurch bestätigen, dass wir wie bisher hart im Verhandeln bleiben müssen, ohne das Ziel, die Einheimischen übers Ohr zu hauen.

Die Suche nach einem Übernachtungsplatz hat ein unerwartetes Ergebnis: Bei unserer Nachfrage an einer landwirtschaftlichen Versuchsstation lassen sie uns ein und

inmitten eines Eukalyptuswaldes und am Rande eines rauschenden Baches entdecken wir einen idealen Stellplatz.
Der nächste Morgen findet uns alle an diesem Bach wieder, sogar beim Haarewaschen ungeachtet der nicht gerade wohltuenden Wassertemperatur, bei knapp unter 4000 Höhenmetern eigentlich ganz klar. Wir wissen inzwischen – Vorsorgen ist besser als später Probleme zu haben!!!
Am frühen Vormittag sind wir an der Anlegestelle für die Boote zu den schwimmenden Inseln der *Urus*. Wir sind froh, die Fahrt dorthin nicht schon gestern gemacht zu haben, denn heute ist das Wetter für eine solche Fahrt wesentlich besser. Wir finden ein Boot, auf dem wir zusammen mit vier Schweden zu einer der *Totora*-Inseln gebracht werden. Schon die Hinfahrt wird zum Erlebnis. Das Wetter trägt einmal dazu bei, denn der leicht durchwölkte Himmel bringt auch den See zum Leuchten, mit einem zusätzlichen Farbtupfer durch die gelb schimmern-

den Inseln in der Ferne, dann ist es aber auch der geschichtsträchtige Ort selbst, der bei uns eine besondere Stimmung erzeugt. Die Vergangenheit rund um den See liegt teilweise noch im Dunkeln. Dieses Ungewisse wird gut gefüllt mit Sagen, die zum Beispiel wissen, dass auf einem Felsen der Sonneninsel mitten im See der erste Inka die Erde betrat oder dort zumindest von einem weißen, bärtigen Gott erschaffen wurde. Sie erzählen auch von Zeiten weit vor Beginn der Inkaherrschaft und die archäologischen Funde untermauern solche Sagen auch zum

254

Teil. Die *Urus* sind eine Art Verbindungsglied aus der Vorinkazeit über die Inkas bis in unsere Gegenwart.

Wir steuern langsam auf eine der fast 50 Inseln zu und bewundern ihre Erbauer, deren Einfallsreichtum und Geschicklichkeit und vor allem deren Durchhaltevermögen. Die Inseln werden von vielen kreuzweise übereinandergelegten Schichten aus *Totora*-Schilf gebildet. Aber einfach nur Schilf am Seeufer abzuschneiden, zu den Inseln zu schleppen und dann aufeinanderzuschichten, geht nicht. Das Schilf muss erst getrocknet werden. Es vergehen fast acht Monate vom Ernten bis zum Belegen. Unsere Ehrfurcht steigt noch, als wir erfahren, welch Aufwand betrieben werden muss, um die Inseln auch schw-immend zu erhalten. Die untersten Schilfschichten fangen an zu faulen, zersetzen sich allmählich und tragen nicht mehr, deshalb muss in regelmäßigen Abständen oben neu belegt werden. Das erforderte eine langfristige Planung.

Sie war noch wichtiger bei den Booten, die kein ganzes Jahr seetüchtig, aber lebensnotwendig waren, vor allem in der Zeit, als sie für den Fischfang und für die Verbindung zwischen den Inseln und zum Festland

gebraucht wurden. Über Jahrhunderte hinweg haben die

Urus alle Produktionsprobleme gemeistert, sogar das besondere Problem, die Holzstangen für das Staken der Boote und insbesondere den Holzmast für die *Totora-*

Segel zu erhalten. Auf ihrem Hochland gab und gibt es keine Bäume, die das Material liefern könnten, sie waren deshalb auf Warentausch mit den subtropischen Landesteilen angewiesen. Auch das hat über Jahrhunderte gut funktioniert. Und das alles trotz der Bedrohung durch die gewaltige Inkamacht, die im 12. Jahrhundert begann und die *Urus* immer wieder zwang, die Bodenbefestigung der Inseln zu lösen, um weit hinaus auf den Titicacasee zu treiben. Auf diese Weise gelang es ihnen aber auch, sich stets dem Zugriff der Stärkeren zu entziehen.

Wir erreichen bald „unsere" Insel, fünf Kilometer sind schnell überwunden. Die ersten Schritte darauf rufen ein recht eigenartiges Gefühl hervor. Da gibt es nicht mehr die gewohnte Festigkeit des Untergrundes, die wir sogar auf weichem Waldboden oder im Wiesengelände spüren, sondern wir haben bei jedem Schritt die Hoffnung, dass sich bald wieder ein gewohnter Halt einstellt. Doch dieses Gefühl wird überdeckt durch all das, was wir anschauen und was uns auch verwundert. Wir haben zwar bemerkt, dass sich die *Urus* inzwischen auf den Tourismus spezialisiert haben (die Fahrt zu den Inseln ist nicht mehr kostenlos wie zehn Jahre zuvor), fühlen uns aber nicht sehr wohl, als uns rotznäsige Kinder schon auf den ersten Inselmetern ihre Hände bettelnd entgegenstrecken.

Wir bewundern aber trotzdem die Baukunst der Bewohner, denn auch oberhalb des schwankenden Bodens vollbringen sie Erstaunliches: Die Häuser aus *Totora*-Schilf mit

senkrechten Wänden und voll abdeckenden Dächern beeindrucken uns ebenso wie die Produkte aus diesem Material. Doch inzwischen wissen die *Urus* auch zu weben und verwenden dabei gelungene Motive aus ihrer alten Geschichte. Wir merken, wie gut für solche aussterbenden Volksstämme eine zielstrebige und nicht auf Kurzzeitgewinn ausgerichtete Hilfe von außen wirkt, und die erhalten sie auch vom peruanischen Staat oder von Organisationen, die sich darauf spezialisiert haben.

Zurück im Hafen von *Puno* verlockt uns auf dem Markt wieder einmal ein Teppich. Die Preisverhandlung mit der anbietenden *India*, die ich dann wieder führen muss, ist erfolgreich – für wen auch immer: Der Teppich ist in unserem Besitz, und die *India* freut sich über ihren enormen Tagesverdienst.

Der hereinbrechende Abend drängt uns zur Suche nach einem guten Übernachtungsplatz. Und heute Abend finden wir den auch wieder, und dieses Mal direkt am See – am TITICACA-SEE auf 3800 Metern Höhe!!!

Der 8. Januar weckt uns früh mit Wind und Regen und mit der Frage „Kommen wir hoch aus unserem leicht abgeschrägten Seestellplatz???" Wir schaffen es, denn die aufgehende Sonne trocknet die feuchte Erde schon intensiv und ist ganz auf unserer Seite. Wir wollen mit der Fähre auf die nördliche Seite des Sees, um von dort aus *La Paz* zu erreichen. Schon an der Fähre beginnt das Handeln um den Fahrpreis, und wieder einmal werde ich gezwungen, alles zu einem für beide Seiten erträglichen Ende zu bringen. Das gelingt einigermaßen, als Zugabe bleibt uns die wetterbegünstigte Fahrt mit einem atemberaubenden Blick über den riesigen See. Diese Aussicht beweist uns einmal mehr, dass er der größte Süßwassersee von Südamerika ist.

Angekommen auf der anderen Seite des Sees, empören uns wieder die bettelnden Kinder, die am Wegesrand sitzen und ihre Hände ausstrecken, weil wir spüren, dass dieses Betteln organisiert ist. Dieses Gefühl verstärkt sich noch, als wir wenig später bremsen müssen, weil sich zerlumpte Kinder mitten auf die Straße knien, sich bekreuzigen und dabei um Hilfe betteln. Sogar der ältere Herr, der mit seiner zum Empfang geformten Hand unsere Windschutzscheibe mit deutlichem Druck berührt und den wir dabei fast überfahren, zeigt uns, dass das alles wohl überlegt stattfindet. Doch der Blick zurück auf das Dorf

und die ideal geformte Hangbepflanzung versöhnt uns wieder.

Am Grenzübergang nach Bolivien gibt es keine Probleme – unsere Reisepässe werden mit einem Touristenvisum bereichert, dreimonatiger Aufenthalt eingeschlossen.

Bei der Fahrt durch die Dörfer merken wir, dass das Wochenende begonnen hat, denn in fast jedem Dorf gibt es ein Fest. Schon bei der Einfahrt machen die Girlanden quer über der Straße darauf aufmerksam und beim Passieren der *Plaza* im Zentrum hören wir es auch, ohne zu erfahren, warum das Fest gefeiert wird. Es interessiert uns auch nicht besonders, denn unsere Gedanken sind auf *La Paz* gerichtet – und diese Stadt liegt plötzlich unter uns.

Zum Glück haben wir in diesem besonderen Moment am Straßenrand Platz, um zu stoppen, denn nun brauchen wir Zeit zum Staunen. Wir stehen auf 4100 Meter und schauen hinab auf eine Großstadt, die 500 Meter und mehr tief unten zu unseren Füßen liegt, inmitten eines hufeisenförmigen Talkessels. Der Blick zum Horizont lässt unsere Begeisterung noch mehr steigern, denn dort präsentieren sich die schneebedeckten Anden in ihrer ganzen Schönheit, verstärkt durch den majestätischen *Illimani*, der mit seinen drei Gipfeln und der stolzen Höhe von fast 6500 Metern dazu das i-Tüpfelchen setzt.

Wir stoßen uns gegenseitig an, denn dieser Blick hinab ist fast unwirklich. Uns zu Füßen liegt diese riesige Stadt mit ihren über 600.000 Einwohnern, dazu als Regierungssitz Boliviens, nicht jedoch als seine Hauptstadt, die ist aus historischen Gründen *Sucre*.

Irgendwann müssen wir uns von diesem Anblick lösen, denn wir wollen diese Stadt ja erleben. Unser Staunen von oben aus der Höhe setzt sich beim langsamen Hinabkurven Richtung Zentrum fort, denn jeder Richtungswechsel auf der Serpentinenstraße bringt auch eine neue Aussicht mit sich. Wie schade, dass es keine Möglichkeit gibt, immer wieder einmal anzuhalten.

Vor dem Hotel „*Sucre*" im Zentrum steigen wir aus, weil unsere Wilhelmshavener dort unterkommen sollen. Unsere Vorstellung vom Zentrum einer Großstadt wird sofort korrigiert. Es geht nicht hektisch zu. Wir hören kein Hupinferno, das uns aus *Santiago* oder besonders aus *Buenos Aires* noch in den Ohren klingt. Wir meinen zunächst: Das liegt bestimmt an der Höhenlage! Wir haben uns zwar inzwischen ganz gut darauf eingestellt, fühlen uns aber trotzdem noch gedämpft und werden bei gar zu forschem Vorwärtsdrang durch Warnsignale des Kreislaufes sofort zurückgeholt in eine dieser Höhe angepasste Fortbewegungsart. Doch bald meinen wir, den Grund für diese ruhige Art einer Großstadt gefunden zu haben. Überall sitzen *Indias*, die ihre Waren anbieten. Sie sitzen am Rande der stark befahrenen Straßen, sie sitzen an deren Kreuzungen und Fußgängerüberwegen mit der gleichen stoischen Ruhe, wie wir das vorher auf dem *altiplano* erlebt haben. Dabei entsteht diese Ruhe nicht nur dadurch, dass sich die *Indias* nicht marktschreierisch gebärden, sondern auch durch ihre Kleidung. Sie tragen ihre farbenfrohe Tracht so, wie sie diese auch in ihrem bescheidenen Umfeld gewohnt sind, sie wirkt nicht wie werbewirksame Effekthascherei. Diese in den *Indias* verankerte Ruhe scheint sich auf die gesamte Großstadtatmosphäre auszuwirken. Silvia und Rudolf sind mit ihrer Unterkunft zufrieden, und wir beide fahren noch etwas weiter talabwärts. Wir wissen von einem Tennisclub fast am Rande der Stadt. Dort fragen wir nach der Möglichkeit, einige Tage unseren Campingbus abstellen zu dürfen. Am Eingang müssen wir erst mit einem Polizisten verhandeln, doch der ist bald von unserer Friedfertigkeit überzeugt, lässt uns durch und legt bei der Verwaltung auch ein gutes Wort ein, sodass wir in den nächsten beiden Tagen dort stehen bleiben dürfen. Die Verbindung zu unseren Wilhelmshavenern stellen wir am Abend mit einem Taxi wieder her und sind dabei überrascht, wie niedrig die Fahrpreise sind. Wir beginnen den Sonntag, es ist schon der 9. Januar, nicht gar zu spät, denn wir haben einiges vor.

Unser Campingbus steht im Tennisclub sicher, und wir besteigen ein Taxi, um unsere Freunde abzuholen. Der *Indio*-Markt im Zentrum der Stadt ist unser Ziel. Doch der Taxifahrer schüttelt mit dem Kopf, denn dieser Markt ist am Sonntag geschlossen. Er spürt unsere Enttäuschung und ist sofort bereit, uns zur Alternative *Tiahuanaco* zu fahren. Wir wissen, dass es bis zu dieser Ruinenstätte der Präinkakulturen kaum 80 Kilometer sind, können deshalb auch die Kosten einigermaßen taxieren und beginnen mit dem Verhandeln. Unser Fahrer steigt von seinem hohen Kostenross herab, als wir das Angebot „einschließlich

Rückfahrt" ins Gespräch bringen. Wieder einmal sind wir froh, dass wir schon einige Verhandlungen hinter uns haben, die Mentalität der Menschen auf dem *altiplano* inzwischen richtig einschätzen und die spanische Sprache beim Feilschen auch ziemlich gut einsetzen können. Wir werden uns einig, und unser Fahrer ist auch bereit, seine Wartezeit nicht einzuschränken.

Die Fahrt aus der Stadt hinauf auf den *altiplano* ist genauso spannend wie die gestrige Fahrt hinab. Doch heute ist sie auch ernüchternd, denn wir haben Zeit, nach links und rechts zu schauen. Mit jedem Höhenmeter verändern sich die beim Hausbau verwendeten Materialien. Aus Beton und Ziegeln wird Holz, aus Holz werden Wellblech oder Pappe oder Reste von einem Hausabbruch an anderer Stelle.

Schließlich stehen wir vor den wichtigsten archäologischen Stätten Boliviens in der Nähe des Ortes *Tiahuanaco*. Von dem riesigen Gelände haben die Archäologen erst einen Bruchteil freigelegt und untersucht. Zudem bedauern sie, dass ein genauer Blick in die Vergangenheit kaum noch möglich ist, weil schon seit der Eroberung durch die Spanier die zahlreichen Bauten als Steinbruch verwendet wurden, um Kirchen und Brücken in und um *La Paz* zu bauen.

Die Besiedlungszeiten auf diesem Gebiet sind inzwischen genau festgestellt, doch herauszufinden, was sich zwischen 1500 v. Chr. und 1200 n. Chr. genau abgespielt hat, ist noch Aufgabe der Archäologen. Sie wissen sicher, dass es sich um ein religiöses und administratives Zentrum von Vorinkakulturen rund um den *Titicaca*-See handelt. Sie wissen auch von einem Auf und Ab, einer Phase intensiver Bautätigkeit und nach langer Dürreperiode schließlich von einem Aus. Sie wissen auch, dass dieses Aus nichts mit den Inkas zu tun hat, die sich im 12. Jahrhundert anschickten, den Bereich um den Titicacasee in ihr Herrschaftsgebiet miteinzubeziehen.

Einige Archäologen waren der Ansicht, dass zu dieser Zeit eine Verbindung zum *Titicaca*-See bestand, denn die gerade einmal 30 Kilometer sind keine deutliche Entfernung. Doch genauere Forschungen weisen nicht darauf hin, was wiederum bedeutet, dass die Bewohner ein fortschrittliches Bewässerungs- und Speichersystem für das Regenwasser gehabt haben müssen Für die Spezialisten gibt es noch viel zu tun.

Wir lassen uns nur auf den Augenschein ein und der bietet uns einiges.

Wir betreten das riesige Gelände dort, wo der *patio hundido,* der versunkene Hof, schon in den 30er-Jahren des vorigen Jahrhunderts freigelegt und archäologisch

untersucht wurde. Man fand dabei eine monolithische Steinfigur von über sieben Meter Höhe und einem Gewicht von 20 Tonnen. Sie war den Archäologen wohl doch zu kostbar, um sie in dem frei zugänglichen Gebiet stehen zu lassen. So fand sie in einem speziell hergerichteten Raum des archäologischen Museums in *La Paz* ein neues Zuhause.

Der quadratische *patio hundido* ist von über zwei Meter hohen Mauern eingefasst, aus denen über 300 Steinköpfe herausragen, wobei kein Kopf dem anderen gleicht. Der uns gegenüberliegende Mauerteil wird durch eine breite Treppenstufe unterbrochen. Sie führt auf die höher gelegene Plattform, ebenfalls von einer gewaltigen Mauer eingefasst. Ein riesiges Steintor öffnet uns den Zugang und unser Blick wird sofort von einer weiteren monolithischen Figur eingefangen, die starr in unsere Richtung schaut - mit weit geöffneten Augen, die Oberarme fest an ihren Körper gepresst, mit den abgewinkelten Unterarmen hält sie zwei Gegenstände in ihren Händen, wohl Utensilien, die für

eine Zeremonie gedacht sind. Sie stellt anscheinend eine Person von hohem Rang dar, denn ihre Arme sind tätowiert und die Haare sind kunstvoll zu Zöpfen geflochten. Wir schätzen ihre Höhe auf weit über drei Meter und auch dieses Mal fragen wir uns, wie es die Menschen vor mehr als 1000 Jahren geschafft haben, diesen tonnenschweren Stein hierher zu transportieren. Diese Frage wiederholt sich, als wir auf der gleichen Plattform das bekannteste Monument aus der *Tiahuanaco-Kultur* entdecken – das Sonnentor, das aus einem einzigen Gesteinsblock besteht und mit drei Metern Höhe und fast vier Metern Breite gewaltige Dimensionen einnimmt. Bei einem Erdbeben nach der letzten Vorinkakultur kippte es

um und zerbrach in zwei Teile. Erst am Anfang des 20. Jahrhunderts wurde es wieder aufgerichtet. Über der Öffnung sieht man in der Mitte ein maskenhaftes Gesicht, umgeben von einem strahlenförmigen Kopfputz, der die dargestellte Person noch hervorheben soll. In ihren Händen hält sie wie Zepter zwei Schlangen. Man vermutet, dass es sich dabei um den Gott *Viracocha* handelt. Er wird umgeben von mehreren Reihen kniender Vogelmenschen, die alle einen rituellen Gegenstand in der Hand halten.

Unser Taxifahrer empfängt uns freundlich trotz unserer langen Abwesenheit, denn er hat mit uns seine üblichen Tageseinnahmen schon am Vormittag erreicht. Im Zentrum von *La Paz* lassen wir stoppen, denn vor uns sehen wir einen Straßenmarkt, der im Gegensatz zum Zentralmarkt auch am Sonntag stattfinden darf. Wir fangen an zu schlendern, zu staunen, zu fragen. Die Stände am Straßenrand haben nur wenig Platz und sind klein, ihre Angebote aber groß, gleich, ob es sich dabei um landwirtschaftliche oder handwerkliche Produkte handelt. Die *Indias* hocken

265

inmitten ihres Verkaufsstandes und können die meisten Waren erreichen, ohne sich erheben zu müssen. Sollte das einmal nicht möglich sein, sind die Kunden behilflich und reichen das Gewünschte zu. An einem Stand sehen wir uns wohlbekannte goldgelbe Maiskolben, wissen aber nichts anzufangen mit ähnlichen Kolben, die mit weißen, graubraunen, rotbraunen oder schwarzen Körnern daneben liegen. Wir fragen die *India* und sind verblüfft über ihre

Antwort: Das alles ist Mais.

Noch mehr staunen wir über die riesige Zahl an Kartoffelsorten. Die schmutziggrauen eiförmigen Dinger, die vor uns liegen, würden wir nie als Kartoffeln ansehen, ebenso wenig die winzig kleinen Kugeln oder die steinharten Früchte, die dazu auch noch wie Steine aussehen. Wir lesen später von über 500 Sorten, wobei die meisten davon schon seit mehr als 2000 Jahren existieren, und jede Sorte auf eine bestimmte Höhenlage und auf bestimmte Böden eingestellt ist. Wir verstehen nun die Aussage: Bolivien ist die Heimat der Kartoffel. Gleich nebenan scheint eine *India* gute Geschäfte zu machen, denn ihre Waage kommt kaum zum Stillstand. Sie verkauft Kokablätter, und am nächsten Ver-

kaufsstand erhalten die Kunden auch noch die nötige

266

Zutat: Kalkstücke aus Muscheln oder Pflanzenstängeln, die zusammen mit den Blättern gekaut werden, um die Alkaloide freizusetzen. In den Tagen der Inkaherrscher durfte diese Droge nur bei besonderen Festen genommen werden, nun scheint sie zum Alltag zu gehören, denn uns ist vorher schon aufgefallen, dass viele Eingeborene kauend durch die Straßen laufen.

Auf einem anderen Tisch liegen kleine, getrocknete Tiere, die wie Lamas aussehen. Es sind auch welche, und zwar ungeborene. Ein Mann kauft solch einen Lamafötus und wir fragen ihn, wofür er den brauche. „Ich werde bald ein Haus bauen und im Fundament wird er eingemauert. Er

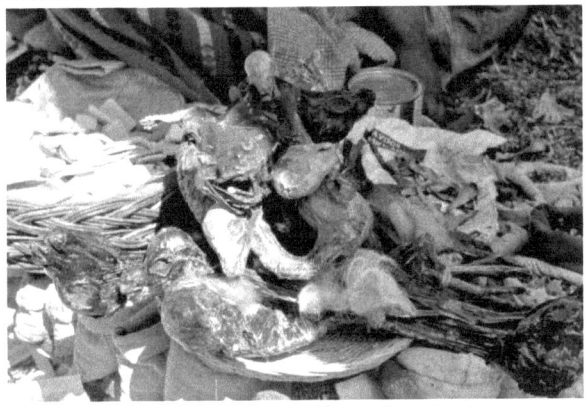

hält die bösen Geister ab, weil er die *Pachamama,* die Mutter Erde, besänftigt. Ich glaube zwar nicht an diesen Zauber, muss es aber trotzdem tun, weil sich die Bauarbeiter sonst weigern würden, für mich zu arbeiten." Dann ergänzt er schmunzelnd, es sei aber auch ein Liebeszauber, der eine unerwiderte Liebe zum Erfolg führt.

Nach den Blicken in die bolivianische Vergangenheit und dem Erleben der Gegenwart genießen wir auch noch beim Chinesen ein schmackhaftes Essen, doch das erst nach einer Extra-Spazierrunde, um die Ingrid bittet, weil sie noch keinen rechten Appetit hat. Ich nehme das nicht besonders tragisch, denn immerhin spüren wir alle hin und wieder, dass wir uns ständig zwischen 3000 und 4000

Metern Höhe bewegen. Ingrid leistet sich danach noch im nahe liegenden Hotel unserer Freunde eine Volldusche.

Doch danach ist ein notwendiger Mittagsschlaf angesagt, bis es, dieses Mal wieder mit unserem Bus, noch weiter bergab geht, hinein in ein Tal, in dem sogar Kaffee angebaut wird. Wir wissen zwar nicht, wie viele Meter wir inzwischen bergab gefahren sind, aber in der Nähe des Äquators ist diese Wärme liebende Pflanze schon auf 2000 Meter anzutreffen.

Auf der Fahrt dorthin können wir eine *India* bei ihrer Großwäsche beobachten. Sie ist fast fertig damit, denn ringsum auf den Steinen liegen die bereits gewaschenen Teile ausgebreitet zum Trocknen in der Sonne, während sie das letzte Stück am fließenden Bach spült. Ihre beiden Kinder sitzen friedlich spielend ganz in ihrer Nähe.

An diesem Nachmittag genießen wir wieder einmal unseren Campingbus, denn ein Picknick mit frisch gefiltertem Kaffee tut auch in dieser Gegend gut, zumal garniert mit leichten Wolken und Sonnenschein.

Der Abendbummel durch die Stadt in der Nähe vom „Wilhelmshaven-Hotel" dauert nicht gar zu lange, denn alle Geschäfte sind hermetisch verschlossen. Es bleibt uns nur eine verlockende Alternative: ein *pisco sour* im Hotel.

Der folgende Montag liegt voll in den Händen der Frauen: Schmuck ist angesagt! Und beim Bestaunen der erworbenen Stücke während des Mittagessens in einem Restaurant stellen alle fest: Ein voller Erfolg!! Nicht nur Schmuck in Gold und Silber gehören zum erfolgreichen Einkauf, sondern auch ein alter Silberlöffel und silberne Fischgehänge, die vierzig Jahre später immer noch unser Zuhause schmücken, ohne jedoch ihre Kraft als Fruchtbarkeitssymbol unter Beweis gestellt zu haben. Neben Silber und Gold gehören uns nun auch ein Kokabeutel, zwei *fajas*, farbenfrohe, gewebte, schmale Bänder, und ein Zinnkrug, dazu Versteinerungen aus uralter Zeit. Ingrid leistet sich wieder eine *siesta* im Hotelzimmer der Freunde, bevor es weitergeht, um einzukaufen. Aber dieses Mal nicht Gold und Silber, sondern Lebensmittel, denn bald starten wir Richtung Chile.

Am Abend sitzen wir noch lange mit den *compañeros* in unserem Bus zusammen. Wir werden uns trennen, denn unser nächstes Ziel ist *Santiago*, und die Freunde müssen leider ein Krankenhaus finden, das der schwangeren Hanne bei ihren Problemen behilflich ist.

Der 11. Januar weckt uns früh. Nach dem schnellen Frühstück folgt der wichtige Füllmoment für unser Frischwasser. Wir holen die Wilhelmshavener ab und müssen dann noch zu Behörden, denn bei unserer Rückfahrt stehen uns noch zwei Grenzübergänge bevor. Bei unserer Hinfahrt gab es dabei nie Probleme, doch in Südamerika weiß man nie so genau, wie Grenzpolizisten reagieren, und noch weniger, wie das die Polizisten zwischen den Grenzübergängen bis hin nach *Tacna* tun.

Und schon bis zur Grenze nach Peru sind wir froh, dass wir uns bei der deutschen Botschaft und im bolivianischen Außenministerium gut informiert haben. Wir werden ziemlich oft angehalten und nach der *hoja de ruta* gefragt. Obwohl wir nicht genau wissen, was dieses „Routenblatt" für eine Bedeutung hat, wissen wir, dass wir es für unsere Fahrt durchs Land und über die Grenze nicht brauchen. Dieses Hintergrundwissen verleiht uns ungeahnte Kraft, vor allem in Situationen, in denen die kontrollierenden Polizisten nicht nur den Pass sehen wollen, sondern sogar noch Geld für das Passieren fordern.

Beim Übergang von Bolivien nach Peru in *Desaguadero* klemmt es. Das liegt nicht am Zoll, sondern daran, dass ein Bus mit **vielen** Engländern vor uns ebenfalls nach Peru will. Die gesamte Prozedur dauert sehr lange. So suchen wir uns bald danach einen Stellplatz.

Dabei kommt es noch zu einem interessanten Zwischenstopp. Ein *Indio* pflügt sein Feld, unterstützt von einem Ochsengespann und einem sehenswerten Pflug, beste-

269

hend aus einem ideal geformten Stück Holz mit drei Enden. Das lange Ende ist am Joch des Ochsengespanns befestigt, am gebogenen Ende kann er mit einer Hand den

Pflug nach unten drücken oder hochziehen, und das untere Ende lockert die Erde und ist mit einer Eisenspitze versehen. Freundlich unterbricht er seine Tätigkeit, um uns Fotos zu ermöglichen. Direkt am See finden wir einen Stellplatz und erleben noch eine herrliche Abendstimmung. Eine von einer *India* getriebene Lamaherde zieht vor der untergehenden Sonne als Scherenschnitt heimwärts – eine Zugabe für unser Wohlbefinden.

Am nächsten Morgen werden wir von Hornrufen geweckt, ähnlich klingend wie die zweitonigen Signale, die wir an der Pazifikküste in *Concón* hörten. Wir erfahren ihre Bedeutung nicht, gehen aber davon aus, dass sie zu einer religiösen Zeremonie rufen. Für uns sind sie nur ein Weckruf und für mich sogar eine Aufforderung, im *Titicaca*-See ein Morgenbad zu nehmen. Das tue ich dann auch mit großem Genuss.

Der Genuss hört bei der Fortsetzung unserer Fahrt in Richtung *Tacna* bald auf. Zunächst durchfahren wir den nun schon gewohnten *altiplano* mit den menschenarmen Weiten auf trockener Straße. Bei einer Ortsdurchfahrt erleben wir diese geringe Bevölkerungsdichte hautnah. Der Blick über die *Plaza* hin zu den fast fensterlosen

Häusern drückt auf unsere Stimmung. Wir sind dann richtig froh, als wir in einer Seitengasse Reisigstapel entdecken, gesammelt für einen langen Winter, und dahinter eine Lamaherde, die aus irgendeinem Grunde im

Ort zusammengetrieben wurde.

Danach kann ich noch relativ schnell fahren und erblicke im Rückspiegel nur die kräftige Staubfahne, die wir hinterlassen. Doch bald geht es bergauf und die sogenannte Straße wird, wohl nach einem kräftigen Regenguss, zu einer spannenden Wasserschlacht. Es gibt nun halbseitige Wasseransammlungen, die ich voller Freude durchpflüge, aber auch straßenbreit gefüllte

Abschnitte, bei denen ich vorher nicht weiß, ob sie unserem relativ hochbeinigen VW-Bus untenrum noch genug Luftfreiheit gewähren. Das alles ist aber nur spannend und nicht beängstigend, denn außerhalb der „Wasserstraße" gibt es ja genug Festland.

Kurz darauf werden wir von einem Polizeiposten zum Anhalten aufgefordert – mit der gleichen Frage nach der *hoja de ruta* und unserer sicheren Antwort „No!". Wir dürfen weiterfahren.

Beim nächsten Polizeiposten kommen zum Kontrollprozess noch Wetterkapriolen. Es fängt tüchtig an zu hageln und zu schneien, eigentlich nicht verwunderlich, denn wir befinden uns schon deutlich über 4000 Meter. Und das merken wir Meter für Meter. Plötzlich liegt vor

uns ein Fluss, den wir überqueren müssen. Bei dieser Wetterlage mit dichtem Schneefall verhalte ich mich nicht so wie in ähnlichen Fällen, bei denen ich aussteige, um die Tiefe dieses Flusses zu prüfen, sondern fahre einfach hinein. Mein Gaspedal reagiert auch zunächst ganz normal auf „mehr" oder „weniger", doch mitten im Fluss habe ich das Gefühl, dass mein Gasfuß nicht mehr das produziert, was er eigentlich tun müsste. Auf einmal habe ich das Gefühl: „Das Auto will nicht mehr!" Und dann geht es schließlich doch noch, wenn auch unter leichtem Angstschweiß, den die Mitfahrer zum Glück nicht mitbekommen. Erst später stellt sich bei mir die Horrorvision eines Zwangsstopps mitten im Fluss ein – hilflos vom eiskalten, fließenden Wasser umgeben.

Wir müssen über einen Pass hinweg, dessen Höhe mit 5000 Metern angegeben ist. Der Schneefall wird immer stärker. Bald wird es dunkel und als wir auf einem ebenen Abschnitt der Straße links einen breiten Standstreifen entdecken, fahre ich dorthin, denn die gesamte Busbesatzung ist sich einig, da die Nacht zu verbringen und erst morgen früh weiterzufahren.

Das Abendbrot schmeckt nicht so gut wie sonst und die Nacht zieht sich unendlich in die Länge. Es tut auch nicht gut, wenn wir hin und wieder hören, wie der Schnee vom Aufstelldach hinabrutscht, und ich sogar hinaus muss, um der Höhenkrankheit ein Opfer darzubringen. Beruhigend wirkt jedoch ein Militärkonvoi, der lange nach Mitternacht

an uns vorbeituckert. „Die produzieren zumindest eine Fahrspur", sage ich laut in die Nacht hinein, um unsere beiden Wilhelmshavener etwas zu beruhigen, die auf 5000 Meter unter einem Hochdachzelt, von dem in unregelmäßigen Abständen Minilawinen hinabrutschten, übernachten müssen, ohne zu wissen, wie es am nächsten Morgen weitergehen wird. Das war für Silvia und Rudolf gewiss eine Steigerung all der schwierigen Situationen, die vorausgingen, ungewohnt und völlig fremd, nicht nur durch die ungewöhnliche Übernachtungsmöglichkeit, sondern auch durch das Bewusstsein, sich auf einem anderen Kontinent

273

mit anderer Sprache und anderen Sitten und Gewohnheiten zu befinden. All das haben sie bisher klaglos überstanden, so werden sie wohl auch diese Nacht und den ungewissen Nachfolgetag überstehen. Das sind meine Gedanken, aber nicht die von Ingrid, die sich deutlich mehr um das Wohlbefinden der beiden sorgt als um ihr eigenes Befinden, obwohl sie das eigentlich tun sollte.

Der heraufziehende Morgen hält uns nicht in unseren Betten. Es hat zum Glück aufgehört zu schneien und wir fahren nach gründlicher Schneereinigung sofort los. Die Spur der Militärfahrzeuge hilft uns, gut voranzukommen, denn bei geschätzten 15 Zentimetern Neuschnee und Verwehungen an einigen Stellen hätte es doch zu Problemen kommen können. Es geht nur noch bergab und nach zwei Stunden ist kein Schnee mehr zu sehen. Wir finden einen wunderbaren Frühstücksplatz zwischen grünen Büschen und anderen würzig duftenden Pflanzen. Nur Ingrid fühlt sich nicht wohl, sie schiebt es noch auf die Höhe, noch nicht ahnend, was tatsächlich in ihrem Körper los ist. Nach dem Frühstück geht es weiter bergab, aber nicht in engen Serpentinen, sondern wie bisher in weit ausholenden, sanften Kurven, stets entlang an Hängen, die uns rechts oder links begleiten und durch unzählige Terrassen bis weit hinauf landwirtschaftlich genutzt werden. Allmählich verwandelt sich das Landschaftsbild und die grünen Terrassenhänge werden zu steinigen Wüstenbergen und schließlich zur ebenen Wüste mit Kakteenpflanzen der unterschiedlichsten Sorten. An einem Friedhof halten wir an und erschrecken schon beim Hineingehen. Besonders Silvia und Rudolf sind schockiert. Beide haben deutsche Friedhöfe berufsbedingt vor Augen und sind erschüttert, was sie da zu sehen bekommen. Wir alle verstehen, dass in dieser Gegend kein Grün zu erwarten ist, dass aber die

Holzkreuze und die aus Holz bestehenden Abtrennungen

und Einfassungen kreuz und quer herumhängen, macht uns doch sprachlos. Wir vermuten zunächst, dass dieser Friedhof aufgegeben wurde und deshalb allmählich zerfällt, müssen aber diese Hoffnung begraben, als wir frische Gräber entdecken und auch Blumenschmuck aus Plastik, noch nicht von der Sonne ausgebleicht. Für uns wird dieser Friedhof zum Abbild des harten Lebens in dieser Region.

Kurz vor *Tacna* gibt es wieder eine Polizeistation und die hält eine besondere Überraschung für uns bereit. Ich halte vor dem Schlagbaum, nehme meinen Pass und die Autopapiere in die Hand, steige aus, um in das Büro zu gehen. Da kommen zwei Männer von dort her auf mich zu. Der eine ist durch seine Uniform als Polizist erkennbar, der andere trägt ziemlich legeres Zivil, ist dem Polizisten einen Schritt voraus und signalisiert dadurch, dass er das Sagen habe. Ich habe das Gefühl, dass er beim Voranschreiten Koordinationsschwierigkeiten hat, und will den beiden meine Dokumente zur Einsicht übergeben, aber sie interessieren sich nicht dafür. Der „Zivilist" geht zielstrebig auf die Seitentür unseres Busses zu und bedeutet mir, sie zu öffnen. Bei geöffneter Tür fordert er mit befehlsgewohnter Stimme unsere Freunde zum Aussteigen auf. In diesem Moment entsteht bei mir die Befürchtung, dass dieser betrunkene „Zivilist" der Chef der Polizeistation sein könnte. Dazu stelle ich fest, dass er nicht nur Koordinationsschwierigkeiten hat, sondern auch nach Alkohol riecht und sein befleckter Pullover auf einen länger anhaltenden alkoholisierten Zustand hindeutet. Deshalb übersetze ich den beiden im Bus den Aussteigbefehl auch nicht, sondern frage den alkoholisierten „Zivilisten", ob er überhaupt ein Polizist sei. Mein Gesichtsausdruck scheint dem zweiten Polizisten zu signalisieren, dass ich den Zustand des anderen erkannt habe und als Ausländer nicht bereit bin, diese Behandlung zu akzeptieren. Er fasst daraufhin seinen „Chef" am Arm und dirigiert ihn energisch ins Gebäude zurück. Zugleich gibt er mir zu verstehen, dass ich in die Station kommen solle. Mir ist nicht wohl dabei, weil ich nicht weiß, in welchem Zustand sich der Rest der Besatzung befindet, und fürchte Schikanen, die über die bisherigen Versuche hinausgehen. Alkoholisierte Polizisten könnten in dieser Einöde zu einem echten Problem werden, umso mehr, wenn sie noch von Touristen in die Enge getrieben werden.

Im Vorraum geht es ganz normal zu. Zwei weitere Polizisten sitzen im abgetrennten Bereich vor ihren Schreibtischen, „mein" Polizist geht hinter ein lang gestrecktes Schreibpult, öffnet eine dicke Kladde und schaut stirnrunzelnd auf die dort eingetragenen Fragen. Der „Chef" ist nirgends zu sehen. Er wurde anscheinend sicherheitshalber aus dem Verkehr gezogen. Dann folgen nach dem Blick in meinen Reisepass mit dem *visa oficial* die üblichen Fragen nach dem Woher und dem Wohin, ohne die *hoja de ruta* zu verlangen oder die Hand auszustrecken. Nach wenigen Minuten verlasse ich die Polizeistation, lasse erleichtert die angestaute Luft aus meiner Lunge, und wir setzen unsere Fahrt fort. Anscheinend wollten die normalen Polizisten den peinlichen Auftritt ihres Chefs ohne große Nachfragen wieder ausbügeln.

In *Tacna* ist es sehr heiß, und wir überprüfen, ob unser Rest peruanischer Pesos reicht, um uns noch vor der Grenzkontrolle zu stärken. In einem kleinen Restaurant in der Nähe gelingt uns das auch.

An der Grenze wird es anstrengend, denn der Zöllner verlangt, dass wir die Taschen und Koffer unserer Gäste im Bus herausholen, um sie kontrollieren zu können. Die Kontrolle verläuft aber zivilisiert und schnell. Dann sind wir wieder einmal in *Arica*, der nördlichsten Stadt Chiles. Zwei Jahre zuvor, während unserer zweiten Reise in dieses Land, haben wir sie freudig von unserem Schiff „Verdi" aus begrüßt. Und wiederum 13 Jahre zuvor war sie schon einmal ein Lichtblick nach dunklen Westküstenerlebnissen.

Wir fahren natürlich hinauf auf den geschichtsträchtigen *Moro* und schauen hinab auf die Kirche und die offenen

Dächer, die nie Regen erwarten und doch plötzlich überrascht werden. Wir erzählen unseren Gästen von den Ereignissen am Ende des 20. Jahrhunderts, der sogenannten Heldentat des Marineoffiziers Prat und den deutlichen Landgewinnen der Chilenen den Peruanern und den Bolivianern gegenüber, genießen aber vor allem den Blick auf den Pazifik, den unsere Wilhelmshavener so ja auch noch nicht in Augenschein nehmen konnten.

Sie wundern sich zuerst einmal über die geringen Ausmaße dieses wichtigen Hafens und staunen dann über die Steilküste, die eine Straße zwischen Berg und Meer zwingt, ihren Weg zu finden, um irgendwo auch hinauf in

die Hochebene zu gelangen. Sie findet ihn.

Wir folgen ihr, und schon bald sind wir oben auf der *Panamericana* Richtung Süden und finden nach kaum 50 Kilometern einen idealen Stellplatz in der *Quebrada Chaca*, die etwas Wasser führt, dem bolivianischen Winter gedankt, der uns kurz zuvor mit seinem intensiven Schneefall noch Probleme bereitete.

Und dieser Winter gibt es noch nicht auf, uns zu verfolgen. Beim Blick gen Himmel sehen wir, wie dunkle Wolken von den Anden her auf uns zukommen. Doch anhaben kann er uns nichts mehr, er schickt nur noch laut trommelnd Regentropfen auf unser Aufstelldach – für diese Gegend im Januar eine ungewöhnliche Besonderheit.

Beim Blick in den Innenspiegel fallen mir die Teilnahmslosigkeit von Ingrid und ihre gelbe Gesichtsfarbe auf. Sie sitzt apathisch neben Silvia auf der hinteren Bank und interessiert sich nicht für die vorbeiziehende Landschaft. Das ist sehr ungewöhnlich.

Bis *Santiago* sind es noch 1800 Kilometer, und wir wollten noch einige Schlenker gen Ost oder gen West machen.

Doch diese drei bis vier Tage kann ich Ingrid nicht mehr zumuten, so kommen wir zu der Entscheidung: direkt nach Hause, ohne Abstecher und mit nur einer Übernachtung in den *Termas de Socos*. So machen wir das auch.

Am Montag in Santiago rufen wir am frühen Nachmittag den Arzt, und der zögert bei Ingrid nicht lange mit seiner Diagnose: Hepatitis – sofort ins Krankenhaus. Dort stellt man das tatsächlich fest, dazu mit dem Hinweis, dass die Leber kurz vor ihrer Selbstzerstörung gewesen sei. Nur absolute Bettruhe kann nun noch helfen – und sie tut das im Laufe von Wochen auch.

Silvia und Rudolf sind froh, dass Ingrid in guten Händen ist, sorgen sich nun auch um sich selbst, denn zwei Tage später soll ihr Rückflug starten. Unser Hausarzt beruhigt sie und veranlasst noch eine Impfung.

Alles verläuft glatt und sie kommen ohne Nachfolgeprobleme in Wilhelmshaven an.

Für unsere beiden aus der Friedenstraße in Wilhelmshaven geht eine abenteuerliche Reise zu Ende, für uns die erfolgreiche Einlösung eines Versprechens, das Monate zuvor mit einer gewissen Euphorie in dieser Straße ausgesprochen wurde.

Wir bewundern die beiden nachträglich, wie sie alle Strapazen und Abenteuer klaglos durchgestanden und dazu noch genossen haben, der Steinmetzmeister besonders.

Zu allem kommt noch ein Dankeschön

Zuerst einmal an meine Tochter Cornelia, die mir beim Abfassen all dieser Erlebnisse mit gutem Rat stets zur Seite stand.

So dann an meine Frau Ingrid, die alles miterlebte und die die Texte jedes Mal nach einer Neufassung oder nach einer Korrektur mit unermüdlicher Geduld durchlas, um mir dann inhaltliche oder sprachliche Verbesserungen zu empfehlen.

Auch an meine Betreuerin Victoria Pultz im Novum Verlag, die, ohne ungeduldig zu werden, all meine Fragen beantwortete.

Insbesondere auch an die Lektorin Maria Hentschel, die viele durchgeschlüpften Fehler und Unklarheiten noch entdeckte und mir half, diese zu entfernen.

Der Autor

1935 im Vogtland geboren, studierte Manfred Sandner Lehramt in Leipzig. Nach seiner Heirat flüchtete er mit seiner Frau in die BRD, ging 1964 mit seiner nun vierköpfigen Familie nach Chile, wo er erfolgreich als Lehrer tätig war und wo auch sein drittes Kind geboren wurde. Er kehrte nach diesem Aufenthalt noch zweimal mit seiner Familie nach Chile zurück: Ab 1975 führte er Weiterbildungsseminare für Deutschlehrer an Deutschen Schulen durch und wirkte an einem Lehrbuch mit, ab 1989, während seines dritten Aufenthaltes, wurde diese Weiterbildung auf staatliche Schulen verlagert. Auch während der Zwischenaufenthalte in Deutschland führte er seine Lehrtätigkeit fort, zunächst als Schul- und Seminarleiter, ab 1980 als Jahrgangsleiter an einer IGS. Nach seiner Pensionierung 1997 blieb er auf seiner Parzelle bei Santiago, um sich weiterhin an seiner Wahlheimat zu erfreuen. 2013 kehrte er zu seinen Kindern und Enkeln nach Deutschland zurück.

novum VERLAG FÜR NEUAUTOREN

Der Verlag

Wer aufhört besser zu werden, hat aufgehört gut zu sein!

Basierend auf diesem Motto ist es dem novum Verlag ein Anliegen, neue Manuskripte aufzuspüren, zu veröffentlichen und deren Autoren langfristig zu fördern. Mittlerweile gilt der 1997 gegründete und mehrfach prämierte Verlag als Spezialist für Neuautoren in Deutschland, Österreich und der Schweiz.

Für jedes neue Manuskript wird innerhalb weniger Wochen eine kostenfreie, unverbindliche Lektorats-Prüfung erstellt.

Weitere Informationen zum Verlag und seinen Büchern finden Sie im Internet unter:

www.novumverlag.com

novum VERLAG FÜR NEUAUTOREN

Manfred Sandner

Sprünge ins Ungewisse

Aus enger DDR bis ins unendlich weite Chile

ISBN 978-3-95840-811-1
292 Seiten

Für den Autor wird es in der DDR zu bedrohlich. Kurz nach seiner Hochzeit wagen er und seine Frau 1958 die riskante Alternative: Flucht! Diesem Sprung ins Ungewisse folgen, nach ereignisreichen Jahren in Wilhelmshaven, atemberaubende Erlebnisse in Südamerika.